有度文化

我的乡村
我的城

吴佳骏 著

山西出版传媒集团　北岳文艺出版社

·太原·

**图书在版编目（CIP）数据**

我的乡村我的城 / 吴佳骏著. —太原：北岳文艺出版社，2021.11
ISBN 978-7-5378-6493-0

Ⅰ.①我… Ⅱ.①吴… Ⅲ.①散文集－中国－当代 Ⅳ.①I267

中国版本图书馆CIP数据核字(2021)第248755号

# 我的乡村我的城

吴佳骏 / 著

**出品人**
郭文礼

**选题策划**
刘文飞

**责任编辑**
刘文飞　康　瑜

**封面摄影**
吴佳骏

**封底、内封摄影**
黄仁兵

**装帧设计**
张永文

**印装监制**
郭　勇

出版发行：山西出版传媒集团·北岳文艺出版社
地　址：山西省太原市并州南路57号　邮编：030012
电　话：0351-5628696（发行部）　0351-5628688（总编室）
传　真：0351-5628680
经销商：新华书店
印刷装订：山西人民印刷有限责任公司
开　本：787mm×1092mm 1/32
字　数：160千字
印　张：9
版　次：2021年11月第1版
印　次：2021年11月山西第1次印刷
书　号：ISBN 978-7-5378-6493-0
定　价：59.80元

本书版权为本社独家所有，未经本社同意不得转载、摘编或复制

吴佳骏 著

# 我的乡村
# 我的城

山西出版传媒集团 北岳文艺出版社

·太原·

图书在版编目（CIP）数据

我的乡村我的城 /吴佳骏著.—太原：北岳文艺出版社，2021.11

ISBN 978-7-5378-6493-0

Ⅰ.①我… Ⅱ.①吴… Ⅲ.①散文集－中国－当代 Ⅳ.①I267

中国版本图书馆CIP数据核字(2021)第248755号

# 我的乡村我的城

吴佳骏 / 著

| | |
|---|---|
| 出品人<br>郭文礼 | 出版发行：山西出版传媒集团·北岳文艺出版社<br>地址：山西省太原市并州南路57号　邮编：030012 |
| 选题策划<br>刘文飞 | 电话：0351-5628696（发行部）　0351-5628688（总编室）<br>传真：0351-5628680 |
| 责任编辑<br>刘文飞　康　瑜 | 经销商：新华书店<br>印刷装订：山西人民印刷有限责任公司 |
| 封面摄影<br>吴佳骏 | 开本：787mm×1092mm 1/32<br>字数：160千字<br>印张：9 |
| 封底、内封摄影<br>黄仁兵 | 版次：2021年11月第1版<br>印次：2021年11月山西第1次印刷 |
| 装帧设计<br>张永文 | 书号：ISBN 978-7-5378-6493-0<br>定价：59.80元 |
| 印装监制<br>郭　勇 | 本书版权为本社独家所有，未经本社同意不得转载、摘编或复制 |

我写作是为了作证

——［美国］托妮·莫里森

## 写在前面

人到底应该怎样活着?

文学到底有什么作用?

从事写作廿余年来,我一直在以所写文字践行着自己的"写作理想",也借由所写文字追问人生的价值和意义,安抚内心的创伤和虚无,尽力使自己从活着的困境中走出来,再试图用双手去捧起生活中那一团若隐若现的火种——为自己,也为他人传递温暖和光亮。

但愿我没有辜负自己的理想,也没有违背自己的良知。

人生有各种各样的选择,创作也有各种各样的风貌——有轻的,有重的;有淡雅的,有浓艳的;有彩色的,有黑白的⋯⋯这不同的样貌,全凭作者持什么样的态度和立场。

观念和认知、修养和审美、情怀和底线等,直接决定着作品的品质。

杜甫在《羌村三首·之三》中言:"请为父老歌,艰难愧深情。"这两句诗,很能代表我在写作这本书时的心境。同时,我也希望自己的作品能像杜甫的作品一样,具有感人肺腑的力量——这力量既来自历史的烙印和生存的实相,也来自精神的痛楚和灵魂的挣扎。

感谢我的读者朋友们,是你们持续的厚爱与加持,才延续了我作品的生命力!

作为一个写作者,没有什么能比这更令人感到欣慰的事情了。

吴佳骏
辛丑年仲春

目 录

夜晚知晓一切秘密 / 001

关于垂钓的痛苦和哲学 / 036

像野狗一样生存 / 069

天空上有鸽子在飞翔 / 102

一个人的百年孤独 / 119

铁窗与木床之间 / 144

穴居里的黑暗和光明 / 163

一个乡村医生的祈祷和忏悔 / 179

残院之内黄昏之后 / 189

谁为失去故土的人安魂 / 211

枕着夕阳西沉 / 221

我的乡村我的城 / 239

风吹在贴着纸的墙上 / 254

活着是一笔债 / 260

写在后面 / 267

## 夜晚知晓一切秘密

　　天就要黑了,周遭暮色深浓。落日也早被晚风带去远方,只将疲倦留给满城昏黄的灯火。我从浮世退回陋室,抖落满身尘埃,锁紧绿皮斑驳的铁门,恐惧瞬间便将我包围。整整十年时间,我都蜗居在仅有三十平方米的房间,看书、写作、睡觉和冥想,忍受着人世的孤独。我的亲人不在身边,他们全在县城生活,我们之间唯一的维系,便是思念和记忆,以及对每个周末才能见面的期许。所幸家人都很宽容和理解我,既无责备,也无埋怨——生存就是不断地相聚和别离。像我这种从乡下闯入城市之人,没有丝毫优越感可言。我所获取到的那点可怜的尊严,都是长年累月从生活的炼狱里打拼得来的,而绝非来自家族天然的馈赠。

　　我的存在即是我的命运之门。

我知道，我的家人也会牵挂我。许多时候，我奶奶会坐在乡村老家的屋檐下，望着风中飘零的落叶，或夜晚稀疏的星辰，暗自祈祷或垂泪；我父亲会在夕阳晚照时分，孤单地走在凄清的乡村公路上，目光深邃地朝我寄生的城市方向眺望；我母亲则会在夜幕降临之后，坐在灯光下翻看那本珍藏了几十年的老相册，用粗糙的手在我幼时的照片上摩挲；我妻子不管时间多晚，都要在入睡前跟我通个电话。我们在电话里或许什么事都没说，但通完电话心就安宁了，就不会再躲进被窝哭泣；至于我两个儿子，也跟他们母亲一样，每晚都要跟我在电话里说上几句话才能入眠，不然，他们就会在梦中喊爸爸。那稚嫩的声音，可以将黑夜撕成一床破棉絮。

　　人到中年，我才真正认识到活着的困境。我不只属于自己，也属于家人。我被他们分成好几份，每一份对他们来说都至关重要。假如这个世界没有我，地球依然会转动，但如果家人没有我，他们一定会重返生存的蛮荒，会顿觉失去了活着的意义。反过来说，假使没有他们，我的活着同样会是一片空白和虚无，犹如掉进时间的黑洞。因之，我的活着也就不单单是我的活着，我还在为我爱和爱我的人而活着。活着是有限的存在，唯有爱才是无限的存在。

　　可活着真是一个难题！有时候，我们明明找到一个活着的充足理由，却还是会痛苦、忧悒、惶恐、焦虑，甚至绝望。我就时常处于这样一种精神状态中无法自拔，绝望的阴影笼罩着我，连亲人也不能给我以信心和支撑，去战胜那种消极、沮丧和落寞的情绪。我感觉每天过的生活都是那样机械、重复和寡淡。我不知道人为什么活着，又该怎样去活着。难道我们辛劳一辈子，就是为挣一套房、一部车，再看着父母和爱人老去，看着孩子长大？抑或拼死拼活，就是为拥有一个看起来光鲜亮丽的身份和地位，获得一些短暂的虚荣和浮利，从而找到一丝可悲的存在感和价值归属吗？又或者用健康换来的财富，去游山玩水，吃香喝辣，在幻觉中像一头猪或一条野狗般打发着光阴？

至少对我来说，这些都不是我想要的。那么，我是想要什么呢？写作吗？我对写作也早已失望至极。曾经，我的确将写作视为人生的理想和信仰，可我从事写作二十几年的经验告诉我，写作没有任何意义。它甚至比人生本身还要虚无。写作既改变不了这个时代的困境，也无法安顿写作者的内心。更多的时候，它只不过是一种无处安放的喧嚣，是活着之外的诱惑和呼喊。它使这个社会上的强者更强，弱者更弱。也就是说，写作遮蔽了许多东西，而不是呈现了许多东西。或许有人会说，写作起码呈现了人性的复杂，但写作最终让人看到的，只能是人的卑微和渺小。那些在文本里标榜人的顽强、挺拔和高尚的形象，都不过是写作者理想化的文学想象罢了。

我是一个彻头彻尾的悲观主义者。

大概正是由于悲观，我患了严重的失眠症。我的夜晚就是我的白天。每天入夜之后，我都不知道该干什么，怎样才能抵抗这漫漫长夜。我没有朋友，也不需要朋友，更不会去酒吧、电影院或街边的大排档享受城市人的夜生活。我把自己封闭起来，关在黑夜的城堡中，像小时候跟伙伴捉迷藏那样，钻进洞穴里，再也不想回到尘世中来。哪怕天使在洞外呼唤，我也充耳不闻。

黑夜是一座坟墓，也是一座孤岛。我甘愿成为守墓人或守岛人。倘若世界上所有人都在深夜睡去，那上帝至少应该允许有一个人醒着。这个人现在是我，将来可能是你，也可能是她或他。我醒着，是睡眠不给我睡觉的机会。我痛苦，是因为痛苦给了我痛苦的方便法门。那么，已经入睡的人们，请安静地进入你们甜美的梦乡吧。我只是一个失眠症患者，不是一个小偷，我不会盗取你们的幽梦，更不会在你们的梦境里撒上辣椒和食盐，搞得你们也没法睡上一个安稳觉。《约翰福音》上说："光照在黑暗里，黑暗却不接受光。"

我怎么也不会想到，我失眠的时候，竟然还有人也在失眠。他就住在我陋室对面的屋子。那是一间出租屋。透过窗户，我能清楚地听到其屋内的动静。若不是我们两边各自都有一张薄薄的窗帘遮挡，我跟他感觉就像住在同一间房屋。

他看上去顶多五十岁光景，却那般老态龙钟。背微驼，胡须包围嘴唇。头发也乱蓬蓬的，像个鸟窝。我记不清他是何时住进那间出租屋的。有很长一段时间，那间屋子都空着，只囚禁灰尘和黑暗。每次我趴在窗台边抽烟的时候，都希望能给那间漆黑的屋子一粒火种。我相信一间长久没人居住的屋子，一定很冷寂。它需要被微光照亮，需要有烟火的温暖。在一个秋雨淅沥的晚上，那间黑屋子里的灯光忽然亮了，有一个男人在窗口晃来晃去。我知道，那间屋子终于迎来它的新主人。我在替那间屋子感到庆幸的同时也替自己感到悲哀——这意味着，从此我的窗外多了一位"偷窥者"——我不想被人偷窥，也不想偷窥别人。

于是乎，每当夜深人静之时，我都会将窗帘拉得严严实实，把房间的灯光调到最暗。我不想将我的失眠传染给对方，更不想让他知道，在漆黑的午夜，有一个醒着的男人，正睁大眼睛，在替一盏孤灯守岁，或漂流在幻觉的海洋，既无所去处，又无所依傍。然而，无论我在黑夜里挣扎多久，我发觉他都是另一个"守夜人"。他屋内的灯光比我屋内的灯光亮多了。仿佛灯光一灭，他就会被黑暗吞噬。我不知道他在灯下干什么，是像我一样躺在床上，手里拿着一本书在翻看，还是满脑子都在胡思乱想，把自己变成一条思绪的沟壑?但我分明听见他在咳嗽,不停地咳嗽,要将自己咳破,咳得四分五裂。出于好奇,我从床上爬起来,将窗帘拉开一条缝。我看见他的窗帘只拉了半边。他在屋中转来转去,嘴上叼着一支烟。这支吸完,又点燃一支。那一瞬间,我竟然感觉他就是多年以后的我自己。

我的心底掠过一丝悲凉。

我重新拉拢窗帘。我怕看见他在午夜里的不安和落寞,也怕他看见我在午夜里的颤抖和慌张。我退回到床上,蜷缩成一团,索性将灯光也熄灭——我已经习惯在黑暗中孕育我的痛苦。只要我安静,我想他也能安静。但他房间里的灯光依旧亮着。那灯光透过我的窗帘,映在我房间的墙壁上,也映在我的失眠上,生出一种梦幻的色彩。也不知过了多久,凌晨两点或三点,我听见他在低低地哭泣。虽然他尽量在压抑自己,但他的哭声还是被黑夜放大,以至我听起来是那样的清晰和响亮。

这之后的许多个夜晚,他的哭声都会惊扰后半夜。我猜不透,一个年过半百之人,到底是什么伤心事让他在深夜低泣呢。仅仅是因为孤单和寂寥吗?我不信。除非是他的生活或灵魂遭受过重创,否则,他一定不会那样以泪洗面。

事情的确如我所料,就在他搬走后的一天清晨,我听出租屋的老板娘说,他儿子因欠债常年在外东躲西藏,催债人只好天天上门来找他催款。他妻子受到刺激,焦虑过度,突发脑溢血去世。他变卖房产,仍不能替儿子还清债务。他儿媳见丈夫狼狈不堪,料定下半生再难过上安稳日子,赶紧离婚带着他孙子改嫁。无奈之下,他只能出来租房度日。我问老板娘,他为何要搬走呢?老板娘说他已经连续两个月拖欠房租费,她也是不得已,才将他赶走的。

一个失眠者,就这样从我的失眠之夜消失了。

我仍是无法将自己从失眠的痛苦中解救出来。

我九十岁的奶奶近段时间病情又加重了。从昨天早晨到昨天傍晚,我连续接到五个电话。其中有一个是我父亲打来的,有一个是我母亲打来的,还有三个分别是我的三姑、四姑和小姑打来的,内容都跟奶奶有关。我奶奶已经瘦得只剩一张皮。据家人讲,奶奶最近老是出现幻觉,她在昼夜都能看见亡故的亲人来接她上路——那些亡灵说她岁数活得太大,如果再继续苟延残喘下去,只能自取其辱,还不如早日皈依永恒的好;而且,她还经常大喊大叫,一会儿说自己睡的床底下有一大片水流,她就在水面上浮着,四野白茫茫的,像铺满石灰;一会儿说自己的枕头底下拥出无数个头硕大的蚂蚁,蚁身通红,正在蚕食她的头颅;一会儿说房间里正升腾起熊熊的大火,火焰一半是绿色,一半是红色,快要将天地烧焦了。奶奶的胡言乱语让照顾她的亲人毛骨悚然,他们跟我打电话的目的,是想吐露自己的后怕实情。

奶奶一生养育了五个子女,我父亲排行老大,其余四个都是女儿。在此之前,奶奶都是跟着我父亲在乡下生活。我父亲年近古稀,在老家的镇上租房开诊所。每天早晨,他都要走十几里路去坐诊,下午又走十几里路返回,中间还要撑十几分钟的渡船。也就是说,白天都是我奶奶一个人在家。早上出发前,我父亲都将午饭给奶奶弄好,她热一下即可吃。但就在半年前,我奶奶摔了一跤,导致双腿不能行走。我父亲只能中午多跑回家一趟,服侍奶奶。我父亲从小右手不便,只能靠左手做事,这使他疲累不堪,身体迅速衰退。

父亲实在不知道该怎么办才好,便召集我几个姑姑前来商议奶奶的养老问题。她们来后,起初都不表态,每个人都在说自己家的情况如何艰难,压力如何大。言外之意,她们也实在没有办法,只能继续让奶奶留在我父亲身边。如果她们有空时,可以常常来看望奶奶。我父亲第一次对几个妹妹发怒,说母亲是大家的母亲,不能袖手旁观。奶奶听见儿女们因为自己而发生争执,躺在床上老泪纵横。

经过反复磋商,我父亲和他几个妹妹最终达成协议,每家人轮流照顾奶奶一个月。可这事执行起来相当困难,我大姑,特别是我大姑父，每当轮到他们照顾奶奶的时候，从不主动来接。理由是他们农活儿太忙，没有时间服侍老人，只给我父亲和奶奶送来一袋大米和一块猪肉，让我父亲代替他们照顾奶奶。我父亲拿他们没有办法，顶多抱怨几句，也就不了了之。而我小姑，年轻时就跑去广州打工，现在常年生活在异地，独自带着一个上高中的女儿，靠在工厂做零工求生存，根本没有条件照顾奶奶，更不会有经济上的支持。故真正轮流照看我奶奶的人，也就只有我父亲，以及三姑和四姑。

我三姑和三姑父前几年借钱交首付，在县城里买了套商品房，但一直没钱装修，只能暂时租房子住。他们的儿子在成都跑出租车，儿媳在成都一家工厂做小工。他们将两个孩子交给我三姑照管，我三姑每天的任务，就是接送孙子和孙女上学放学。我三姑父患有哮喘病，需要常年服药。病情缓解时，就去县城的建筑工地干活，挣点生活费。我奶奶被他们接去后，我三姑隔三岔五会给我和我父亲打电话，语气充满抱怨。她说我奶奶大小便失禁，屎尿经常弄脏床铺。她每天送孙子孙女上学归来，发现我奶奶将纸尿裤撕扯得满地都是，臭味弥漫整个房间。每天深夜，我奶奶都喊疼，搞得一家大小都没法入睡，严重影响到他们的正常生活。

听完我三姑的抱怨，我的内心好似针扎。美国作家菲利普·罗斯在其代表作《遗产》中，真实地叙写了身为儿子的他，在面对因患绝症而卧床不起的父亲时的种种尴尬处境。他为消解父亲晚年的孤独,时常陪伴在父亲身旁,耐心地与之谈天说地,像哄小孩子一样去安抚父亲的情绪。而他父亲留给他的"遗产",除了压抑,只有肮脏的屎尿、鼻涕和涎水。但菲利普·罗斯并不生气,依然任劳任怨地精心服侍他的父亲。他知道,这是他对父亲养育之恩的最后回馈。可我三姑只是个农妇,丝毫不具备菲利普·罗斯那样的认知和修养。因此,我非常理解我三姑,也非常同情我奶奶。可作为晚辈的我,也很无奈,帮不上他们什么忙。我每个月的经济收入,也仅能维持自己家庭的日常开销。我们都没有能力送奶奶去敬老院,不能给她有尊严的临终关怀。我们看似都在尽孝,可我们又都是不孝的。

三姑好不容易熬过由她照顾奶奶的那一个月——地狱般的一个月。她现在终于获得解放,我奶奶被我四姑接去了。我四姑和四姑父在县城附近的村落,租了一亩地来种平菇卖。他们常年住活动板房,无论寒暑,都是每天凌晨五点钟就起床,将平菇装上电动三轮车,拉去县城的菜市场兜售。他们的双手常常是皲裂的,脸上永远饱经风霜。我奶奶到四姑家的第三天,四姑就给我打来电话。内容同样是抱怨,她说自己已经快被奶奶折磨疯了。奶奶一到天黑,就说她看见阴间的人,在举着火把走来走去;说她看见有一个披头散发的女人正蹲在四姑的屋后哭泣;说她听见有锣鼓声和海螺声正从远处传来。奶奶的言说，让我四姑不敢睡觉。我四姑父更是暴跳如雷，对我四姑臭骂不止，让我四姑立刻将奶奶送走，不然，他就要从家里搬出去住。我四姑流着泪，在电话里给我诉苦。

我不知道如何是好。他们都是我的血亲。在这个世界上，我与他们都只有一世的缘分。他们给我打电话说这些，是信任我。在他们眼里，我是整个家族里文化程度最高的一个晚辈。他们都希望我能给他们以安抚、以光明、以勇气……但我每回都令他们失望。我到底是弱小的。即使我书读得再多，也无法承担起一个家族的重负。我的心太小，小过所有亲人忧伤的出口；我的心又太大，大过所有亲人痛苦的极限。

这一切都是造成我失眠的根源之一。我没法置身事外，尽管我什么事都做不了，但我的心永远跟亲人在一起。他们若是烦躁，我会更加烦躁；他们若是疼痛，我会更加疼痛。我们是打断骨头连着筋的命运共同体——这是我的宿命，也是我们的宿命。

我怎么也不会想到，我失眠的时候，竟然还有人也失眠。她就住在我陋室对面的屋子。她是在上一个房客搬走半个月后入住的。她是一个少女。从外貌上推测，应该未及桃李年华。她身材高挑，染一头飘逸长发，脸上随时都是浓妆艳抹。隔窗看去，俨然一朵在黑夜中盛开的花，有几分妖娆，几分迷人。

　　她的早晨从夜晚开始。刚入住没几天，我就发现她作息时间的异样。整个白天，她似乎都在睡觉，也不见她起床吃东西。只有到晚上九点钟以后，才看见她打扮时髦地挎着坤包出门，一直要到黎明时分，又见她醉醺醺地回到出租屋。

　　我曾向出租屋老板娘打听过她的情况，老板娘只说她在酒吧上班，别的不得而知。大多数时候，她回屋时的动静都很大。先是躲在厕所里狂吐一阵，肝胆都要吐出来似的。继而又趴到床上唱歌，那歌声像一条飘带，缠在黑夜的脖颈上。由于她醉酒后的狂放，多次遭到邻居的投诉，物管已经不止一次派保安前来勒令她闭嘴。老板娘也警告过她，如果再在深夜扰民，就另择居处。每次保安和老板娘前来告诫，她又是鞠躬，又是说好话，还递烟给保安抽。她每次都保证永不再犯，过后却又重蹈覆辙。有时趴在床上唱完歌，她还会给远方的朋友打电话，一打就到天亮。因她说的方言，我一句话都听不懂。但我感觉她并不开心，好像在跟朋友诉苦。那朋友一定是在电话里安慰她，越安慰，她越暴躁。末了，又不停地跟朋友哭着道歉。

　　她还喜欢站在窗户边抽烟，将烟灰弹落在窗外。她每一次弹落烟灰，我感觉黑夜都会跟着颤抖。那随烟灰掉落的，不只是烟草的骨灰，还有一个少女的青春、梦想和秘密。只可惜，黑夜无法过滤人的痛苦,也无法净化人的忏悔。在生活平静的外表下,黑夜不知培育了多少双黑色的眼睛。

说不清为什么,每次看到这个少女抽烟时那落寞和憔悴的样子,我都会想到三十几年前我母亲抱养的那个妹妹。她在本该读书的年龄不去读书,任凭我父母怎样劝说她,她死活不愿踏进学堂。或许是反抗命运,她十四岁那年春天,经他人怂恿,从乡下逃往异地,至今下落不明。我们寻找多年,仍是音讯杳无。我不知道这个妹妹在外面会经历什么,她这几十年又是怎样在生活,会不会像对面屋中的少女一样,夜夜与烟酒为伴呢?

或许是思念妹妹的缘故,我开始在失眠状态中心疼起那个少女来。我把自己假想成她的哥哥,很想找机会煲一锅汤给她喝,熬一碗小米粥给她养胃。但假想只能是假想,我跟她素昧平生,倘若我真那样做,说不定人家还误以为我心怀鬼胎呢。

我们都是在黑夜中坐待黎明的人。

有一天晚上十点多钟,我坐在桌前写一篇约稿。隐隐感觉有一缕檀香的味道从窗外飘进来,我立起身,去窗前探看,却发现她正在面对一个骨灰罐上香作揖。这一幕令我吃惊——她竟然在屋里供着一个骨灰罐。从那晚起,我更是对她心生怜悯,也心生敬佩,虽然我并不清楚那个骨灰罐里装着的是她的什么人。于是我想,她每晚醉酒归来的唱歌,也许并非是唱给自己听,而是唱给那个罐中人听的吧。活人需要歌声的慰藉，死人也需要歌声的慰藉。

然而，半年时间不到，那间出租屋重又变得沉寂。那个少女到底还是因为扰民，不得不带着她的烟酒、骨灰罐和醉态离开了自己"移动的家"，从一个黑夜走向另一个黑夜。

我尽量闭上眼睛，让夜晚将我淹没。不然，烦心事又会寻仇般缠上我的睡眠。

最近，我总在担心我父亲。从小到大，我还从来没有像现在这样牵挂过他。我知道他需要我，我也需要他。他没事就给我打电话，每天都打。每次通话最多两分钟，内容无非是嘱咐我要按时吃饭，下班后早点回家，不要在外面游荡。也就是说，我在他的潜意识里，依然是个孩子。他一辈子都不放心我，尽管他以前从不明说。父爱或许都是隐忍的，如一束孤寂寒光，只在你需要时，它才将你焐热和擦亮。老实说，每次接到父亲打来的电话，我的周身都会滚过一股暖流。感觉每一根神经，都被泡在亲情的热水中烫过，很舒服，也很幸福。但就在前不久的一天夜里，我接到父亲的电话后，第一次感到后怕。他在短时间内连续给我打来两个电话，两次说的话都相同。我的心咯噔一下，意识到父亲的记忆力肯定出了问题。第二天一早，我便请假坐车回乡下，一路上我的心都充满惆怅。见到父亲后,经过几番交谈,果真,我发觉他的记忆力衰退严重。他刚跟我说完的话,马上又要重复说第二遍。我怔怔地站立在父亲面前,望着他,像望着一个被岁月侵蚀的陌生人。想哭,却没有泪。

回到县城后,我将此事告诉母亲。母亲当即流出泪水。继而,她嗫嚅着嘴说:"我对不起你爸啊,这些年都没有好好照顾他。"母亲的话使我的情感防线彻底崩溃,我迅速躲进卧室,任凭眼泪哗啦啦地朝下淌。我不想让母亲看见我落泪,我的泪会使她雪上加霜。那一刻,身为父母唯一的孩子,我突然意识到自己罪孽深重,是我将他们推进了生活的火坑。

十年前,得知我妻子怀孕后,我母亲就被迫从乡下来到县城,跟我们一同吃住,照顾我妻子。也是从那时起,我父母便开始两地分居。只有逢到周末,母亲才坐车回村,替父亲洗一次衣,陪他吃几顿饭,说些掏心窝子的话。他俩那时都沉浸在即将抱孙子的喜悦之中,没想到这样的分居会成为他们以后生活的常态,更没想到会成为他们彼此之间一道永难愈合的伤口。

我母亲跟许多农村妇女一样,是一个勤劳能干、任劳任怨的女性,甘愿为家庭和后代牺牲自己的一切,包括生命。这一点我妻子比我更有体会——她们在一起相处的时间最多。母亲来到县城后,我妻子被她照顾得十分周全。不但一日三餐由她负责,连洗衣、拖地等家务事也全由她承担。母亲完全成了一个尽职尽责的保姆,而我只是每个月象征性地给她几百块零花钱。就这样,她都还要将那几百块钱想法存起来,待我们急需用钱时,又统统拿出来支持我们。

后来我大儿子出生,母亲就变得更加忙碌。几乎没有时间回村去陪伴父亲,有时要隔上一两个月,才能回乡下一次。一到家,母亲就开始劳动,不是替父亲洗衣服,就是替奶奶洗澡,以及换洗床单、被套。她时刻没有忘记自己的责任——不只是我和妻子的母亲,我孩子的奶奶,同时还是一个男人的妻子和一个老女人的儿媳妇。

待我母亲熬更守夜将我大儿子拉扯到四岁的时候,我小儿子又来到人世,这使她再次陷入无止境的生活疲累之中。我和妻子不能不工作,且我工作的城市离县城又远,根本不能从实际生活上给母亲减负。我妻子也是每天早出晚归,每个月只能休假两天,这等于将两个孩子都扔给了母亲。

母亲没有任何埋怨,默默地承受着她所能承受的全部。在这里,我不想去诉说一个老妈妈那超负荷的艰辛,也不想去诉说一个女人内心那无可奈何的苦楚。说再多也改变不了她的现实处境,更改变不了我内心的愧疚。只是有时候我还是会想,母亲从乡下来到县城的十几年来,她有没有后悔过,有没有背着我们偷偷地哭过，有没有在孙子熟睡后的深夜，思念过她那在乡下跟老母亲相依为命的丈夫。毕竟，她在这个世界上也只过一生，她有追求幸福生活的权利，但是我们硬生生地将她的权利给剥夺了。

母亲不欠我什么，天底下所有的母亲都不欠自己的儿孙什么，她们也没有义务替自己的孩子再去带孩子。对于那些乡下女人来说，要把自己的孩子拉扯大，她所经受的阵痛和屈辱，许多人都难以想象。按理说，她们把自己的孩子养育大，就该去享清福。然而事实是，放眼当下的乡村，便可发现至少有百分之八十的老母亲，都在城里替自己的孩子带娃。这也是她们的命——中国底层妇女的命。她们只要一息尚存，就在为后人做牛做马。而我们做儿女的，有时还未必理解母亲，还可能指责母亲将孙子带得不够好。我们都觉得母亲是自己的母亲，可以毫不客气地斥责她们，朝她们发怒，给她们脸色看。可谁又站在她们的立场上想问题，倾听过她们的悲苦和心语呢？

今年，我大儿子已上小学三年级，我小儿子也已上幼儿园。跟前几年相比，我母亲的辛劳程度虽然有所减轻，但她的人生和时间仍被两个孩子给牢牢套住。血脉就是一根缠人的藤，我母亲随时都被这根藤缠住，有时甚至缠得她无法呼吸。其实我心里明白，我母亲早就想回乡下了——她想回去陪陪我父亲，也想替我父亲分担照顾我奶奶的重任，尽一个儿媳妇的孝道。如斯，她的内心才会稍稍感到安妥,心中的歉疚才不会那么深。可是,我小儿子现在上学和放学仍需她去接送,她依旧不能遵从自己的想法而活。我一直在想,自己到底该怎样做,才能使我母亲从生活的桎梏中获得解脱。这个问题我想了十几年,也努力了十几年,但仍未找到一个妥善之策。我还一直在想,母亲为我们这个家庭付出如此惨重的代价,她最终会得到什么回报。也许她会说,自己根本就不图回报——全天下的母亲也都是这么说的,但身为人子,又怎能因母亲轻描淡写的一句话,就心安理得呢?我们欠母亲的债,这辈子都无法还清。

我清楚地记得,我大儿子开始分床睡当晚的情形,母亲彻夜难眠。之前孩子都是跟着她睡,突然间分开,她的情感接受不了。尽管我小儿子仍在跟着她睡,但她的心里还是觉得空落落的,好似身上的肉被人割掉一块。那天夜里,她每间隔一个小时,就会跑去大儿子的房间,不是给孩子牵被子,就是摸孩子的额头或小手。我知道母亲心里难受,我也通宵未眠。但这是没有办法的事情,孩子终有离开大人的那一天。在不久的将来,我小儿子也会从她的床上分离,钻进属于他的小城堡。到那时,我不知道母亲心里会不会滴血,她的天空会不会坍塌。她在晚年含辛茹苦养大的两个孙子,最终回馈给她的,只有孤单、失眠和空虚。

也是在一个月之前,母亲突然告诉我,她要去小区当保洁员,还说已经跟物业公司签订了协议。我极力劝阻，让她好好休息，坚决不让她再去受累。可母亲说，她早上将小孙子送去幼儿园后，不知道该干什么，时不时地盯住挂钟看，老期待着孙子放学时间快快到来。那个过程，让她痛苦不堪。如果不去找点事做，她觉得自己纯粹是在等死。说着说着，母亲哭了。这让我手足无措，心如刀绞。我的脑海里，冷不丁地冒出爱尔兰诗人诺拉·尼高纳尔的两句诗："为了我的儿女／我卖掉了生来的权利／我用一个苹果／交换最原初的欲望／／而我／仍是一根骨头。"

我愧对我的父母。

同样是这十几年来，我不知道我父亲跟奶奶在乡下又是怎么度日，他有没有在最需要妻子关怀时感到过苦闷，有没有在抱不动老母亲去洗澡和上厕所时产生过怨恨，甚至有没有对我产生斥责——斥责我夺走他妻子。他妻子本就是属于他的，却被儿子强行绑去关进生活的牢狱。我父亲该到何处去伸冤，又有哪一个法院愿意受理他的申诉？然而，在这十几年中，我却活得那样安然。我既没接到父亲状告我的通知书，也没听到父亲任何唠叨。他从来都以沉默和隐忍，在静静地陪伴他的母亲变老。

现今，我父亲记忆力衰弱，我真怕未来某天，他连自己是谁都不清楚。倘若那样，我不知该用什么方法，替我母亲找回她从前的丈夫，替我奶奶找回她从前的儿子。我要是真把她们最爱最亲的人弄丢了，我负得起这个责任吗？

在一连串自我追问之下，我又猛然想起母亲前几天说的那件令我震惊的事。三个月前的一个雨天，我父亲撑船去诊所。船刚离岸，他脚底一滑，翻身掉入河中。寒冬天气，冰水刺骨。我父亲在水里挣扎，想奋力抓住船舷。可船越飘越远，幸好此时有个农夫出地干活，赶紧操根竹竿将父亲拖上岸。母亲说，要是当天那个农夫晚出来一会儿，我父亲就可能被河水吞噬。我听完母亲的讲述，浑身战栗，神思恍惚。我问母亲，此事发生那么久了，为何她和父亲都没有跟我提及。母亲顿了顿说："你爸再三嘱咐，千万不能跟你说，怕你担心，影响工作和生活。"我再一次泣不成声。

近些日子，我天天给父亲做工作，让他关闭诊所，带着奶奶到县城生活。这样，全家人在一起，彼此有个照应。可父亲死活不同意，他说奶奶年事已高，到县城生活有诸多不便，他不想给大家增添麻烦。再说，他也不愿意到县城。说在乡下生活大半辈子，早就习惯了。他要像奶奶一样，帮我们守住老房子，守住根，但我却无法替父亲守住他的记忆、年华和健康。

失眠再一次鞭打我。我只好坐在夜晚的脊背上，把自己变成一个白昼。唯有置身于白昼，我的黑夜才不会刮风和降雪。

我怎么也不会想到，我失眠的时候，竟然还有人也在失眠。他们就住在我陋室对面的屋子。在那个姑娘带着骨灰罐离开的第五天，他们就搬进了出租屋。他俩是一对半路夫妻。男的是个出租车司机，每晚交班回来都是凌晨四点多钟。女的在家蒸馒头、包子、熬稀饭，她每天晚上都要忙到很晚，待天蒙蒙亮时就推着小车出去卖早点。

他们共同带着一个小姑娘。那个小姑娘不爱说话，表情木讷，仿佛整个世界都与她绝缘。平时很少见她父母跟她有过任何交流，他们大多数时间都在争吵。几乎每次吵架，女人都要嘤嘤地哭许久，那哭声在夜里宛如秋雨般凉。我不知道他们为何争吵，是为金钱？还是为金钱也解决不了的难题？有时女人边哭还会边骂："老子嫁给你算是眼瞎，简直倒了八辈子霉。"男人听见女人的毒骂，一般都不吭声，只站在窗前抽闷烟。倘若女人实在喋喋不休，他也会回敬几句："你若有日天的本事，还会嫁给我？要是心不甘，你可以去找前夫复婚，过舒坦日子。"

那个小姑娘只要听见父母吵架，总是乖乖地坐在板凳上搓手指，或低头玩芭比娃娃。她不敢抬头看父母的眼神，也不敢抬头看窗外，更不敢抬头看亮着的灯光。她还太小，大人们的心事，她没有能力去揣摩。只是我不知道，在她幼小的心灵里，会不会觉得自己多余，简直是一个被世界所遗弃的人。我更不知道，当未来她长大成人，心里会不会永远有一道难以愈合的伤口。从那伤口上发芽的，将只能是自卑、屈辱和仇恨。

这种可能性是有的。当小姑娘的父亲不在家时，我不止一次看见她继母在咒骂和体罚她。她要么让小姑娘跪在地上，双手托住一个空碗，不到半个小时不准起身；要么让小姑娘反背双手，面贴墙壁站立，若是她不叫停不准移动半步。在体罚小姑娘的时候，那个女人反复恐吓小姑娘，要是胆敢将此事告诉她父亲，必将在以后遭到更为严厉的惩罚。小姑娘太过弱小，也知道自己的处境，没有将此遭遇告诉父亲，她隐瞒了自己看到的人性的丑陋。为求活下去，她没有勇气道破真相。我非常理解那个小姑娘，别说是一个孩子，就算是一个成年人，在遭到强大的不公正待遇时，谁又敢说自己一定能鼓足勇气去与强力抗衡呢？我们都是芸芸众生，我们都是血肉之躯，在多数时候，活命都会大过信仰。

我也是懦弱的。在窥到那个小姑娘的遭遇后，尽管我的心很痛，体内血脉偾张，但仍旧没有勇气去替那个小姑娘伸张正义。我仅仅是做了一个隔窗的"见证者"。我跟那个体罚孩子的女人一样丑陋。在这一点上，我自己都瞧不起自己。

夜继续在白昼的反面运行，我的失眠也继续在我醒着的反面运行。三天两头，对面那对夫妻依然在夜晚吵架，仿佛他们的争吵是在替失眠的人念咒语。我已经习惯了他们这种生存方式。但他们每回吵架，我都替那个无辜的孩子担心。我感觉他们的每一句恶语，都是一条皮鞭，狠狠地打在那个小姑娘的心上。

事实也是如此，那个女人已经将惩罚小姑娘当成报复男人的手段，而且她在体罚孩子的过程中，能够获得一种巨大的心理满足。我实在无法容忍这个女人的所作所为。试想，要是那个受体罚的小姑娘是我的孩子，我该怎么做，是睁只眼闭只眼？如果这样，我真就不是人。于是，趁有次那个女人在惩罚小姑娘的时候，我偷偷地用手机拍下一段视频。没过几天，我便将这段视频呈报给社区民警。接下去的一周时间，我都没有在陋室居住——我出差了。我选择在出差之前这样做，是不想给自己惹麻烦。我知道民警肯定会去找那对夫妇，那对夫妇肯定也会来找我。我有意想回避，足见我骨子里还是一个懦弱的人。

但事情该来的总是会来。我出差回来的当晚，那个男人就牵着女儿来敲我的门。他先是气愤地跟我说，不要管闲事。接着警告，我已经侵犯了他们的隐私权，如果我再录制视频，他将去法院起诉。我不知道说什么好，只向他道歉，说自己并无恶意，只是出于可怜孩子，才录下那段视频。那个男人听我如此说，心立刻变软，并掏出一支烟递给我，放低声音说："我其实早就知道孩子受罚的事，在我们还没有搬来出租屋时，她就已经在虐待孩子。可我没办法啊，我的命苦！"说完，他摸摸孩子的头，又用眼神暗示孩子。那个小姑娘看看父亲，害羞地结结巴巴说："叔叔，是我不听话，我妈妈才教训我的，请你以后不要再管我的事，我求求你了！"话毕，小姑娘竟然扑通一声跪在我面前。我赶紧扶起瘦小的她——她的两条胳膊犹如两根干柴棍。我呆呆地看着眼前这个孩子，泪花在眼眶里打转，想流却无论如何流不出来。我只好哽咽着向这对父女道歉，然后转身关上门，把自己死死地锁在屋内。

那晚之后，他们开始防备我，白天黑夜都把窗帘拉得严严实实。只有我不在家的时候，他们才拉开窗帘透透气。一旦我回屋，他们就会迅速拉上窗帘，把我的目光阻挡在窗外。仿佛我的目光是瘟疫，是病毒，只要碰到他们，就会使他们感染重疾，或患上不治之症。有一次，我趴在窗台上抽烟，那个女人忘了拉窗帘，她从厨房走出来，扭头与我的目光对视。瞬间，我好似见到她的眼眶中燃起两朵火焰，要活活将我烧死。我知道她恨我，赶紧从窗边离开，而她抬手一抓就将窗帘拉上。

从此，我再也没有见到过那个小姑娘。但我知道她仍在遭受继母的惩罚，仍在忍受肉体和心灵的双重疼痛——她注定将是一个在血泪中成长的姑娘。虽然我的眼睛不再看到许多事情，可我的耳朵能够听到许多秘密。依旧是在对面的出租屋，依旧是在漆黑的午夜，这对半路夫妻依旧无休无止地争吵。他们的争吵使我的失眠苦上加苦、痛上加痛。其实，我十分讨厌那个男人，我觉得他比我还要懦弱，连自己的女儿都保护不了，怎么去树立作为父亲的形象？难道一个男人离开女人就不能活吗？难道一个男人为迎合女人就甘愿拿孩子去做牺牲吗？

有好几次，我坐在书桌前，听见那个男人在对女人怒吼："你可以辱骂我，但不要再虐待我女儿。否则，我跟你没完。"那个女人一听，气焰更加嚣张，反击道："你个没出息的窝囊废，竟敢说我虐待你女儿，你自己问问她，我何时打她骂她了？你们父女没一个好东西。"我以为女人的反击会激起男人良知和血性的义愤，谁知吵到最后男人竟在跟女人道歉。道完歉，女人的气也就消了。然后，他们会疯狂地做爱，向着黑夜俯冲。女人的呻吟放大了夜晚的虚空，好似他们彼此都将对方视作发泄怨恨的对象。你很难说他们的灵魂是融合的，心灵是愉悦的，精神是快慰的，他们不过是都需要对方的肉体而已。在生存的严酷面前，也许唯有肉体的欢娱才能使人暂时忘掉活着的悲辛，忘掉黑夜带给人的恐惧、撕裂和剥蚀，这大概也是他们为何不断在发生争吵，却又从未分离，依旧搭伙过日子的根本原因。

作为生活的局中人，我们都活成了自己生存的证词。从这个层面上说，我没有任何资格去评判这对夫妻。我只不过是他们的邻居，缘分让我们住进同一栋老楼。在这栋老楼里，我们各自在经历各自的黑夜，本不该互相干预和揭露，而应该相互温暖和怜惜。也许在他们眼中，我更是一个可怜兮兮的孤独男人呢！

我决心不再去探究属于他们的生活，我只想如何治愈自己的失眠症。在我正这样想的时候，他们却从出租屋搬走了。我掐着指头一算，他们从搬进出租屋到离开，只有九个半月。至于他们搬走的原因，我也不清楚，或许是他们的争吵扰民，或许是民警的警告使他们害怕，或许是我的存在让他们焦虑。当然，或许什么原因都没有，他们仅仅是想走就走了，就像很多泪眼婆娑的人，他们也什么原因都没有，仅仅是想哭就哭了。

人世间的许多事，哪有那么多的理由呢，大家说是不是？

我的失眠里包着我的劫难。这劫难是一匹又宽又长的布，将我从头裹到脚。我像蚕一样躲入这劫难的茧子，吐我的丝线，可这丝线总也没有吐尽的一天。

每晚的后半夜，我都会特别想念我妻子。我好想躺进她的怀抱，借她的体温暖暖我的冰凉——哪怕就那样整夜睁着眼，对我也是一种安慰。一个再怎么阳刚的男人，也少不了女性柔情的滋润。尤其是在外漂泊太久的男人，更是渴望将妻子的手臂当作自己疗伤的港湾。这个愿望是属于男人的秘密，他们嘴上不说，心中却是无比向往。很多时候，男人的自尊心和虚荣心远远大过女人。他们明明脆弱得像眼泪般透明，可就是打死都不愿意承认。他们不想让女人看见自己的软弱和忧伤，觉得那是非常丢脸面的事情。这也是男人的病——无可救药的顽疾。

我妻子是个十分聪明的女人，她了解我，知道我的毛病出在哪里，也善于处理夫妻之间的关系，故她通常对我都表现出宽容和信任的态度。我们结婚十多年来，她从不过问我的工资收入，也从不翻看我的手机（当然，我也从不问过她的工资收入和翻看她的手机，我们只在家里需要大笔资金支出时，才会彼此合计，共同承担责任）。若是偶尔遇到发小和以前的同事晚上请吃夜宵，无论我待到多久，哪怕是零点过后，她也从不打电话催促，这让我的那些"妻管严"哥们儿既羡慕又嫉妒。他们都调侃我是挣脱了紧箍的孙猴子，可以上天入地，还能跑去偷蟠桃、盗御酒、窃仙丹，享受人生极乐。但其实，当我坐在吃夜宵的餐桌上，听到朋友的妻子不停地打电话催他们回家的时候，我的心里也是满含期待。我希望那会儿自己的手机铃声也会响起，希望电话那头同样有个柔弱抑或气愤的声音在说："多晚了，还在外面鬼混，你到底还晓不晓得回家？"男人真是个奇怪的动物，要是被妻子管得太紧，会觉得不自由；要是妻子压根儿不管他，又会觉得空落，无人关心。我曾真诚地问过我妻子："为何我在外面待到那么晚，你都不打电话催我回家啊？"她说："有什么好催的，要乖自己乖。"妻子的回答，让我感到羞愧。

不只是对我，她对我母亲同样也很大度。她们在一起生活十余年，从来没有发生过口角纠纷，越处越像一对难舍彼此的忘年交姐妹，这在很多家庭中都难以想象。俗话说，婆媳天生是冤家。同在一个屋檐下相处久了，都难免磕磕碰碰。要么因为性格和习惯不和而闹别扭，要么因为家庭琐事而起干戈。我的好几个朋友，都是由于妻子与母亲之间的关系恶化，导致其成天借酒买醉，终年不得开怀。其中有三个朋友因此而离婚，另有一个出车祸，搞得家破人亡。在我们居住的小区，也经常看见有家庭因婆媳关系僵化而发生吵架、打架事件，甚至还有为此走上法庭的情况，闹得社区民警都厌烦来小区调解矛盾。谁都知道，在中国社会，婆媳关系委实是最难相处的人际关系之一。故我很感激我妻子，家安诸事安。正如有歌词写的那样，我妻子和我母亲，都是对我恩重如山的女人。今生，我能娶到这样的妻子，是我前世修来的福分！

我妻子最近出了点状况，这让我的心忐忑不安。我已经在暗中观察她很长一段时间，她越来越不爱说话，整日愁眉苦脸，一副心事重重的样子。即使两个可爱的孩子，也无法激起她说话的兴趣。她对我也逐渐变得冷淡，以往我每个周末回到家里，她的心中无疑都充满喜乐，还总不忘去超市买回好菜亲自下厨，享受家庭的温馨时光。可最近,她对我回家的期待消退了,看到我推开家门,也不打招呼,更不会流露出欣慰,只是静静地坐在沙发上,沉浸在她个人的冥想中。即使晚上睡觉,她也不会跟我有任何交流,只要我不主动说话,她绝不会张口出声。至于肌肤之亲,那更是不可能的事。她背对着我,我背对着黑夜。床载不动我的幻想和忧愁,我伸手搂住她的脖子,她拒绝;我伸手抱住她的腰身,她反感。仿佛一夜之间,我们成了两个熟悉的陌生人。

我不知道她怎么了。那一刻,我的心情极其复杂。我开始胡思乱想——莫非是她在外面另有他人?莫非是她在工作上遇到困难?莫非是她提前进入更年期?我的猜想使原本就失眠的我更加彻夜难眠。待我的心情稍微平静,我又会仔细分析。首先,我妻子不可能背叛我。我们都是生活简单的人,我们都出生于乡村,过早经历过人生的磨难和苦楚,我们知道该珍惜什么,也知道该怎样去呵护和守候这个来之不易的小家庭。况且,我妻子很少出去跟异性接触。每天下班之后,都早早地回家,从不去外面东游西逛。她基本不乱花钱,平时给自己买衣服,超过五百元以上,就会犹豫半天。也极少给自己买化妆品,她给人的形象,就是朴实和自然。借用我岳母的话说,揣在我妻子兜里的钱,均用药水煮过。像这般质朴和顾家的女人,我不相信她会有外遇,会忍心去破坏自己幸福的家庭。其次,就工作而言,她一向踏实、本分,颇得单位领导信任。她也有能力将分内之事处理得条分缕析、妥帖圆满。加之她并不是一个欲望膨胀的人，像很多人那样善于溜须拍马，见风使舵，即使矮化自我的人格也要削尖脑袋朝上爬，企图谋得个一官半职，再在比自己职位低的人面前去颐指气使，耍尽威风。我熟知我妻子，她永远不会是那样的人，故工作不至于带给她烦恼和焦虑。再次，说到更年期，那更是我瞎揣测。一个三十多岁的女人，正值生命的黄金期，怎么可能会有更年期征兆呢？即使现在的人生活环境变了，食物也在无形地改变人的身心健康，那更年期现象也不会如冬季的寒潮一样，提前到来得这样离谱吧？

那么，只有一种可能——我妻子抑郁了。抑郁是找不出任何原因的。生活在如今这么一个瞬息万变、幸福指数普遍偏低的时代，患抑郁症的人何止一个两个啊，恐怕是要用上亿来计算。这样分析之后，我强烈建议妻子去看医生。她先是不听从我的建议，后来还是经我多次劝说，才同意在我的陪同下去医院。测试结果正如我的判定——的确是抑郁症。从医院出来，我扶着瘦弱、郁郁寡欢的妻子，心里的愧疚感油然而生。

我这辈子对不起的人太多了。

回到家后，我一直处于深深的自责之中。这十多年来，都是我母亲和妻子替我支撑起这个家——是她们在负责洗衣做饭，接送孩子上学放学，处理亲戚间的礼尚往来，而我只是这个家庭的旁观者。我为我们家付出的实在是太少太少了。

也是在这时，我才开始反思自己，学会换位思考。我想，当我躺在陋室的木床上思念妻子时，我妻子会不会同样躺在另一张床上思念我。作为一个女人，她该怎么度过她的漫漫长夜？她会不会在黑夜里感到害怕？会不会在一个刮风下雨或繁星满天的夜晚，特别地想要抱抱自己的丈夫，然后向爱人撒个娇，说几句情意绵绵的话？会不会在每天晚饭后，渴望像小区里其他夫妇一样，手挽手去公园或湖边散散步？这一切都是人的正常需求啊！我或许真是忽略了妻子的感受，也疏忽了对她的关怀。身为她的丈夫，我是不合格的，根本没有尽到一个丈夫的责任。

我妻子虽然大度，对我极度包容，但这不代表她嘴上不说心里就一定没有怨言。我甚至在想，她有没有因今生嫁给我而感到后悔过。我曾在一篇散文里坦言：在如今这个时代，做一个文人和嫁一个文人都需要勇气。事实也是如此，这么多年来，我将自己的主要时间和精力都耗在写作上，既没能给予家人宽裕的物质条件，也没能给予家人足够的亲情陪伴。周末回到县城的家，还不忘坐在电脑前写些没用的文稿。若遇状态好，一写就是半天，写作到深夜也是常事。无数次，当我关闭电脑再洗漱完上床睡觉时，我发现妻子早就进入梦乡。可她从来没有打扰过我，而是留给我清静的空间，让我在文字的海洋里畅游。她为我所做出的牺牲是巨大的，哪怕我用尽余生也无法报答她于万一。

可见一个女人嫁给一个文人，将是多么可怜复可悲。我要是生有女儿的话，一定会告诉她，此生断不可嫁一个文人做丈夫。即便去嫁给一个送水工或修理工，也比嫁给一个文人强。要知道，没有哪个文人不自私。在文人眼里，写作永远是他生活的重中之重。而写作又必然耗时间，这使得写作者没有精力去照顾自己的家人。他们嘴上天天在说爱和慈悲、道义和担当，却对家人最是冷漠和残忍。他们口口声声说同情弱者，关怀众生，却对家人最是绝情和轻视。让我们看看周遭，凡是那些热爱写作的人，有哪一个不是怀着对家人的歉疚在文学之路上苦苦跋涉呢？尤其是那些伏案多年都没有写出成绩的人，代他们去受苦遭殃的绝对是亲人——因为他们把本该献给家人的美好时光，大都用来献祭给了文学。而那些在文学上取得辉煌成就的人，替他们在背后承受煎熬的仍然是亲人。当他们站在领奖台上光芒四射，或被拥趸环簇享受签名的快慰时，他们的妻子却在家中默默地照顾孩子和老人。

故如果真要说爱的话，所有写作者都只爱一样东西——写作本身。

写到此处，我替我妻子感到难过。她也许从来都活在委屈之中，这委屈是我一手造成的。许多时候，我还不如我孩子懂事。

有一天，我领着两个孩子陪妻子在小区散步，走着走着，年仅四岁的小儿子突然抓起我的右手和她妈妈的左手，使劲地挨在一起。然后，仰起圆嘟嘟的脸，朝我笑笑，又朝她妈妈笑笑。顿时，我被这个小家伙所感动，一股暖流从我的脚底升至头顶。刹那间，我体会到人间最纯真的爱。脸上久不绽放笑容的妻子，也在那一刻露出微笑。

是我孩子教会我该如何去重新做人。

我多么希望妻子能够尽快走出笼罩她的阴影，再度变得快乐和阳光起来。倘若她的抑郁症一日不康复，我的失眠症就将永无穷期。我们是彼此独立的两个人，又是合二为一的一个人。我们是镶嵌在夜幕上的两颗星星，要闪烁就同时闪烁，要寂灭就同时寂灭。

我怎么也不会想到，我失眠的时候，竟然还有人也在失眠。这些失眠的人，有些我看得见，有些我看不见，但我知道他们醒着——或在自己的迷梦和困厄里醒着，或在自己的罪愆和忏悔里醒着……

《圣经》上说："光照在黑暗里，黑暗却不接受光。"又说："光来到世间，世人因自己的行为是恶，不爱光倒爱黑暗，定他们的罪就是在此。"我不想被定罪的，因为我并不是一个不爱光只爱黑暗的人。我之所以失眠，也正因为对光的渴求。那些能够在黑暗中安然入睡的人，想必都已穿越黑暗，抵达人世的祥和之境，不再为生存而忧虑，不再为活着而伤怀。他们能够安然熟睡，是他们的梦已然找到皈依之乡，他们的心已然找到安顿之地，他们的灵魂已然找到接纳之处。而我跟他们不一样，我还在继续穿越属于我的黑暗——我奶奶还在晚景中泅渡，我父亲还在失忆中寻亲，我母亲还在劳顿中受苦，我妻子还在抑郁中求爱，我孩子还在艰难中成长。我必须拖着他们朝前走，我的日子才有意义，我所渴求的光也才能照亮我的黑暗。

任何一个失眠的人，都有可能是被迫在人间风雨兼程、夙兴夜寐地赶路的人。这条路太长也太过艰险，只有睁着眼，才不会踏空，掉入悬崖。因此，一个失眠的人，总是会找到无数其他失眠的人，来陪伴自己赶路。他们是一个群体——一群互相搀扶着在黑夜里寻找光亮的人。

至少有大半年时间，我都不见有人搬进对面的出租屋。不知是受新冠肺炎疫情影响，租客减少，还是房屋的老板娘生病（我也好长时间没见到她），灰尘重又落满小屋。我失眠的时候，仍旧习惯趴在窗台上抽烟。这时，我的脑海又会浮现曾经在出租屋居住过的那些人。我不清楚他们现在过得好不好，生活有没有起色。那个常在深夜哭泣的男人，是否已经摆脱担惊受怕的日子？

那个在酒吧上班的姑娘,是否早已不在夜间歌唱,并让她的亲人入土为安?那对时常吵架的夫妻,是否已经和睦相处,并不再让年幼的女儿饱受屈辱?

我为他们祈祷!也为自己祈祷!

我们都是在黑夜失眠的人。我知道他们的秘密,他们也知道我的秘密。这秘密里暗藏着人间的生死疲劳,也暗藏着人心的波涛狂澜。但现在,我什么都不再去想,也不再为最终能否找到光亮而迷茫。我唯有一个心愿:当我彻夜难眠的时候,本该入睡的所有人都能安睡。

我愿意成为世人睡眠的守护人。

我知道自己很渺小,也很卑微,可再渺小、再卑微的人,都有权睡上一个安稳觉。

## 关于垂钓的痛苦和哲学

> 西门彼得对他们说,
> 我打鱼去。他们说,
> 我们也和你同去。
>
> ——约翰福音 21.3

我们就这样上路。

十月的风,夹杂着微雨,吹在脸上,像人的泪滴。我开着一辆越野车,在一条蜿蜒的乡村公路上前行。透过车窗,两边如黛的青山连绵起伏。薄雾在山巅缭绕,给人一种虚幻之感。有农人头戴斗篷,或牵着一只羊,或扛着一把锄头,或挑着两筐青菜朝家走——每个人都在忙着生,也在忙着死。已是下午时光,天色灰蒙,能见度越来越低,天地之间仿佛被扣上一个玻璃罩。我只好放慢车速,平稳地向前行驶,尽管这条乡道我跑过多回。在出发前几天，我就预订了七天的房间，只要我们能在六点钟之前到达"农家乐"就行。反正我们没有别的事，出来就是散心。沿途的风景才最美丽，野趣往往都藏在那些被人错过的地方。

路两旁的秋草长得实在太高，草尖上挂满水珠。车在转弯时，能触碰到湿漉漉的草叶，水珠溅到挡风玻璃上，瞬间就破碎，如梦亦如幻。偶尔，会有几只野鸡或鸟雀从草丛蹿出，扑棱着被雨水打湿的翅膀，想飞却不知道该朝何处飞，只停留在山丘上茫然四顾。

动物跟人一样，也有孤苦无依和垂头丧气的时候——所有的生灵也都有属于自己的黑暗部分。我本想刹住车，去瞧瞧它们惊慌失措的模样，但又怕迎面撞上立在山林中捕获它们的那一张张大网。我知道，有不少鸟都死于飞翔——它们的尸体被倒挂在丝网上，要么被捕鸟人取回去佐酒，要么被风干成野外示众的孤尸。

我不愿目睹这人间惨剧。看后心里会堵得慌，会留下永久的阴影，会为人类的可恶和可耻感到痛心。一股莫名的忧伤突然攫住我，想哭，却流不出泪。我抓紧方向盘，像抓紧藏匿在山野之地的某些罪证。车颠簸着。寂静似一根绳索，捆绑着十月这个囚徒，朝黄昏的深处拉。

估计还有一个半钟头，我们将到达目的地，但我的心里却没有丝毫喜悦。这次出行跟前几次不同。我姨妈昨天反复告诫，我此行的任务，就是把姨丈陪开心。从小到大，姨妈和姨丈待我不薄，现在姨丈遇到人生大劫，我不能袖手旁观。姨妈流着泪说："你要是再不带你姨丈出去散心，我怕他挺不过来。他要是有个三长两短，我也不活了。"姨妈的话不但加重了我的心理负担，还让我意识到事态的严重性。于是，我不得不利用国庆七天长假，带上姨丈，去远方垂钓。

垂钓是姨丈的唯一爱好，我希望通过爱好来引他走出绝境。至于这样做到底有没有成效，我不敢保证。毕竟，我又不是上帝，只能尽人事，听天命。但我想，凡事只要认真去做，就能问心无愧，求己心安。正如一个农夫，不能因为怕遇到凶年，就不在春天耕地、播种吧。

路是人走出来的。我只要带着姨丈去走，我相信那条路一定会在远方等着他。当他踏上那条小路之时，就是他望见彼岸之时，也是他心中获得光照和宁静之时。

微雨仍在淅淅沥沥地飘洒，阴沉沉的天越加阴沉沉。我见姨丈坐在车上一声不吭，以为他已睡着。扭头一看，他却睁大双眼，神思恍惚地望向窗外。我不知道他在想什么，脸上流露出惶恐，跟刚才那受到惊吓的野鸡和飞鸟无异。我深知，姨丈如今也正被一张大网拦住，能否逃脱那张网，得看他的造化。

第一日　神说："要有光。"就有了光。神看光是好的，就把光暗分开了。神称光为昼，称暗为夜。

秋雨不但没有停止，反而比昨天下得更大，这给我们的垂钓带来难度。好在农家乐老板给我们备有雨衣，还提前在那片野湖打好"窝子"。吃过早饭，我便领姨丈去野湖垂钓。

湖不是很大，灰青色的湖面弥漫着一层薄雾，雨点落下来，有种冷寂感。不远处，两只野鸭在水面游弋。一前一后，显得有些落寞。在这乡野之地，它们要游到哪里去呢？这个野湖并不是它们的家园。也许，它们跟我们一样，仅仅是来这个野湖散散心。人也罢，动物也罢，都不过是天地间的过客。

我们在老板打窝子的地方坐下来。这里是一个山湾，避风，两旁栽着几棵柚子树。树上挂着又圆又大的浅黄色柚子。老板说，要是想吃，可以随便摘。待我们坐定，才发现柚子树后面，并排有两个坟堆。其中一个坟长满荒草，另一个坟则培着新土。坟侧放着的花圈，还没有被雨水沤烂。也就是说，那个坟堆里的亡人，应是新逝。

姨丈看见那个新坟，开始坐立不安，握着钓竿的手颤抖不已。我意识到他内心的恐惧，故意转移他的注意力，就东拉西扯地跟他攀谈。我说自己在野外钓鱼的见闻——有一年深秋，山间枫叶红透，我去湖边钓鱼。湖对岸，坐着一个老者。忽然，有鱼咬钩，老者右手扯竿，钓到一条鲤鱼。这时，另一支钓竿也有动静，他左手扯竿，又钓到一条鲤鱼。老者立起身，心中窃喜，任鱼在水中挣扎。谁知，就在两条鲤鱼都挣扎疲累时，两支钓竿的鱼线却缠绕在一起。老者心乱如麻，不知如何是好。鱼儿在水中拼死逃窜。老者见势不妙，猛力提竿，两根鱼线同时崩断，鱼儿终获重生。老者呆愣良久，复又坐下。从裤兜里掏出一支烟点燃，气愤地将两支钓竿折断，扔向岸边草丛，背着手、哼着小曲优哉游哉回家去。那日之后，他便再未出去钓过鱼。

我以为这见闻会令姨丈释怀，不料他依旧眉头紧锁，俄顷，才说："我平时跟钓友出去垂钓，都不叫钓鱼，你知道我们叫什么吗？"我摇摇头，问："叫什么？""给鱼开追悼会。"他说。我的心瞬间暗淡，姨丈到底还是沉浸在悲伤中，不能自拔。

"我本来不想活了，可你姨妈非要坚持让我活。"我脑海中又冒出姨丈在来时路上说的这句话。近段时间以来，姨丈都活在强烈的自责、愧疚和耻辱之中。他没事就把自己关在房间内，闭门不出。好似一出门，他就会遭受所有人的指责和谩骂，甚至还会有人朝他扔石头、砸鸡蛋、泼大粪。好歹他也是一个国家干部，丢不起这个脸。我非常理解姨丈。别说像他这样有身份和地位的人，就算一个农民遇到此种事，也很难再正常做人。

三个月前的一天夜里，快到黎明时分，我姨妈起床上厕所。起初她并未发现情况异常，待她从厕所出来时，眼前的一幕吓得她魂飞魄散——我姨丈的老父亲竟然吊在客厅阳台的防盗窗上。姨妈颤抖着身子,惊慌失措地冲进卧室摇醒姨丈。当姨丈从睡梦中翻身来到客厅,同样被吓得两腿发软,说不出话。后来,还是姨妈跟我母亲打电话,我母亲又赶紧叫上我舅妈,跑过去帮忙将姨丈父亲的尸体从铁窗上解下来,叫殡仪馆派车拖走。

我姨丈和姨妈都想不明白,老父亲又没患绝症,为何要在家中上吊。况且,他们平时对他都很孝顺,一周前,还为其举办了八十岁生日酒宴。可这个耄耋老人,偏就抛弃自己的晚年幸福,选择以这种方式告别人世。

翌日,我姨丈父亲自尽之事,就在他们小区内被传得沸沸扬扬。紧接着,连他们居住的那条街道,以及姨丈单位上的人,也都在议论此事。特别是姨丈那两个在外地工作的亲弟弟,得知消息后,火速赶回来,又是哭又是闹,责怪我姨丈和姨妈没有将父亲照顾周到,才导致老人轻生。若不是有人劝阻,他们还想报警,要将我姨丈和姨妈带去审问。

我姨丈和姨妈承受着巨大的心理压力,他们哭天无路,跳进黄河也洗不清,只好跪在父亲的灵堂前垂泪。虽然这事最终还是平息,让他们的老父亲入土为安,但却给我姨妈和姨丈造成了难以愈合的创伤。古人云,众口铄金,积毁销骨。从此,不孝的骂名,就成为姨妈和姨丈背负在身上的硬壳,甩都甩不掉。

雨丝越飘越密，被风吹连成片，铺洒在湖面上，试图盖住些什么。先前游弋的野鸭已不知去向。我和姨丈坐在柚子树旁，仿佛天地间只剩下我们两个人。也不知何故，那天就是没有鱼儿游来咬钩。浮标立在水面，没有任何动静，莫不是鱼儿也忌讳吞食伤心之人投下的诱饵？午时刚过，我和姨丈便收起钓竿，提着水桶回到住处。桶里装着的，只有那日的雨滴、哀愁和沉思。

第二日　神说："诸水之间要有空气，将水分为上下。"神就造出空气，将空气以下的水、空气以上的水分开了。事就这样成了。神称空气为天。

苍穹不知道是伤心，还是在替伤心播种，雨继续没日没夜地下。清早起床，推开"农家乐"房间的窗户，便听见雨滴落在芭蕉叶上的声音，有一种被时光做旧的感觉。再定睛一看，那层浮在芭蕉叶上的青绿，也被雨水打湿，我的心里瞬间被蒙上一层阴翳。凭我的经验判断，今日又不是一个垂钓的吉日。

我匆匆洗漱完毕，便去敲姨丈房间的门，却没人应。我猜他准是比我早起，遛弯去了。我姨妈跟我说，自从姨丈父亲出事后，我姨丈没有哪天晚上睡过安稳觉。可这么大的雨，他能去哪里呢？我绕着"农家乐"转圈，也不见他的人影。后来还是老板说，姨丈去了后山的"听雨轩"——那是老板自己用树干和茅草搭建的一个亭子。我沿着长满青苔的石板路向后山走去，野菊花开满山地，黄亮明艳，经雨水一洗，好似秋天遗落在人间的黄金。

爬上山顶，我果然看见姨丈站在"听雨轩"内，在眺望烟雨朦胧中的乡野。雨线从草亭四围倾泻而下，将他包裹住。那一刻，我感觉他正在接受天水的沐浴。或许，他想洗刷掉的东西太多——羞耻、冤枉、脏污、欲望、恐惧……

"你来了。"姨丈转身对我说。我点点头，说："今天气温低，看来又不适合'给鱼开追悼会'。"话刚出口，我即意识到不妥，怕增添姨丈心中的忧戚，遂赶紧顾左右而言他。谁知，姨丈却故意微笑着说："给鱼开追悼会，也是给人开追悼会啊。有时，人也是鱼。"我立在亭中，琢磨姨丈这话的意思。他继而说："要是下午雨停，咱们就去湖边垂钓。以后，我怕再难有这样的机会了。"

我的心变得沉重起来。我明白姨丈在说什么，人在倒霉的时候，总是祸不单行。就在他安葬父亲一个月零七天时，竟意外接到上级通知，勒令他停职，并随时接受组织审查。姨丈如瞬间掉进冰窟窿，他不知道自己犯了何事，心中升起不祥的预感。起初，他以为是父亲上吊的事，但转念细想，又觉得不大可能。退一万步来说，即便是上级组织怀疑他不孝，也不至于被停职，顶多是进行批评教育。那么，这事就变得不那样简单。可他又实在想不通，自己究竟错在哪里。作为单位副职，他又没掌握实权，平时在工作中也是本本分分,怎么突然祸从天降呢?要说停职,那也该一把手停职才对啊,可一把手照样谈笑风生,平安无事。姨丈越想越胸闷,头发一根一根朝下掉。姨妈也不知道姨丈哪里出了问题,他们甚至揣测,是不是姨丈父亲听到儿子的什么风声,才心慌地跑去自尽呢?

这一切都是一个谜。在谜底尚未揭穿之前,姨丈必然会活在畏惧之中,这是人的正常反应。要是他知道自己是怎么回事,因何被停职,心里反而会坦然和轻松一点。

"你说是不是有人陷害我?"姨丈充满信任地问我。"清者自清,浊者自浊。你既然身正,又何惧影子斜呢?"我说。雨水在我们耳畔哗哗地流淌,头也不回地泻向大地深处。万物都需要雨水的滋润才能生长,可要是降雨过于充沛,那就是灾难。

我们站在"听雨轩"内,再没说一句话,彼此沉默,如这雨中的山河。我掏出一支烟递给姨丈,又摸出打火机替他将烟点燃。我明显感到他的手在哆嗦。曾经,姨丈是多么高傲的人啊!尤其对待像我这样的晚辈,更是颐指气使,说不上三句话就要来一番训斥,仿佛他就是真理在握的人。出于尊重,晚辈们都只能忍气吞声。可现在,这个不可一世的男人,竟然是那样谦卑,甘愿屈尊来从晚辈处获取慰藉。人都有脆弱和敛藏锋芒的时候。姨丈猛吸一口烟,身子朝我这边挪挪。看得出,他有一种想要亲近我的愿望和冲动。我没有躲避，让他紧挨着我并排站在一起。在这个山野之地，在这个雨落荒丘的季节，唯有我能给他一丝稀薄的温暖。也只有在此时，我跟姨丈之间才平等，血缘亲情也才体现出可贵之处。因为，我这个曾让他最瞧不起的人，如今却成为他最值得信赖的人。

我没有为此而感到快慰，涌动在内心深处的，是一种酸楚和难受。我很想伸出双臂抱抱他，但又觉得两个大男人如此举动，多少会有几分尴尬，便也作罢，只陪着他将手中的香烟燃尽。我希望那支烟，能烧去他的烦恼，使之永获清净。

那日的秋雨从清晨下到日暮，既下在旷野上，也下在我们的心灵上。下午，我跟姨丈各自在房间休息，哪里都没去。我们就这样把自己囚禁起来，放了某些鱼一条生路。

第三日　神说："天下的水要聚在一处，使旱地露出来。"事就这样成了。神称旱地为地，称水的聚处为海。神看着是好的。神说："地要发生青草和结种子的菜蔬，并结果子的树木，各从其类，果子都包着核。"事就这样成了。于是地发生了青草和结种子的菜蔬，各从其类，并结果子的树木，各从其类，果子都包着核。神看着是好的。

早上起来，雨终于停了。姨丈说："看来今天是个'给鱼开追悼会'的好日子。"于是，我们带上渔具，又去那片野湖。我建议今日换个地方垂钓，我不想再让姨丈看到那两个坟堆。姨丈估计也猜透我的心思，在他的指引下，我们选择野湖左侧的一个凹地坐下来。姨丈说："热钓滩，冷钓湾，不冷不热钓草边，这里肯定有鱼咬钩。"我没有反对，毕竟他才是钓鱼老手。凹地上种满青菜，绿油油的，能掐出水。有菜青虫在菜叶上爬，虫子的身体也呈绿色。姨丈伸手捉住一条虫子，挂在钓钩上，扔进湖里。他说："用菜青虫做诱饵，上钩的鱼通常都很肥硕。"

天色仍是雾蒙蒙的，像穿着丧服。昨天整整一个晚上，我都没有睡好觉，头昏沉沉的。我还在想昨夜纠缠我的那个噩梦——在梦中，我跟姨丈来到一面山崖下，崖底有一条河流，河水一半蓝色一半紫色。河面漂浮着一大片鱼的尸体，那些鱼大小各异，均长得奇形怪状。我和姨丈跪在死鱼面前，悲痛欲绝。我们的泪水溅在山崖上，又被反弹回河流。眼看着水位线逐渐升高，快要淹没我们的脖颈，我慌张地拉扯姨丈，大声呼喊他逃命，可他跪着纹丝不动。说要守着那些死去的鱼，直到它们全都复活。

我不知道这个梦有何预兆，我也从来没有做过类似的梦。我将这个梦告诉姨丈，他递一支烟给我，自己也点燃一支，吸两口说："你最近是不是在看弗洛伊德解析梦的书啊？"我说："没有，倒是在看荣格的《红书》。不过，那也是一本通过梦来解析人心理的书。"姨丈说："那就对了，你今后少看这类书，或许就不会再做这样的梦。"话刚说完,他就钓到一条鲤鱼,差不多有一斤重。姨丈笑着说:"看看,菜青虫管用吧。"我没有回答。

云雾散开一些,天边出现一道亮光。那亮光照在水面上,水瞬间被激活,不再是一潭死水。姨丈还想捉菜青虫来做诱饵,转身在菜叶上找来找去,却再难觅到一条虫子。兴许是那些虫子都料到自己将遭大劫,纷纷躲藏起来避难。姨丈摇摇头,又叹叹气,只好在钓钩上挂上一条蚯蚓扔入湖中。

说也奇怪,自姨丈用菜青虫钓到一条鲤鱼后,就再也不见有鱼来咬钩。我的浮标也丝毫不见动静。姨丈说:"难道现在的鱼也变精明了,见同类遭殃,都引以为戒不来上钩?"我说:"你没听说吗,鱼的记忆只有七秒钟,它们可不像人那么狡猾呢。"姨丈突然陷入沉默。我以为又是啥事触动了他的心弦,想迅速转移话题,不料姨丈却开口慢腾腾地说:"要是我的记忆也只有七秒钟,那该是多么幸福啊!"

那一刻,云雾重又聚拢,天边的亮光隐退,水面上像镀了一层青灰色的釉。"你姨妈跟你讲过我的经历吗?"姨丈问我。我感到十分诧异,心想,你那么有身份,又那么光鲜和亮丽,姨妈怎么会跟我讲你的经历呢?"没讲过。"我说。"那我今天不妨跟你讲讲,你愿意听吗?"我也递一支烟给他,听他像讲别人的故事那样讲起他自己。

姨丈的命运竟然也是那样波谲诡云，令人扼腕。从小，他跟天底下所有出生农村的穷苦孩子一样，过着半饥半饱的日子。他父母为拉扯他们兄弟三个成人，更是受尽人间屈辱。姨丈说，他曾目睹母亲为给孩子讨一碗口粮，哭着向村里有权有势的人下跪。从那时起，他就发誓今生一定要出人头地，光耀门楣。他父亲在外人面前很懦弱，经常遭人欺辱，而对待孩子，却是那样蛮横，动不动就拳脚相加。讲到这里，姨丈特意撩起袖子让我看他的臂膀。上面有一个伤疤，他说那是当年为阻止父亲打母亲而被父亲用烟锅给烫的。那时候，他最痛恨的人就是父亲，盼望他病逝，或暴毙村头。他完全不知道自己能否活下来，他没有爱，没有家，整日都生活在黑暗里，见不到光。要不是见母亲可怜，他早就去地狱做了小鬼。

后来，当地一个做开矿生意的老板，见姨丈天资聪颖，愿意出钱资助他求学，前提是待他日后学业有成时，必须娶自己的智障女儿为妻。姨丈的内心犹豫过、挣扎过，但最终他还是答应了。跟残酷的生存现实想比，他宁愿从夹缝中给自己开辟一条小路。姨丈是个信守诺言的人，他中师毕业参加工作的第二天，就跟那个矿老板的女儿成亲。可悲的是，姨丈结婚后一年不到，那个智障女人竟然亡故。

姨丈不甘心就这样被命运作弄，已经成为小学教师的他，一直在找机会走仕途。他用了很多心思，也耍了很多手腕，最终在从教第三年的春天，被调去一个乡政府任秘书。紧接着，他又从秘书职务上升到副乡长、乡长。也是在这期间，他认识了我姨妈，两人双双坠入爱河。那个矿老板得知姨丈要娶我姨妈，简直要提刀来取他项上人头，还非要押他去女儿的坟前谢罪。可这时的姨丈已经不是当初那个读不起书的穷少年，追求爱和自由的意志，使他战胜一切阻碍。跟我姨妈组合成新家庭后，姨丈的仕途更是顺风顺水。加上我姨妈本也是个精明能干的女人，在镇上开餐馆、承包水厂，短短时间内就使一个家庭改天换地，成为当地人尽皆知的"富裕之家"。现在，我姨丈已经是区里一个要害部门的领导。若不是被停职，他也许还有更加辉煌的未来。

雨又开始从天而降，打断姨丈的讲述。我和他都没有带雨衣，只好收起钓具，返回农家乐。姨丈提着刚才钓到的那条鲤鱼说："回去叫老板红烧，给一条鱼开追悼会，跟给几条鱼开追悼会是一样的。"我说："别忘记给那条死去的菜青虫也开个追悼会。"

第四日　神说："天上要有光体，可以分昼夜，作记号，定节令、日子、年岁，并要发光在天空，普照在地上。"事就这样成了。于是，神造了两个大光，大的管昼，小的管夜，又造众星，就把这些光摆列在天空，普照在地上，管理昼夜，分别明暗。神看着是好的。

持续降雨既是对土地的惩罚,也是对人心的考验。我们都渴望看到阳光,可阳光总是迟迟不来。这样的盼望甚是难熬,就像那些失眠者盼望天明般难熬。是雨告诫我们,人不能狂欢、陶醉、灿烂和泛滥,要保持内心的平和,要接受雨水带给人的阴郁、泥泞、焦虑和伤感。

我怎么也不会料到,姨丈与我会遇到这样的连阴雨天气。我本是来陪他寻找阳光的,谁知却遭到雨水的浇灌。我想自然现象虽非人力可以逆转,但毕竟也不是小说中的世界,像马尔克斯在《百年孤独》里制造的那场雨一样,一下就是四年十一个月零两天。只要我们有足够的耐心,就会等到雨歇云开、光照万物的一天。除非这雨原本就不是从天空中降下来,而是降自人的心房。倘若真是那样的话,那就不是一天两天,或十年八年的事情,很可能会下一辈子,从一个人的童年下到青年,又从青年下到中年,再从中年下到老年。

农家乐老板天天在抱怨,骂这雨影响生意。说要是不下雨,他在这长假期间的收入至少会翻好几倍。可上天才不顾生意人的诅咒,它爱下雨就下,赚钱是人类的事,不是上天的事。上天只管生死和轮回,不管福祸和吉凶。

姨丈还想去后山的"听雨轩"待待,但我见雨下得实在太大,劝阻他不要去冒险。万一山路湿滑,摔成骨折,我如何向姨妈交代。

七天之后，我必须完好地将姨丈送还给姨妈，这是我的责任和义务。亲情有时就是一根水做的绳子，你看不见它，但它却将你死死地缠住，你还不能用力挣扎。假如这条绳子被挣断，那是要滴血的。这血注定浓于水，水要是流干，可以再补充；血要是流干，那会出人命。况且，我并不是一个冷血的人。我很看重亲情，也很珍惜亲情。人活在世上，要是连亲情都不顾，那做人该有多失败，还怎么在社会上立足？

说实话，昨天听姨丈讲他的过往，我的心里很难受。这不是同情，而是理解和宽容。无论他以前多么让我看不顺眼，多么让我讨厌，但现在我已经涣然冰释，不再埋怨他。每个人活着都会付出代价，差别只在有人付出得轻微，有人付出得惨重。别看有些人派头十足，指点江山，挥斥方遒，骨子里仍是自卑、渺小，不堪一击。我们应该多给他人善意和温暖，哪怕那人曾经伤害过你，或给你带来过巨大灾难。

因为，我们都是人间的囚徒。

雨越下越大，越下越猛，越下越急，将"农家乐"院坝中几棵桂树上的桂花淋得满地都是，看着那一粒粒黄色小花，我心中顿生一种物哀之感。这些花虽然小，却芳香宜人，可它们被雨水打落后，就再也回不到枝头。一粒回不到枝头的花，就像一个回不到故乡的人，终归还是凄凉和落寞。我盯着地上被雨水泡胀的桂花，像盯着一个走失的自己。

姨丈也是个读书人，心细如发。他见我多愁善感，拍着我的肩头说："不如这样，既然今天不能去'给鱼开追悼会'，那干脆我们回房间喝茶，听我跟你聊聊我的钓客生涯。"

我忽然被姨丈的话语惊醒，这次出来是我陪他，不能让他来安慰我。我们请"农家乐"老板搬一个茶盘到房间，烧水、沏茶后，姨丈便开始讲述。

姨丈说，他其实很厌恶自己。念中师那会儿，他知道自己家境不好，不分昼夜地拼命学习，幻想今后能够凭借本领获取衣禄和尊严，谁料参加工作后，却走上欺骗和谎言的道路。我问姨丈："你这话啥意思？什么叫欺骗和谎言？"姨丈端起一杯茶，一饮而尽，然后继续说道："我就是一个伪善的人，每天都戴着一张伪善的面具。"

姨丈还说，他以前根本不会钓鱼，也不吃鱼，一嗅到鱼腥味就反胃。可后来，他却成了一个钓鱼行家，还多次在钓鱼比赛中夺得头彩。我问何故，他说，他以前的领导喜欢钓鱼，为前途着想，就时常陪领导去钓鱼。慢慢地，他的钓技突飞猛进。他曾花许多时间和精力去研究鱼类的习性，研究钓饵的配方，以便在陪领导钓鱼时为其助兴。

有一年冬天，领导非要叫姨丈陪他去池塘钓野鱼。说野鱼没喂饲料,吃起来爽口。姨丈知道那个池塘已无鱼可钓,思来想去,为不让领导扫兴,竟花钱买几百斤鱼放入池塘,等领导去过瘾。姨丈果真高明,他的做法让领导尽兴而归。没多久,他便升职提干。

从那时起,他也爱上钓鱼。姨丈说:"你以为钓鱼仅仅是钓鱼吗?钓鱼其实是在钓一种人生和智慧啊!这里边的学问,够你这个书生琢磨一辈子。"

我们在房间一直聊到天黑,把地上的事情朝天上聊,把暗处的事情朝明处聊,窗外的雨声自始至终都在为我们的闲聊配乐。

第五日　神说:"水要多多滋生有生命的物,要有雀鸟飞在地面以上,天空之中。"神就造出大鱼和水中所滋生各样有生命的动物,各从其类;又造出各样飞鸟,各从其类。神看着是好的。神就赐福给这一切,说:"滋生繁多,充满海中的水,雀鸟也要多生在地上。"

估计是茶的功效,我昨夜又失眠,到黎明时分才勉强入睡。睡着后,大脑也是迷迷糊糊的,总感觉有雨水在敲打窗玻璃。那些雨水长了手脚,又拍又踢,试图破窗而入,钻进我的被窝。雨说窗外太冷,宁可变成我的热泪,也不愿再去天空做云朵。它们早已厌倦这样的天上人间,做云有云的痛苦,做雨有雨的痛苦。我很想起身将雨迎进房间,用我的体温将它们焐热,可我的身子无论如何都动弹不得,只能眼睁睁看着雨滴在窗玻璃上爬。爬到高处又滑下，滑下又朝高处爬。我被雨水感动，它们周而复始地爬行，简直是一场无止境的逃亡。它们逃亡的目的，只为成为一团火焰，焚烧自身的寒冷。我还在盘算该怎样继续拯救这场雨，姨丈敲门的声音将我从迷梦中惊醒。我看看手表，已是上午十点钟。我赶紧爬起床，却发现枕头湿了大片。

打开房门，我见姨丈的神色有点慌张，头发也乱糟糟的，像刚跟人进行过搏斗。我问他怎么了，他说自己昨晚也是辗转难眠，好不容易熬到天快亮时进入睡眠状态，却被持续不断的噩梦纠缠。姨丈的梦，比我的梦更离奇，与我在第二日晚上做的那个梦极其相似。他梦见有无数大鱼小鱼从天空中落下，呼喊他的名字。鱼掉到地面上后，每一条都张开血盆大口，吸他的血，咬他的肉，啃他的骨。他被剧痛撕扯，苦苦哀求鱼们放过他。可那些凶恶的鱼根本不听他的呐喊和求饶，将他当作百年不遇的美餐。眨眼之间，他就被鱼吃个精光。

姨丈在讲述自己梦境时，额头上有豆大汗珠在滚动。屋外的雨小了些，由先前的中雨变成蒙蒙细雨。那几棵桂树上的桂花又比昨天稀疏，秋委实一天比一天深。我安慰姨丈说，人人都会做梦，或吉祥，或凶险，皆属正常。我再次跟他谈到荣格的《红书》，并建议他回去之后也找来读读，说不定会给他带去心灵上的抚慰和精神上的出路。在那本书中，荣格记录下自己的诸多梦境，并通过梦境的呈现和分析，阐述他如何在那个精神异化的时代克服重重困难，重获灵魂自由。姨丈心有余悸地听着我的安慰，然后不安地问道："你说是不是我给鱼开的追悼会太多，那些无辜死去的鱼要来报复我？"我知道，姨丈这段时间的精神压力过大，便没有顺着他的话头说下去。

"咱们今天去不去垂钓？"我问。我故意不说"给鱼开追悼会"这六个字。姨丈擦擦额头上的汗珠，镇静地说："去吧，我要把昨晚吃我的那些魔鱼统统钓上钩。"

"农家乐"老板已经为我们备好午饭，匆匆吃罢，我和姨丈又去到野湖。下午的雨时停时下，搞得我们穿上雨衣也不是，不穿也不是。我们仍是在那个长满绿油油青菜的凹地边坐下来，安心地钓鱼。今天的运气真是好，在不到两个钟头内，我们就钓到十多条鱼。主要是鲫鱼居多，只有三条鲤鱼和两条黄辣丁。这是我们连日来垂钓收获最多的一天。兴许是垂钓的乐趣冲淡了噩梦对姨丈的困扰，他惨白的脸上露出一抹红晕。

姨丈用手摇摇装着鱼的水桶，问我："你看过艾萨克·沃尔顿写的《钓客清话》这本书吗？"我不明白他为何突然问这个，说："多年前看过。""感觉写得怎么样？"姨丈问。"那本书非常棒，不只是钓鱼指南，更是优秀散文和人生哲学书籍。"我回答。"那你可记得在书的第一章，温和劈二人那场精彩的对话？"姨丈再

问。我从钓钩上取下一条鱼后说:"这我倒记不住。"姨丈点燃一支烟,竟然一字不漏地背诵起来:

"温:您真把我搞糊涂了,先生;我自信还不是嘴上无德之辈,可是——但愿说来您不生气——我一直觉得,钓鱼的人,都是些简单、忍耐的家伙;可先生看起来不像哇!"

"劈:莫把我的认真当褊躁啊,先生;至于说我的简单,假如您指无害,或是早期基督徒身上的那份单纯,他们和多数钓友一样,是些安静的人,遵守和平的人,他们大智若愚,从不卖出良心,买进富贵,有了富贵,又愁得要死,怕得要命;如果您指他们,那些古代的简单人,生活里用不着律师,巴掌大的一角羊皮,就能封赠爵位和领地;咱这时代聪明,可册封起来,床单大的文书也不安全。您说我们钓鱼人简单,假如理儿在这儿,我们真是巴不得。可您嘴里的简单,如果是指操习钓术者的通病,则不才如我,是雅欲为您解惑的,让您瞧瞧事情正好相反;岁月、偏见、人云亦云,像魔障纠附着您,对这一门古老而可赞的艺术,您有抵触之心,假以时日,我定能除掉您的魔障;因为我清楚,这一门手艺,很值得聪明人去了解,去操习。"(《钓客清话》，缪哲译，花城出版社2001年版。)

姨丈背诵完这段对话，眼眶顿时湿润。雨又变得大起来，砸在湖面，鼓起一颗一颗的水泡。那水泡是那样薄，那样透明，顷刻之间便破碎。

第六日　神说："地要生出活物来，各从其类；牲畜、昆虫、野兽，各从其类。"事就这样成了。于是，神造出野兽，各从其类；牲畜，各从其类；地上一起昆虫，各从其类。神看着是好的。神说："我们要照着我们的形像，按着我们的样式造人，使他们管理海里的鱼、空中的鸟、地上的牲畜和全地，并地上所爬的一切昆虫。"神就照着自己的形像造人，乃是照着他的形像造男造女。

雨住了，天阴沉下来，仿佛早晨就已进入黄昏。白雾将远处和近处的树衬托得像一幅幅水墨画，充满禅境。我很想拓印几张画回去，挂在书房，增添枯寂岁月的灵气。但大自然怎么可能允许人复制赝品，我的奢望只是我的虚妄。

昨晚入睡前，姨丈已与我商定好，今日足不出户，就在农家乐待着。我们昨天钓的鱼，足够给鱼开好几次追悼会，用不着再去杀生。"农家乐"老板是个烹饪高手，曾经在县城的五星级宾馆掌厨，因冒犯经理被开除。怒气之下，他回到家乡，开办"农家乐"。老板见我们钓的鱼多，午餐将鱼做成三种吃法——红烧、清蒸和煲汤。我和姨丈喝了不少酒。酒是老板自酿的野刺梨酒，说喝后不上头，可姨丈只喝下二两就开始语无伦次，这可不像是他的风格。我知道姨丈的酒量，他在当乡长时，哪怕几个人轮流出战，也无法使他喝醉。他当年一上饭桌，就将两句顺口溜挂在嘴上："背靠嘉陵江，喝酒当喝汤；白酒一斤半，啤酒顺便灌。"吓得陪酒的人都不敢出声。但是今天，姨丈很反常。我至少有五年时间没跟他在一起喝酒。逢年过节，都很难看到他的身影，我根本没有机会跟他同桌吃饭。即便有，他也不会跟我喝酒。我既不是他的领导，又不是他的下属，我们之间没有喝酒的必要。也就是说，我姨丈不是跟谁都推杯换盏，这得看人。

"你现在的酒量咋大不如前呢？"我问姨丈。他眼睛眯成一条缝说："我已经戒酒一年多，今天是破戒。""酒是你的生活乐趣啊，咋说戒就戒呢？"我继续问。姨丈放下手中摇晃着的杯子，说："医生不让喝啊，说如果再喝，就只有死路一条。"姨丈的话吓我一跳。"你身体出啥状况？"我关切地问。"胃穿孔。"姨丈回答。"咋从没听你和姨妈说过？"我说。"小毛病，死不了人。"姨丈若无其事地答道。我赶紧伸手夺过他的酒杯，不让他再喝。可姨丈又将酒杯夺回去，说："我好久没喝酒了，在家里你姨妈管得严，今儿我想喝几口，你回去千万别跟你姨妈讲。"话刚落定，他就端起酒杯呷了一口，又说："你不知道，姨丈心里苦啊，比黄连还苦！"

这是我和姨丈吃得最漫长的一次午餐,直到下午五点多钟才下桌,老板反复给我们的菜加热。这期间,他一直在讲他的"喝酒生涯"。姨丈说,他以前滴酒不沾。做教师时,晚上一个人住在学校寝室,特别孤单,便学着喝几口小酒。但那毕竟是学校,要维护师道尊严,也就克制自己,从未喝醉过。他真正放开喝酒,是到乡政府工作之后。那年头不像现在,有那么多政策管束,大家都以酒来消磨人生。没有哪个乡镇干部不是酒仙,谁要是不喝酒,谁就会遭淘汰和排挤。

我姨丈是个绝顶聪明之人,他调入乡政府没多久,就看懂了酒场上的门道,也很快进入角色,成为酒神级人物。他记不清自己醉过多少次,吐过多少次,在路灯下睡过多少次;也记不清因为喝酒而跟我姨妈吵过多少次架,去医院洗过多少次胃。按照他自己的说法,他的血管里流淌的早就不是血液,而是各种各样的酒水。

姨丈说,他那些年最怕听到的六个字,就是领导叫他去"给鱼开追悼会"。每次钓鱼归来,他们都要煮鱼佐酒。为在领导面前挣表现和显忠诚,他每次喝酒都很卖力,不喝吐血誓不罢休。明知道自己已经烂醉,还得稳住阵脚一杯接一杯地给领导代酒。在领导面前,他就是个小丑。可没有办法啊,领导喜欢看他醉酒的样子。他醉得越厉害,领导越开心。故哪怕酒是毒药,他也只能咬牙朝肚子里吞。姨丈的胃就是在那时喝坏的。

"小人物的命都贱。"姨丈跟我碰杯时说道。他那时最大的愿望，就是变成一条大鱼，被人吃掉。要是吃他的人是自己喜欢的人，他就用自己的肉去供养那个人；要是吃他的人是自己不喜欢的人，他就用自己的刺去卡那个人的咽喉。

我坚决不让姨丈再喝一滴酒，又一次将他的酒杯夺过来。谁知，姨丈却红着眼睛求我说："你再让我痛快地喝一次吧，或许以后我就没机会享受这让我既爱又恨的玉液琼浆了。"我说："你现在只是暂时停职，事情未必如你所想象的那样，不要那么悲观和绝望。"姨丈说："你误解了，我这话不是说的这个意思。"我顿时纳闷，问："那你说的是啥意思？"姨丈的眼泪瞬间落下来。过一会儿，他说："我脑子里长着个瘤子，怕是活不长了。"我一下子蒙住，好半天才试探着问："良性还是恶性？我姨妈知道吗？"姨丈没有正面回答我的问题，只埋着头自言自语道："我曾处心积虑谋划我的前程，可谓付出惨痛的代价，到头来我又得到什么？如今的一切真就是我想要的吗？我多想回到从前，变成那个一无所有的穷少年啊！"

我默默地盯着眼前这个秃顶的男人，像盯着一个成功的失败者。六点钟不到，天色就黑下来。我忍住心中的痛，站在院坝上抬头望天，深灰色的天幕竟然出现月亮。那月亮好似也受到前几日雨水的洗濯，变得更加皎洁和干净。也许，明天就会出太阳，我在心里这样想。

第七日　天地万物都造齐了。到第七日，神造物的工已经完毕，就在第七日歇了他一切的工，安息了。神赐福给第七日，定为圣日，因为在这日，神歇了他一切创造的工，就安息了。

天放晴，光芒照耀大地。我们终于等来阳光灿烂的日子。被雨水洗涤过的树和草、房屋和山丘、河流和旷野全都焕发出生机。

下午我们就要返回县城，告别这七天的山野生活。我心里隐隐有点伤感，是不舍吗？好像是，又好像不是。我不知道姨丈心里是何感受，他晨起后，便去了后山的"听雨轩"。我没有去打扰他。他也应该去回顾和缅怀在这七天里的生活。在一个人的一生当中，能有几个七天是独属于自己的呢？又有几个人愿意用七天时间去反省和拷问自己，梳理过往的得失与荣辱呢？

姨丈在"听雨轩"待到早上八点钟才下来，他的手中还拿着一把野菊花，说想带回去插花瓶。我问姨丈："今上午咱们还去野湖'给鱼开追悼会'吗？"姨丈想想，说："去吧，钓几条野鱼给你姨妈带回去尝鲜。"吃过早饭，我们又去野湖。可还没等坐下，姨丈突然说："算了，还是不钓吧，让鱼儿在水里活着多好。"我点点头，转身尾随姨丈朝农家乐走。

太阳将我们的影子拉得很长。我们都想摆脱自己的影子，但越想摆脱,影子却跟得越紧。其实,人活于世,想摆脱的又岂止是影子啊,我们想摆脱的东西太多了。我们想摆脱痛苦,摆脱负疚,摆脱责任,摆脱悔恨,摆脱疾病,摆脱欲望……可这一切能摆脱吗?又有谁能摆脱?那些自古以来坐在庙堂内的帝王将相能摆脱吗?那些躲入深山剃发修行的大德高僧能摆脱吗?我不知道,我姨丈也不知道。我们一生都在追求永恒,可永恒只不过是我们做过的梦。

路上,姨丈一支接一支地抽烟。当他抽完第三支烟时,他突然停下脚步朝我鞠躬,弄得我不知所措。"你这是干什么?"我紧张地问。他说:"这个国庆七天假期,谢谢你陪我度过我的地狱季!"我一时不知该如何回答,嘴唇嗫嚅着。"我其实是个罪人。"姨丈接着说道。我想再次劝慰他,嘴巴却好似被贴上胶布。

姨丈说,他永远都不能原谅自己。他的心中原本有光华,却不想被欲望的暗影所遮蔽,使他掉入罪恶的深渊。他还说到自己的忏悔——一个穷孩子,偏渴望去过富人的生活;一个连鱼腥味都嗅不惯的人,偏要违背意愿去"给鱼开追悼会";一个只因孤单才喝点小酒的人,偏要毁坏肉身去做权力的奴隶和烈酒的牺牲品。即便通过这些手段,他的虚荣心和存在感获得满足,那他也不应该在谋得一官半职之后,披着合法的外衣,派人去牵穷人家的猪和羊,拿竹竿捅人家的屋顶,用铁锹挖人家新逝亡人的棺材……

姨丈在说这些话的时候,我知道他的内心千疮百孔、五内俱焚和柔肠寸断。尤其当他说到自己父亲时,不停地在抬手擦眼睛。他走在我前面,我看不见他的脸,但我知道他在哭。他说自己明白父亲为何要在家中上吊——那是父亲对他绝望,才故意采取这种方式死给他看,让他良心受折磨。那是对他最好的惩罚,也是对他最好的警示。

我跟在他身后,静静地听着他的讲述。我没有说一句话。我清楚,他这些话与其说是在讲给我听,不如说是在讲给自己听。他需要将这些憋在心里的话说出来,他既是在审判自己,也是在跟自己和解。我理应给他一个赎罪的机会。虽然我也不清楚他的命运接下来将会遭遇何种变故,但至少在此时此刻,他是一个可爱、诚实和善良的人。

讲到最后,我没料到姨丈居然跟我复述起《圣经·旧约》里那个人尽皆知的故事。摩西带领族人出埃及,路上没有粮食,上帝就让旷野生长出一种带白色小果实的植物,取名吗哪。这果实足以让摩西和他的族群充饥果腹。但前提是他们可以随摘随吃,却不能带回帐篷之中据为己有。谁若犯规将吗哪偷偷带入帐篷,不出一夜,吗哪定会腐烂变质。姨丈复述完这个故事,意味深长地叹口气说:"我就是个老想着将吗哪带入帐篷的人,我今生怕是走不出自己的埃及地。"

阳光明晃晃地照在我们身上,有种温热之感。那一刻,我感觉自己和姨丈就是摩西的两个族人,正苦苦跋涉在茫茫长路上。路两侧,仿佛都长满吗哪。它那白色的小碎花是那样动人,风一吹,遍地花香,带给人无尽的希望和力量。

我们就这样返程。

秋阳洒在秋草上,给冷寂的大地增添了一层暖色调。我驾着越野车,在乡村公路上奔跑。车窗外,青山深绿如墨,全然不似来时被薄雾包裹着的样子。山上的树木四季苍翠,让人怀疑它们是生长在时间之外的植物。由于地面干燥、视线开阔,我稍微加快车速。在乡村待上一个礼拜,我到底还是有些想家,希望尽快回去,与我的家人团聚。尽管我无比热爱山野中的简朴生活,但我毕竟还没有条件和心境去"归田园居"。我还有自己的使命没有完成,还得融入红尘之中,去经受我该经受的苦痛,做我那些还没有做完的梦。我跟姨丈一样,也是出身底层,也曾从童年起就已历经人情冷暖和浮世酸辛。我们从祖辈那里唯一继承的遗产就是承受力。我们都是从泥土中长出的根苗,从尘埃中开出的花朵。我们吮吸过雨水、苦汁和泪液,也遭受过雷电、风暴和寒潮。我们痛过、哭过、爱过,也奋斗过、拼搏过、撕杀过。我们是生活的浪子，曾在别人的歧视、嘲讽和凌辱中生存；又是生活的宠儿，曾在他人的怜悯、施舍和呵护中生存。在很多人眼中，或许会视我们为颓废、冷漠和扭曲的一类人，可唯有我们自己知道，我们是多么自重、自尊和自爱。谁都不能说，我姨丈心中没有阳光，只是他的阳光总是照不亮他自身的黑暗。我也不能说，我就一定比姨丈高尚——无论身处顺境还是逆境，都能遏制住自己的贪欲。天堂和地狱原本只有一步之遥。我们的脚是朝左跨，还是朝右跨，除受外部环境影响外，主要还是取决于自身——上帝造人时所预设的"禁止"与"诱惑"。

"开慢一点，要懂得欣赏！"姨丈坐在后排座位上说。我减缓速度，暖红的光线从窗玻璃外射进来，恰好染在姨丈的左侧脸颊上，我瞬间觉得他就是这个秋天的一朵花魂。"人穷也好，福也好，重要的是每晚都能酣然入睡。醒来之后，还能看见翌日的朝阳和草叶上的露水，那才叫真正的幸福呢！"姨丈继而说道。我没有接他的话茬，只将车载音乐打开，让旋律来见证一个美好的下午时光。乐曲是班得瑞的《永恒之约》，聆听这首婉转、轻快的音乐，我真有流泪的感觉。在车内后视镜里，我见姨丈也闭着双目，眼角有泪珠滑落，这场景令人陶醉。我们彻底放松，把该忘记的全都忘记，该放下的全都放下。上帝提供给人类生存的空间和时间，不是要让人类走向毁灭，而是要让人类走向重生。

仍有野鸡和鸟雀从草丛中飞起,那一定是阳光引领它们在飞。动物跟人一样,灵魂也需要净化,才能活得自如,从一个季节飞向另一个季节,成为天地间的精灵。我羡慕这些生活于荒野山林的动物,也祝福这些大自然的歌者。它们跟我们寄生在同一个地球,共享同一个太阳。

车在绕过一个坡地时,我们看见两个老人在地里挖红薯,边劳动边说笑。姨丈让我停车,他想买几十斤红薯,说我姨妈最喜欢吃红薯粉蒸肉。姨丈还说,他对不起我姨妈,只有下辈子再去弥补她。那两个老人十分慷慨,捡了半口袋红薯给姨丈,不但分文不取,还帮忙将红薯搬进车子尾厢。他们说:"红薯都是上天赐给我们的食物,分些给你们吃,也叫有福同享。"说完就呵呵地笑。特别是那个老头,嘴里只剩几颗牙齿,生活态度却那么乐观。我从未见过那么慈祥的面孔。

我们坐上车,正要跟两位老农挥手告别,姨丈突然又将车门打开,向左侧的山林跑去。他看见山林前支起一张丝网。他几下子就将网扯破。待他气喘吁吁地返回车内时,真诚地说:"我希望每只鸟雀都能看到翌日的朝阳和草叶上的露水。"

太阳就要落山,先前暖红的光线变成暗黄。姨丈坐在车上,再没开口说话。车快抵达县城的时候,他身子前倾,说:"我能否再求你件事?""跟我还客气,你请讲。"我回答。"可否载我去我父亲的坟前上炷香？"姨丈说。"这会儿吗？"我问道。"对，就这会儿。"姨丈说。我只好在路边找家纸火铺，让姨丈买上纸钱、香烛和祭品，带他去坟地。

姨丈很虔诚，他在自己父亲的坟前长跪不起。下午的阳光并没有使坟地周围的泥土变干，他就那样跪在湿地上，我看见水渍慢慢浸透他的膝盖。冷风骤起，吹得坟地旁侧的树叶簌簌响。姨丈的身子瑟瑟发抖，但他就是不起身。燃烧的香烛在一寸寸缩短，姨丈的悔恨却在一寸寸变长。我伫立在他身后，沉默不语。也许，我无法领悟他所领悟的一切，但我知道他在跟自己父亲对话。他曾是那样痛恨他父亲，巴不得他早死。可现在他父亲死了，他又是那样痛恨他自己。我甚至想，要是姨丈的父亲不是选择在家中上吊，而是寿终正寝，姨丈内心的负疚感会不会有所减轻。但我又转念一想，他父亲之所以这样做，说不定也是在向自己的儿子谢罪。他会不会觉得今生亏欠孩子的太多，唯有死，才能终结愧疚呢？

然而，愧疚一旦铸成，又岂是想终结就能终结的，即使怀着愧疚的人已死去，死者所带走的也只能是他的肉躯，而不是愧疚本身。这愧疚仍会变成仇恨，或更深的愧疚，附着在死者的后辈身上，成为家族史上的一块黑斑，即使用圣水来洗刷也洗刷不掉。

姨丈跪过之后，又开始不停地给他死去的父亲磕头，额上糊满泥巴。目睹姨丈痛苦不堪的模样,我的心碎了。但我又不能替他去承担什么,也承担不了。

黄昏降临。当我将姨丈平安送到家时,我姨妈已经做好一桌丰盛的饭菜,在望眼欲穿地等待我们。姨妈问我们去了哪里,竟这么晚才回来。姨丈赶忙向我递个眼色,我俩都没作答。从姨妈家吃完饭出来,天已黑透。我一个人开着车,匆匆朝自己家赶。在这个小城市的万家灯火背后,我知道,有人正像姨妈等待姨丈那样,也在望眼欲穿地等待我的归来。

## 像野狗一样生存

"这既是我的牢房,也是我的祭坛。"

他说出这句话的时候,头埋得很低,就要低到尘埃里。太阳似乎不再跟天空有关,散射的光芒纷纷朝向大地坠落。我没有见过光死亡的样子,也没有见过光的痛苦。我只见过他和它的痛苦,像一把灰烬,撒在这个干旱少雨的季节。

他是一个人,它是一条狗。

人的名字叫路野,是我相识二十多年的朋友;狗的名字叫闪电,是路野相识才二十多天的朋友。他们之间的关系很复杂,既是主仆,又是盟友,更是恋人。他们整日都在这个训练营里耳鬓厮磨,形影不离。路野希望闪电能够替他挣得荣誉,挽回做人的尊严。不然,他会觉得这辈子做人太失败——老婆一个个地弃他而去，连父母和胞妹都瞧不起他，视他为家族中的败类和祸根。

"他们瞧不起我没关系，我不能自己瞧不起自己。"路野一边跟我说话，一边专注地训练闪电。汗珠在他的额头和裸臂上滚动。闪电是路野的堂哥花高价从康定特意给他买回来的一条比特犬，传说此犬勇猛无敌，在斗狗场上百战百胜，未曾有过一次失利。路野的堂哥早年在康定倒腾粮食生意，发迹后，又投资房地产，可谓富甲一方。他俩从小情同手足，堂哥想帮路野，让他跟着自己干，但被路野拒绝。我十分了解路野，他是个自尊心极强的人，不希望堂哥怜悯和轻视他，要坚持依靠自己杀出一路血路。他的堂哥不舍旧情，见他生活过得狼狈不堪，终日沉迷于斗狗比赛，就买了这条狗来送给他。血到底浓于水。

这个训练营是路野专门在乡下搭建的一个工棚，此处地广人稀，既不扰民，也不会引起相关部门的注意。近几年来，他在这个工棚里先后训练过好几条狗。这些狗有的确实为他赢得过光荣和金钱，有的也委实让他付出过代价，丧失过颜面。不知是不是路野训练狗的年月太长之故，他的情绪比我刚认识他时变得更加喜怒无常。若是他训练出的狗在赛场上获胜，他恨不得夜夜搂着狗睡觉，又是抚摸又是亲吻，热泪哗哗朝下淌；反之，若是狗在赛场上战败，他恨不得将那条狗剥皮噬肉，连续几天都不给狗喂食，完全像是虐待俘虏。但无论胜负，也无论是受到优待还是凌辱，狗对路野都绝对忠诚，不离不弃，死心塌地替他卖命，甚至在赛场上不惜以死相搏，来获得主人的信任和宠溺。

"狗比我的那几个老婆好，它们至少不会背弃我。"路野说。他在说这话的时候，闪电正拖着一车斗石块在滑道上奋力爬行，嘴上还叼着一个汽车轮胎，且左嘴角正在滴血。那血珠落在地面上，冒着殷红色的热气，给人一种死亡的恐惧感。我的背脊瞬间发麻，头也发晕。这一幕实在令人吃惊。我从未见过有哪种狗具备如此大的威力和耐力，也从未见过有哪条狗忍受过如此大的酷刑。

"它都受伤了，你不心疼吗？"我冷汗淋漓地问。路野不屑地瞥我一眼，说："你们文人就是书读得太多，慈悲心泛滥。你见过有在训练中不受伤的战士吗？"我没有反驳他，只转身擦擦汗，掏出一支烟点燃。

"难道我就没受过伤？相比这条狗，我所受的伤可比它要严重千倍！"路野继而说道。我知道他内心的苦。在这十余年间，他先后经历过四段婚姻，其中的辛酸，足以摧毁他的生存意志。在我的印象中，他至少在我面前哭过三次。每次哭都非常吓人，像在为他自己送葬。西班牙诗人洛尔迦写过一首诗《海水谣》，其中有两句如是写道："这些咸的眼泪／妈啊，是从哪儿来的？／——先生，我哭出的是／大海的水。"我当时觉得路野流出的泪也是咸泪，他哭出的也是大海的水。都说男儿有泪不轻弹，只因未到伤心处。我想，路野的心肯定受伤了，而且伤得不轻。但我又能赠予他什么良药呢？在滚滚红尘中，谁都可能是"伤心人"，只是伤心的程度不同罢了。我唯一能做的，就是给他一个拥抱。我依稀记得在拥抱他的时候，既像是在拥抱一团黑暗，又像是在拥抱一团光亮。因为他的身躯很冷又很热，在这冷与热之间，我好似触摸到人间的冰窖和火炉。那一刻，我听见路野附在我耳边低声地说："你别看我整天都在训狗，其实我自己又何尝不是一条狗呢？我天天都像野狗一样在生存！"

不训练狗的时候，路野最喜欢的事，是在手机上听僧人念诵《金刚经》。他说只有听经才能让他享受片刻安宁，并消减他的业障。但每次听完经，我感觉空虚和痛苦仍旧伴随着他。他脸上的表情告诉我，他并未从听经中获得解脱。佛没能度他，他也没能自度。他很痛恨自己，痛恨的方式就是将自己藏起来，把自己变成黑夜。他心上的伤痕太多了，每一道伤痕都刻着他的耻辱。他只有在这耻辱的印记上搭盖一块黑布，才有继续活下去的勇气。

我曾以挚友的身份，试着帮他揭掉那块黑布，让他重新获取生存的信念，但事实证明这是无效的。他说自己的命不好，他得认命，那是他的劫。如果劫波尚未度尽，即使死后也只会堕入六道轮回的三恶道,而不会到达三善道。我知道,路野说的劫,主要是指他的婚姻。

他的第一段婚姻就是个悲剧。

我还清楚地记得十多年前那个夏日夜晚,大概十一点钟,我早已入睡,路野的第一任妻子给我打来电话,要我马上去他们家一趟,不然,说可能会出人命。她的语气急促、焦灼、惊慌,我意识到出事了。当我急匆匆赶到他们家时,我看见路野满面凄楚地站在餐桌前,而他的妻子则穿着睡衣坐在客厅的飘窗上,手里拿着一把剪刀,呵斥路野不许靠近,否则她就自尽。窗外吹进屋的风从他们的痛苦上刮过,可他们的栖身之所早已没有净化痛苦的空气。路野见到我后,没有说一句话,他不希望我看到这一幕。那是他的隐私——一个男人的黑洞。但我偏偏看见了,这与他妻子的反应形成强烈反差。他妻子一见我就哭,她在用哭声向我表达她的委屈,也在用哭声告诉自己终于安全了,好似我的出现成功阻止了一场即将发生的凶杀案。那个晚上,我没有充当他俩的裁判,也没有聆听他俩的控诉,只是将路野领去我的住处回避矛盾。但令我没有想到的是,就在我拉着路野要离开的时候,他妻子声色俱厉地要求路野将家中的钥匙交出来,否则不准离开。路野明白这是妻子要将他赶出家门之意,迟疑着不动。后来或许是他怕在我面前丢丑,才伸手从裤袋里掏出钥匙,狠狠地扔在地板上,摔门而去。

其实,早在此事发生前,我就知道他俩的情感已经出现裂痕。那时候,我和路野同在一所学校工作,他是食堂管理员,我是一名语文教师。由于性情相投,我们走得很近。路野原本不是学教育出身,他来学校上班完全是受他岳父的安排。来学校前,路野没有正当职业,他妻子和岳父都瞧不起他。他岳父是当地有名的建筑老板,家境殷实。而路野的父亲只是个从康定某学校病退的职工,母亲则是个地道的农民。家庭地位的悬殊,使路野长期活在自卑之中。路野一直渴望岳父能投资给他创业,而恰好我供职的单位是一所私立学校,需要招商引资扩建校区,加上校长跟他岳父又是故交,如此一来,路野的岳父便跟校长商量,先让自己的女婿到学校来参与管理,也趁机检验一下女婿的能力,如果在三年之内,他的女婿能做到副校长位置,他就投资再建两所学校。

记得那是一天上午,我刚下课,就接到路野妻子打给我的电话,让我去县城滨河公园的一个茶馆,说有事情跟我讲,并一再叮嘱,此事千万别让路野知道。我犹豫了好一阵,还是去了。路野的妻子早已泡好茶,那茶的颜色红得像是有人朝水中注入了鲜血。我忐忑地坐下后,她抬手取下戴着的墨镜,单刀直入地说:"瞧瞧吧,这就是你的好朋友干的事。"我定睛一看,她的两只眼圈乌黑、浮肿。我暗自揣测,难道路野有家暴倾向?路野的妻子见我呆愣着,便开始滔滔不绝地数落起路野的不是,骂他是个吃软饭的男人,没有一点本事,还动不动就出手打人。她还说,自己当初是被路野帅气的外表所迷惑,才糊里糊涂地屈嫁给他,跳进了火坑。那天,我从头到尾都没说几句话,也不知道该说什么好。但我凭直觉,路野的妻子也不是盏省油的灯。她的性格泼辣,优越感极强,是典型的在温室中培育出来的花朵。

事后,我将此次见面的情况如实地告知了路野,并批评他无论如何不该动手打人。路野一听,当即怒火中烧,指责他妻子是个家丑外扬的女人。路野说,他之所以出手,全怪他妻子触碰到他的底线。就在他妻子约我见面的头一天,路野下班回家,手里抱着不到四岁的女儿。他刚要掏钥匙开门,跟在身后的妻子却无故地对着稚气的女儿说:"记住孩子,这套房子是外公买来送给我们的,不是你爸爸买的,你爸爸可没那个本事买得起房呢!"路野听到此话,心里感觉十分窝囊,但为维持夫妻和睦,始终压抑着火气。哪知进门之后,他妻子还在借题发挥,说自己好歹是一个乡政府的公务员,不像他,靠入赘讨生活。这下路野忍无可忍,转身就给妻子两拳。

路野还说,他早就发现端倪,那段时间,他妻子跟一个律师关系暧昧,她是故意找茬来逼他离婚。他坦言已经受够了,自他们结婚以来,他就在夹着尾巴做人。他们每次出去跟朋友聚会,他妻子都不挨着他坐,而是跑去跟别的男人打情骂俏,让他颜面尽失。回到家,也不让他碰,嫌他没出息,骂他连一个给乡政府看门的保安都不如。

"你说这样的女人该不该打?"路野反问我。我没有吱声。路野接着说:"我承认自己穷,没本事,但人穷志不穷,难道穷人就该注定得不到尊严吗?就该注定遭受他人的奚落和凌辱吗?"没过多久,路野就跟妻子离婚,也因此离开了学校。

离婚后的路野,自以为挣脱了桎梏,获得了解脱,从今往后可以昂首挺胸地做人,但是他想错了,那从前方慢慢驶来迎接他的,并非是命运的诺亚方舟,而是一艘被生活的风雨吹打得千疮百孔的老旧之船。

许久没下雨,无形的地火炙烤着大地。也没有一丝风,风都成了火的陪葬品。工棚外几棵桉树的叶子翻卷着,呈浅灰色。有蝉趴在树枝上聒噪,喊魂似的,这是它们生命最后的绝唱。路野裸着上身,只穿一条短裤,在棚中训斥闪电。他是个严酷而冷漠的教官,丝毫不给闪电喘气的机会。只要闪电尚有一口气,就得无条件接受他的"魔鬼训练计划"。闪电的嘴角仍在滴血,心也在滴血。但路野却视而不见,手里的教鞭甩得哗哗响,命令闪电冲刺着去跨越眼前的横木,再一鼓作气地飞身穿过横木后面的橡胶圈。路野说，这是训练狗的爆发力。几轮训练下来，闪电显得有气无力，吐出猩红的舌头，两只前腿跪在地上，求饶似的望着路野，眼里流露出痛苦。

"让它歇一歇吧，你看它都快累死了。"我说。路野甩一甩头发上的汗珠，提高声音分贝回答："我说了，你们文人就是慈悲心泛滥，你若觉得我的训练方法太残忍，就去棚屋喝茶去吧。"我见路野生气了，只好知趣地站在旁侧，不再干扰他继续训狗。

路野的心中藏着恶。许多时候，我都觉得他更适合去做一个旧时代的刽子手。他脾气暴躁，有狠劲，头脑简单，做事不计后果。但不得不承认，路野又是一个有血性的汉子，正义感非常强，这是不少朋友愿意跟他交往的主要原因。

这一切或许都跟他的生长环境有关。

路野的曾祖父精通岐黄之术，当年又是地主，在乡邻中威望极高。家中粮多、财产多、家丁多、藏书也多，还有两挺机枪。路野的祖父从小受家庭氛围熏陶，在私塾先生的教导下接受启蒙教育，并立志子承父业。然而，时移世易，土地改革时，他们家道中落。路野的曾祖父为延续香火，暗中安排路野的祖父和大伯逃往康定避难。路野的祖父是个有胆识且足智多谋的人，生存能力超强。到达康定后，他笼络人心，壮大实力，硬是凭借自己的本事在康定站稳了脚跟。短短两年时间，他便在德格县商业局供职，吃上了公家饭。但路野的祖父又是个思乡情结特别重的人，独在异乡的漂泊感时常困扰得他彻夜难眠。他无时无刻不在惦念自己的父母和妻儿，老盼望有朝一日能与亲人团圆。或许是出于他在康定奠定的人脉和享有的地位，新中国成立后，路野的祖父见时局稍微平稳，就偷偷地返回家乡，试图跟家人在一起生活。当他怀着激动的心情回到家中，却发现早已物是人非——父母已经亡故，连他父亲想方设法留给他的两板车医书，也在大炼钢铁时被付之一炬。他在这个世界上最后的亲人，就只剩下他的妻子和儿子。他长跪在父母的坟前，哭了三天三夜。路野的祖父发誓，今生再也不离开妻儿，要与他们相伴到老。谁知，刚过了几年老婆孩子热炕头的日子，"四清运动"发端，他又被遣返回康定，糊里糊涂地进入一所中学做图书管理员，直至退休。

路野的父亲就是接替他祖父的工作才拖家带口地前往康定安家落户的。也就是说，路野打小就在康定长大。他跟随父母去康定时，只有六岁，而他弟弟只有四岁，妹妹只有两岁。置身于一个陌生的环境，路野的心里充满恐慌。他们融入不进当地人的生活，三兄妹也总是遭受当地小伙伴的欺负。在路野的记忆中，他的整个童年都在他人的歧视和排挤中度过的。上学后，班上的同伴都不跟他玩儿，故意冷落他，这给路野造成了极大的心理伤害。他三天两头逃学，怕看见同学们鄙夷的目光，独自跑去后山的树林中哭泣，跟林中的各种小动物谈心、交朋友。他渴望友谊，渴望被认可，渴望获得他人的信任，但这一切，他都没得到。他也曾试着去讨好别人，可讨好的结果换来的却是挨打——不但自己挨打，他弟弟和妹妹也跟着挨打。

后来随着受辱的次数增多，他心中升起强烈的反抗意识。直到改革开放后，校办企业兴起，他父亲开办木材加工厂，家中的经济条件变得殷实起来，路野才渐渐抬得起头，很多原先瞧不起他的伙伴成天都围着他转。他第一次感受到做人的尊严，也第一次感觉到自己的腰板是那样硬朗。路野的自信心空前膨胀，他很享受这种受人尊重的状态，每天都沉浸在扬眉吐气的幻觉中。他认为在现实面前，知识不可能带给他勇气和力量，懦弱就会挨揍，只有拳头才能替自己挽回颜面。从那时起，他便厌恶上学，整日带着一帮顽劣成性的毛孩子到处惹是生非，不是他们将另一帮孩子打得鼻青脸肿，就是另一帮孩子将他们打得屁滚尿流。

有一次，路野将一户有权势人家的孩子用刀劈伤，孩子的父亲率领一帮大人，端着猎枪要送他去西天。路野从来没有见过这么大的场面，吓得在一副空棺材里睡了两夜才敢现身。可人家铁了心要治他，他刚露面，人家就包抄过来，用枪托将他左脚的大拇指砸断。他忍着剧痛拼命朝家跑，若不是他父亲花钱消灾，平息事端，路野恐怕早就被人给做掉了。

这事过后，路野的父亲以为他会洗心革面，痛改前非，把精力用到读书上来，岂料他仍是本性难改，依然带领自己的那帮小兄弟打打杀杀，搞得远近的居民都侧目而视。没有哪一所学校愿意接收路野，要不是靠他父亲的打点，他根本读不完高中，更上不了大学。

路野略微醒事，是在他读大二的时候。那会儿他父亲已经生病，不得不将校办企业交给其他人打理。学校见他父亲已不能胜任工作，建议其办理病退手续。自此，路野家的经济状况开始变得拮据。他母亲没有工作，全靠他父亲一个人的工资和办企业挣的钱，供养他们三兄妹念书。缺少经济保障，路野失去潇洒，他对未来也充满迷茫，觉得父亲再也靠不住，他得自己想办法替自己铺路。于是，大二刚结束，他便肄业去闯社会。他自认为自己有天大的本事，可以撬动整个地球，还可以教日月换新天。可真正进入社会后，他才终于明白太阳并非是以他的意志而升降，昼夜也并非是以他的喜好而明暗。直到如今，他都还在为当年的鲁莽、冲动和轻浮在埋单。

"'凡所有相，皆是虚妄'这句经文如何理解？"路野问。其时，我正手捧茶杯，躺在他棚屋内的竹椅子上闭目养神。我很难想象，一个刚才还在将一条狗训练得死去活来的人，转瞬间居然来跟我探讨《金刚经》。但我还是认真地按照我的理解回答:"般若波罗蜜、佛说的法、三十二相乃至于大千世界都不应该住。只有一尘都不能住,才能一念心都不起。住,你就有相;有相,你的心就不清净。"路野听我如是说,慢腾腾地掏出手机,又开始播放《金刚经》。良久,他才自言自语道:"心要清净好难啊!我做不到。"

我知道他做不到,我也做不到,不然,我们早就获得妙法而心无挂碍了。

路野离婚后,意志十分消沉,每晚都跑去酒吧买醉。天若不明,他就不归。他虽然在心里痛恨前妻,但从内心来说,他还是不愿意离婚。他需要一个女人,也需要一个家,更需要一个孩子。若不是前妻一而再,再而三地羞辱他,他就是死也不会离婚。

他前妻的确是个绝情的人,离婚三个月时间不到,就跟一个开办驾校的男人结婚了。更可气的是,她还禁止路野跟女儿见面。路野以法律手段来维护自己的探视权,可他前妻却天天教唆女儿,说路野如何如何坏,不断在孩子心中撒播仇恨的种子。孩子听信母亲的话,从六岁起,就不愿见路野,这让路野痛不欲生。只要他在酒吧喝醉酒,就会不停地给我打电话,诉说他的苦闷和彷徨。我得闲的时候,也会去陪他喝几杯。我知道,那是他最脆弱和无助的时候,尤其需要慰藉。作为朋友,我不能坐视不管。

路野最爱去的酒吧,叫"康藏大世界",老板是几个藏族同胞。或许是他从小在康定长大的缘故,一见到这家酒吧的装饰风格就很兴奋。那一曲曲藏歌和一支支藏舞,勾起了路野对往昔生活的追忆,使他陶醉其中而不能自拔。酒喝到微醺时,他还会亲自上台唱歌和跳舞,博得在场的人阵阵掌声。路野委实长得帅气,一米八的个头,举手投足间尽显男人豪气,很受那些舞女和泡吧女性青睐。有人向他献花,有人向他敬酒,还有人直接跑上台向他献吻。这种场景和氛围,让路野深刻感受到当年在康定带领弟兄们闯码头时的威风。我相信,那一刻,他是真的早已忘记自己那巨大的忧伤。

也就是在这家酒吧,路野认识了他的第二任妻子。

那是一个有月亮的夜晚,路野邀请我去酒吧陪他过生日,我记得当时还买过一个蛋糕。我答应那晚陪他玩通宵。可奇怪的是,他那晚竟然一首歌都不点,一支舞也不跳,就那样异常安静地坐在酒吧靠角落的卡座上,一杯接一杯地喝酒,边喝边落泪。零点过后,有一名男子酒喝高了,不断地在纠缠一个藏族姑娘,还动手动脚。那个姑娘特别委屈,想抽身走人,谁知那名男子倏地站起身,端起一杯酒朝姑娘的脸上泼去。这时,路野再也坐不住,手提啤酒瓶扑过去就朝那名男子的头部砸。要不是那名男子躲闪快,后果不堪设想。那名男子还想与路野搏斗,路野再次操起啤酒瓶,迅疾朝自己头上砸去,啤酒瓶嘭地一声破裂,一股鲜血从他的脸颊流出来。那名男子见状，两腿战栗着转身就逃。

那晚之后，路野成为那家酒吧的座上宾。每次去，那个被他解围的藏族女孩都会额外送他一打啤酒，还要亲自陪他喝上几杯。一来二去，他俩便互生爱慕。那个女孩名叫央金拉姆，是酒吧老板专程从康定请过来撑台面的"当家花旦"。她能歌善舞，多才多艺，人也长得水灵；而且，央金拉姆的家乡居然也在德格县——那可是令路野又爱又恨的地方。就这样，他们很快燃起爱情的火焰。半年之后，路野与央金拉姆便去民政局登记完婚。有新家庭后，路野的心情好了很多，春天的风重又吹上他的脸庞。

我以为路野的人生道路从此将铺满鲜花，但很快他俩就发生了矛盾。央金拉姆性格倔强，有股藏族姑娘的侠气。而路野也是一个太要面子的人，借用央金拉姆的话说："他是个处处喜欢打肿脸充胖子的男人。"石头跟石头相碰，往往会两败俱伤。路野一旦跟央金拉姆发生冲突，依旧采取用拳头来解决问题，这让央金拉姆无法承受。我曾多次规劝路野，希望他能汲取前段婚姻的教训，可他嘴上答应，回到家后，仍然屡犯不改。

那时我便预感到，路野与央金拉姆的婚姻不会长久。事实证明我的预感没错，他们结婚一年零两个半月后，就劳燕分飞。当然，他们离婚还有一个重要原因，就是央金拉姆无法替路野生子。不知是水土不服还是体质原因，央金拉姆怀孕两次都流产，这让路野心里极为不快。他们为此事经常吵架，吵完架就开打，我曾目睹路野将央金拉姆按在床上猛捶的场面。自从路野的前妻教唆女儿不认他这个父亲后，他就一直想再要个孩子。这个愿望十分强烈。后来我发现，这个愿望，也是他的一个大劫。

"我选择是因为我无可选择。"路野一边训狗一边这样对我说。我知道他说的是指选择训狗参赛这个行当。因为，我曾多次劝过他，可以选择另外的职业谋生，哪怕去公司做安保都行，但路野就是喜欢跟狗相处。大概也只有跟狗在一起，他才不会受伤，才能保全男人的面子，心里也才会感到踏实和知足。

闪电真是条乖顺的狗，无论路野怎样打骂，它都摇头摆尾，死死地跟着他，让它做什么它就做什么。如果路野让它去跳崖，或让它去下油锅，它势必也会照做。它甘愿为主人去送命。这是做一条狗的宿命，也是做一条狗的使命。狗一辈子都没有自己，它们全在为人类而活。

路野训狗的方法很专业，他是个合格而严酷的教官，丝毫不让闪电歇气。他说只有经受住持久训练的狗，才能在赛场上夺魁，成为狗界的斗士和明星。我问："那是狗想要的生活吗？"路野朝地上吐一口痰，揶揄着说："你们文人啊，就是酸！"我不想跟他辩驳——辩驳也毫无意义。我只那样默默地看着他，如何将闪电训练成一道闪电。

正午的骄阳似烧化的铁水,从空中泼洒下来,想把天地万物浇铸成上帝想要的样子。我站在工棚内,像是一个人间的罪犯。路野手提一个铁笼子,笼内关着一只兔子。那只兔子胆小柔弱,全身痉挛,但它无处可逃,命悬一线。闪电一见笼中的兔子,就龇牙咧嘴朝铁笼子猛扑,试图撕裂那个笼子,将兔子咬死。可路野偏偏不让闪电得逞,故意吊它的胃口,刺激它的杀伐之心。闪电到底是个训练有素的家伙,不达目的誓不罢休。它趁路野手软乏力之时,奋力弹跳而起,张嘴咬住兔子从铁笼底部露出来的一条后腿。兔子惨叫一声,那条腿当即被折断,血流如注。

我的眼泪瞬间滑落下来。我实在不适合待在这样的训练现场,转身进入棚屋。坐在竹椅子上,我的周身都在颤抖,我感觉自己就是那只兔子,已被猎狗咬成终身残疾。大约半个钟头过去,路野终止训练。他走进棚屋,喝一盅冷开水,抓起一把破蒲扇边摇边问我:"同情心又泛滥?"我没有作声。"你是不是觉得我太冷酷无情?"路野接着问,我还是没有作声。我清楚路野的心中肯定藏有邪恶,但我也清楚他的心中必定藏有善良。不然,他也不会那样宽容他妹妹和妹夫。

准确地说,路野曾被他妹夫欺骗过。

那是在他弟弟意外去世之后发生的事情。

在路野心目中，他最疼爱的人，是他弟弟和妹妹。还在康定生活的时候，他们都是在路野的保护下成长。正是因为有路野的存在，那些调皮鬼们才不敢欺负他们。在路野的弟弟和妹妹心中，路野从来都是个英雄人物。他们崇拜自己的哥哥，也只有哥哥能带给他们安全感。但后来不知为什么，路野的弟弟和妹妹竟以他为耻。也许他们认为哥哥的江湖义气所带来的恶果，给他们的家族抹黑；又或许他们认为哥哥的失败婚姻，让他们这个家族蒙羞。总之，他们从感情上渐渐疏远路野，将他作为一个反面教材来看待，这让路野心凉如水。

多年前的一天秋夜，路野与弟弟发生激烈的争吵，吵到最后还拳脚相加。至于吵架的起因，路野至今都没有向我透露，只说事关亲情冷暖和男人的尊严。那是他第一次跟弟弟动手，两人都不同程度受伤。路野的父母和妹妹全都偏袒他弟弟，集体怒斥路野的不是，路野只好把苦水朝肚子里吞。那晚，他们兄弟俩都没能入睡。第二天黎明，路野的弟弟余怒未消，背起父亲的渔具跑出去钓鱼散心。谁知还没到正午，就传来路野的弟弟因救一个落水儿童溺水身亡的噩耗。路野的家人当场气晕，他们都将路野视为家中的灾星。

路野背负着沉重的枷锁，他怎么也不会想到，自己会活到众叛亲离的地步。就在路野一筹莫展之时，他妹夫向他抛出了橄榄枝——说愿意将自己经营多年的火锅店低价转让给他,让他好好地挣点钱,买套房子与父母分开住。这样既可以缓解他与父母之间的矛盾,又可以有自己独立的空间,方便再成个家。他妹夫还对他说,毕竟大家是一家人,没必要将关系搞得那么僵。他弟弟已经不在人世,父母即使再不理解他,也到底是自己的爹妈,今后还得靠路野为他们送终。路野听妹夫如此说,眼泪簌簌而落。他认为妹夫是亲人中唯一体贴他的人。没有多想,路野拿出多年来训狗参赛积攒的近二十万块钱,接手了妹夫的火锅店。

但令路野雪上加霜的是,他接过店铺半年时间不到,火锅店就倒闭了,亏得血本无归。后来路野才得知真相,其实早在他接手店铺的前两年,他妹夫就经营得举步维艰,几乎月月亏损,严重时连员工的工资都发不出来。依照路野的性格,他会去找妹夫拼命。可每次浮起这个念头,很快又沉下去。他干不出这种自己人害自己人的事。不管怎么说,妹夫还是他妹夫。但最让路野窝火的是,当他妹妹知道此事后,不但没向他道歉,或转变一下对他的态度,反而站在丈夫的立场,责怪路野经营不善,简直成事不足败事有余。

路野听见妹妹的指责,杀心顿起,但他不可能那样做。在大是大非面前,他还是颇有分寸,也有自控力。有天夜里,路野喝得醉醺醺地跟我说:"我早已不恨我妹妹和妹夫,我恨的只有我自己。"那时天空正在下雨，街上的霓虹灯闪闪烁烁，似真似幻。我拍拍他的肩膀，脑海里突然跳出台湾诗人周梦蝶的两句诗：雨下在头上／更多的时候／雨下在肚子里。我想，路野的肚里该装着多少吨雨啊！

"无人相，无我相，无众生相，无寿者相。"路野在手机上听到这一句经文时，他关掉音频，似有所思地问我："你觉得这句话该怎么去理解？"我见他态度诚恳，便老老实实地回答："不执着于我，不执着于他，不执着于众生，乃至不执着于生死。"路野点点头，重又开启音频，继续听经。可让我吃惊的是，听着听着，他居然口吐一句妄言："依我说，人都是贱相。"

路野真是无可救药。

我是指他的婚姻。

他的第三任妻子，身份比起前面两任来都要体面。这个女人的前夫，是区里一个副厅级干部，而她自己则在一个正处级单位供职。他俩是在路野开火锅店期间认识的。那时，她经常带领同事或朋友去吃火锅。她的人缘很好，性格又豪爽，无论走到任何场合，都是一副大姐大的派头。她有个习惯，吃火锅从不要求打折，不但不打折，结账时还不允许找零。如果收银员找零，她会生气，认为对方藐视她，嫌她小气。

她是火锅店最忠实的顾客。以前路野的妹夫经营店铺的时候,她几乎每个月都跑来消费。及至老板换成路野后,她仍是初衷不改,只选择来这家店吃火锅,这让路野十分感动。路野最喜欢豪气的女人,她每次来用餐,路野都要嘱咐服务员赠送两个菜。而她对路野也是一见如故,气味相投。

她知道路野的火锅店效益不好,只要有空就来照顾生意。陪她同来的朋友多次建议下回换家店吃,但她照旧我行我素。渐渐地,她的那些吃腻的朋友,都不愿再到路野的火锅店来。不来没关系,朋友不来她自己来。路野心里明白她对自己有意思,客人稀少之时,他就主动陪她吃菜喝酒,这让她兴奋异常。她的酒量极大,白酒每次都能喝一斤。要是喝啤酒,那就更没定量,上多少喝多少。路野闯荡江湖这么多年,可谓阅人无数,也自叹很少碰到这样的女人。有时,已到员工下班时间,他们还在那里划拳猜令,谈笑风生。跟她在一起,路野很放松。而她又是个很会关心人的女人,特别讨男人喜欢。有好几次,她喝醉酒,都是路野打车送她回家。送的次数多了,路野自然也就水到渠成地在她家里过夜。

很快,他们之间的关系便正式公开。而且,路野还特地将他俩的结婚证带来让我过目。我看过之后,不知道是该祝福,还是该惋惜。我意识到,这个女人,路野怕是牵不住。她的翅膀太硬,早晚都会从路野的身边飞走,但我不能这样说。既然路野已经跟她生米煮成熟饭,作为他信任的朋友,我除了恭喜,还能做什么呢?

请谅解我不能在这里说出她的姓名,这是我跟路野之间的约定。他们婚后不到一个月,她的本性就暴露出来——这是个嗜酒如命又夜不归宿的女人。几乎每夜都有人约她出去喝酒,每次都喝得烂醉如泥。最初,路野考虑到他们的感情尚处于保鲜期,对她的行为睁只眼闭只眼,不说好坏。只要她醉酒归来,路野立刻就给她倒水喝,还用热毛巾给她做热敷。但长此以往,路野的脾性终于爆发,严重警告她如果再不收敛,他将不客气。

她见识过路野的野性,心里还是惧怕路野。可人一旦在社会的染缸里泡过,想要回归本色很难。鉴于路野的威慑,她稍稍收敛过一段时间。有两三个月,她夜夜足不出户,只在家中乖乖地待着。路野见她愿意为自己而改变,感动不已,对她更是呵护有加。

有一次,路野带着狗出去参赛。按惯例,他要三天之后才能回来,但那次赛事偏偏出现状况,路野提前一天回家。到家后,他发现她并不在家,而那天正好是周六,不上班。路野给她打电话,手机始终没人接听。路野心中有些发毛,径直跑去她平素最喜欢去的酒吧找她。刚推开门,路野就看见她正躺在一个男人怀中,手捧话筒醉眼蒙眬地在唱《容易受伤的女人》。路野顿时火冒三丈,顺手操起吧桌上的烟灰缸朝她砸去，那个男人见势不对，起身开溜。她的额头上被砸出一条大血口，送到医院缝了七针。

那晚之后，他们的感情陷入了僵局。她将路野的衣裤统统扔出家门，还修改了电子锁密码。路野意识到这是他俩婚姻破裂的信号，加之她的年龄比路野还要大两岁，已经有一个读初中的儿子，不可能再为他传宗接代，故路野也无意去挽回和补救这段本就没有希望的姻缘。他们冷战四个月后，终于分道扬镳，恢复各自的单身生活。

依旧是热。

天热，地热，人间更热。只有人心很冷，路野的心尤其冷。这冷，体现在他对闪电的态度上。他表面上是在训练狗，可在我看来，那根本就是在惩罚狗，他在借狗来发泄自己的憋屈。

这不，闪电又在他的教鞭下嗷嗷地叫唤。那叫声无异于十级地震，足以震碎无数心善之人的骨头和灵魂。我不知道他到底还有多少训练狗的招数，从上午到下午这段时间内，我见他至少使用过八种方式折磨闪电。但令我惊讶的是，无论用哪种极端的训练方法，闪电都能扛过来。

我手端茶盅，坐在竹椅上苦思冥想，眼睛时不时朝窗外望去，我看见路野正在工棚左侧训练闪电推石磨。那副石磨是他从一户农民家里购来的,上面爬满青苔和岁月的痕迹。路野将石磨进行改造——加上两根横杠,其中一根横杠上缠着皮绳,皮绳的一端套在闪电脖颈上。另一根横杠上则吊一只活鼠,闪电只要见到活鼠,就追着咬。它一追,石磨就会转动。它追得越快,石磨转动得越快。活鼠被吓得吱吱叫,但闪电却永远咬不着。这一幕,让我想起西西弗斯推巨石上山。我不得不承认,路野非常聪明,但他不是神。他发明的这个训练方法,可以蒙蔽一条狗,却无法蒙蔽我这个看客。

我放下茶盅,从棚屋走出去。路野见我出来,戏谑地说:"你还是在屋内待着吧,省得又慈悲心泛滥。"我回敬他说:"即使慈悲心泛滥,也总比没有慈悲心强。"路野听我这么说,即刻停止训练,双手叉腰说道:"那我今天真要跟你聊聊什么是慈悲心。"

路野坦言,在所有训练比特犬的人中,他恐怕是最为慈悲的一个。有些狗主人,可比他冷酷得多。他们先给狗喂美食,待狗对美食产生依赖后,再开始饿狗,直饿得狗看到粗粮都垂涎三尺的时候,就放另一条同样饥饿至极的狗出来让它们互咬。两条狗都狰狞凶残,都想咬死对方来充饥。若战败的狗伤口无法愈合,狗主人就会将其遗弃,以至大多数狗一见到主人就哭,觉得人真不是个东西。

"至少我从来没采取过这样的手段训练狗。"路野说。我相信路野说的是实话。他在得到闪电之前训练过的几条狗,虽然都已退役,不再参加比赛,但他仍像对待老朋友一样善待它们。另外两条死去的狗,路野也并没有将它们送去卖肉,而是在乡下找块清静之地,将它们安葬。并且,他还专门为那两条狗立上墓碑。每年清明节,路野还要提上好酒和香蜡纸烛,去给亡犬扫墓。

"要是哪一天我走了,也有人来给我上炷香,坐在我的坟前陪我说几句话,我也算死得瞑目。"路野面带忧戚地说。他的这句话让我悲伤。我理解此话的意思,人到中年,他是越来越想再要一个孩子。不然,他怕自己晚景会很孤独,也怕某天一闭眼,连个给自己收尸的人都没有。

路野其实非常想念他女儿。他曾多次向第一任妻子求饶,渴望她发发慈悲心,让自己见见女儿,但都遭到强硬拒绝。他女儿读到高中,稍稍懂事后,也曾转变态度,试着向母亲提出见父亲的请求,同样遭到强硬拒绝。有好几回,他女儿趁周末,谎称要跟同学聚会,偷偷跑去见路野,路野每回都感动得泣不成声。但这样的暗中相见没有维持多久,就被女儿的母亲识破。一到周末,路野的第一任妻子就早早地来到校门口将女儿接回家。路野的女儿曾跟母亲发生过争吵,暗示她不该剥夺自己的正常权利,可她母亲太泼辣,扬言只要女儿敢偷着去见父亲,她就割腕或上吊自尽。

那段时间，路野的女儿忧思重重，学习成绩一落千丈，不想见任何人，把自己封闭起来。医生说孩子抑郁严重，建议休学治疗。可她母亲并未重视，执意说女儿一切正常。她认为孩子之所以如此，是见父心切，故意跟她赌气，结果悲惨的事情发生了——一天晚自习后，他们的女儿从宿舍楼顶纵身跳下。

这至今都是路野心中永久的痛。他觉得是自己害了女儿。他有罪，且罪不容诛。路野曾一度想到过死，他觉得这个世界上，再也没有什么值得留念。后来还是我和另外的朋友，劝他千万不要这样愚蠢地想问题，他还有重任在肩——父母俱在，尽管他们对路野有看法，但是从情感上说，父母仍旧需要他。有好几次，我见路野的父母抱怨过后，又心疼地熬酥油茶给他喝。只要路野多喝一碗，他们就会非常开心。路野的母亲跟我说："他从小就爱喝我熬的酥油茶。"边说边回忆路野儿时的往事，说到动情处，眼眶泛红，可就是强忍着不让泪掉下来。她不希望路野看到自己落泪。那一瞬间，我其实替路野感到欣慰。天底下的父母，即使嘴巴上再怎么说儿女不好，也都是他们的心头肉，随便碰一下都疼。他们抱怨甚至咒骂子女，终归说来都不是恨，而是恨铁不成钢。

我祈祷路野与他父母冰释前嫌的那天快些到来。


"'应无所住，而生其心。'据说六祖惠能当年听五祖弘忍讲《金刚经》，听到此句刹那开悟，为何我听过上百遍却仍是迷惑呢，你说我是不是慧根太浅？"路野一本正经地问我。我本不愿再跟他探讨佛学，但冲着他一有空就听经的这份虔诚心，便说："禅宗讲见性成佛，人人皆有慧根，就看你修行的工夫到没到家。"路野顿了顿说："看来我还是六根不净啊！所谓一念嗔心起，八万障门开。"

我怔怔地盯着路野，觉得他既然能说出这样的话，也算慧根不浅。省思本身就是一种慧根。只是我搞不明白，他如此热爱聆听佛经，却为何又在训狗场上那般心狠呢？这不大像是一个接受过佛经洗礼的人干得出来的事情。可我转念一想，又似可以理解。路野到底没有皈依佛门，听经也只是他的喜好而已。正如现今的许多有钱人，虽在自家的小洋楼里供奉着佛堂，却照样在外面为非作歹，机关算尽。

不过，路野终究还是实现了愿望——拥有自己的第四任妻子和一个乖巧的儿子。他把这一切都归功于他平时聆听《金刚经》所获得的福报。

他的第四任妻子比他小十七岁，是个年轻貌美的九〇后姑娘，我姑且称呼她"小霞"。他们的相识充满戏剧性和荒诞感。一天，路野正在工棚里训狗，突然接到他妹妹打来的电话。那是他弟弟离世后，他妹妹首次主动给他打来电话。他妹妹让他赶紧去母亲那里一趟,不然极有可能遭受巨额经济损失。

"母亲平时最信任你,你为何不去处理?"路野问妹妹。"我劝了,没用,只有你出马。"妹妹回答。路野想,既然你都劝不动,我去又有何益。但想归想,他到底还是去了。

路野赶到后,见母亲正站在小区门口的人堆里,跟几个身穿白大褂的保健药品推销员相谈甚欢。路野一眼就洞穿了那几个推销员的鬼把戏,赶紧拉过母亲,劝她别上当,可他母亲已经被迷惑,手里正拿着一张银行卡,执意要去银行取款买药。路野不知如何是好,他稍一沉思,决定拆穿推销员的阴谋,让母亲变得清醒,就走上前挤进人堆,寻找破局机会。

那会儿,一个身材曼妙、脸蛋白净的小姑娘正对着一张人体挂图,向围观的老头老太讲解人体穴位分布。她用手边指边说,这是曲骨穴,这是阴交穴,这是鸠尾穴,这是紫宫穴……路野听着听着,突然大声问道:"姑娘,请问挂图上那人的灵魂在哪里?"那个姑娘一下子愣住,不知该如何作答。围观的人群出现躁动,七嘴八舌议论着。那几个推销员见路野来者不善,搪塞着将人群解散,路野的母亲也只好扫兴地转身上楼回家。可就在路野也准备离开时,那个小姑娘跑过来请求添加路野的微信,说日后有事向他请教。

当天晚上,那个小姑娘便给路野发来消息,向他表达崇拜之情。还说这是自己搞推销以来,第一次遇到这么睿智的人。路野先是对这个姑娘不理不睬,他打心眼里鄙视这类专骗老头老太钱财的人。但聊天时间久了,他倒觉得这个姑娘可爱和纯真。一个月后,他们开始私约见面。又一个月后,他们确定恋情。再一个月后,他们正式步入婚姻殿堂。

兴许是路野被我说怕了,一直到他结婚许久之后,才向我讲述他第四次婚姻的详细经过。这回,我没有说他一句重话,只调侃地送给他一副对联:"一对新夫妇,两套旧行头。""横批呢?"路野问。"二手货。"我答。说完,我俩哈哈大笑起来,路野眼泪都笑出来了。然而,我知道,他的磨难才刚拉开序幕。

由于代沟和三观上的差异,没过多久,小霞和路野的矛盾就达到白热化程度。小霞生性贪玩,天天嚷着路野给他买这买那。如果路野不惯着她,她就使性子、发脾气,甚至离家出走,几天几夜都不回屋。为哄她开心,路野还借钱买了一部轿车送给她作礼物。可小女人就是贪心,路野的经济实力根本无法满足小霞的欲望,她成天找理由跟路野闹别扭。路野急了,动手将小霞打得周身乌青。即使如此,小霞仍是不务正业,早上一起床就跑去茶馆里打麻将,输了钱就找路野撒泼。路野想,只要让小霞生子,或许她就会变得成熟和老实。那段时间,路野夜夜都在折腾,哪怕折腾得筋疲力尽,也仍然迎难而上。一年后,他果真得到一个白白胖胖的儿子，这让路野喜不自禁。

但是，路野的想法太过幼稚。生子后的小霞不但不顾家，更是将儿子当作人质，变本加厉地要挟路野，不断满足她的欲望。有孩子后，因生活成本增加，路野的日子一天不如一天，人苍老得很快。路野的父母看不顺眼，要将他俩赶出家门。这正好暗合小霞的心意，她以无家可居为由跟路野提出离婚。路野一拖再拖，小霞一催再催。终于，在孩子满周岁后，他们去民政局申请离婚。

路野提出的离婚条件是，儿子的抚养权归他，让小霞放弃探视权，但也不需要她支付抚养费。他以为这样可以使小霞改变离婚决定，谁知小霞想也没想就同意了。她只跟路野提出一个要求——把送给她的那部轿车开走。路野没有再说什么。当民政局的工作人员反复问："姑娘，请你想好，离婚协议上写的是你放弃探视权哟。"小霞说："我想好了。"工作人员再次提醒："放弃探视权，就意味着你这辈子都可能见不到儿子，你也愿意？""我愿意。"小霞坚定地答道。工作人员只好摇摇头，在他们的离婚证上加盖钢印。

又一个幻梦，就这样破灭，好似天上和地上都溅满鲜血。

"这既是我的牢房，也是我的祭坛。"

路野再次说出这句话的时候，闪电就依偎在他身旁。我不知道他是在说给我听，还是在说给狗听。在停止训练的时候，他经常这样跟狗谈心。傍晚的夕阳流着蜜，有一种痛苦的安详。知了关闭它的唱腔，尽力还给黄昏一个沉默。但天地仍未退去高烧，空气中有一股热浪在翻滚，撩拨得人心蠢蠢欲动。时间长满了湿疹，风的手反复在时间的背脊和胸膛上抓挠，也没能止住痒。路野蹲下身子，伸手轻轻地抚摸闪电的头，眼神满含怜爱。

我知道，其实路野对闪电充满愧疚。他早就不想再训狗参赛，他已经厌倦了这样的人生，也不想再去面对一条狗的创伤和悲痛。可倘若不训练狗，他又不知道自己到底该干什么。在这个尘世上，他觉得再也没有人可以像狗那样对他忠诚，即使他把狗打得遍体鳞伤，狗也不会背叛他。只有跟狗在一起，他才活得踏实、滋润和有价值。路野的这种想法和状况，让我想到美国作家加思·斯坦写的《我在雨中等你》这本书。在书中，主人丹尼和他的狗恩佐也与路野和闪电一样，过着相依为伴的风雨生活。丹尼的妻子离世，岳父母与他反目成仇，继而他又横遭逮捕而镣铐加身。这接二连三的厄运，使丹尼举目无亲，人生陷入困境，只有恩佐自始至终守候着他，直到终老。作者在开篇里借狗的视觉写道："我老以为自己是人，也一直觉得我和其他狗不一样。我只是被塞进狗的身体，里面的灵魂才是真实的我。"

那么，在闪电眼中，它会不会像恩佐一样，觉得自己是人呢？

或者干脆说，它会不会觉得自己就是路野？而在路野眼中，他又会不会觉得自己不是人，反倒是一条狗，或直接就是闪电呢？

当然，这只是我的假想。《金刚经》上说："离一切诸相，即为诸佛。"可"相"哪有那么好离呢？我们都是凡人，六尘境界都是相。在渴望修行成佛之前，我们得先成为一个有尊严的人。这个理，我想路野早就懂。他经历过那么多的肉身坎坷和心灵波澜，又聆听过那么长时间的佛经，理应比我体会得更深。

还有两个月，就是参赛的日子，我无法预知闪电能否在比赛中为路野赢得荣誉和金钱。在以往参赛的前一段时间，路野都坐卧不宁。但这次他似乎异常地平静，白天除训练狗，就只听佛经。晚上则足不出户，只陪伴儿子，给他讲故事。他也只有晚上才有时间陪孩子，那是他最珍贵和温馨的时光。

路野从不把孩子带去工棚，他不想让孩子看到自己的残忍和狗的可怜。"你很在乎自己在儿子心中的形象吗？"我问。"难道你不在乎？"他反问道。"你儿子早晚有一天会看到你训狗的场面，到那时你该怎么办？"我再次问道。"我不会让他看到，他也没有机会看到。"他镇定地回答。

过了一阵，路野说："近来，我越听佛经心里越烦乱，干脆你借两本文学书籍给我读读吧，让我换个心境。待这次比赛结束，我也不准备再训练狗，想另外去找个事情做做。我可不希望我儿子今后也瞧不起我,更不希望他今后去学我,再像野狗一样活着。"

听完路野的话,我的心头浮起一丝微光。这光,如同大海里的火焰,可以让冰冷的水化为温暖的血。那天,正好我的背包里放着一本已故散文家苇岸的《泥土就在我身旁:苇岸日记》,便掏出来送给他。我也不管他是否喜欢这本书,更不管他是否能读完这些安静的文字,但我想他既然有一颗读书的心,就总会去翻阅。至于能不能读下去,那是另外一回事。

转眼到了比赛前夕,路野非要邀请我去工棚坐坐。我不知道这是何意,只好硬着头皮去了。去后才知道他已经退出比赛,连工棚也处理给了农户。闪电也不见踪影,不知他是将狗归还给了他堂兄,还是放了狗一条生路。

我没有问路野任何问题,路野也没有向我解释任何问题。我们就那样静静地坐在棚屋里,抽着烟,喝着酒,想一些可能连上帝也想不明白的事情。棚屋的板壁上,贴着一张纸,纸上是路野亲笔写下的摘自苇岸日记中的几句话:

  我希望我是一个眼里无历史,心中无怨恨的人。

  每天,无论我遇见了谁,我都把他看作刚刚来到这个世界的人。

# 天空上有鸽子在飞翔

它已经死亡。

这毫无疑问。秋天正在给它送葬。

你不要悲伤，也无须祈祷。不是每一只鸽子，都能像它的父辈和祖辈那么幸运，能侥幸躲过天空的骤雨、雾霾和狂风，或猎人的子弹、投枪和毒药。你在放飞它的那个早晨，就有一种不祥的预感。它的翅膀一张开，空气就凝固。你看见它似乎也觉察到某种异常，奋力扑棱着双翅，幻想骑在太阳的芒刺上，去抵达天空和远方。它知道你对它寄托着殷切的希望，它不想辜负你，也不想让你绝望。它强忍着心中的锐痛，在空中盘旋一阵。你以为它是在搜寻路线，却不知道它其实已经很累。它的影子落在地上，灵魂也被气流掳走，唯剩一对活翅的假象，给你最后的安慰。

也许是你太爱它,你之前并未发现它的异样。它把异样藏在鸽笼内,藏在飞翔中,藏在叫声里,藏在你的憧憬之外。它不想让你看见它的软弱,它也不想看见你的软弱。有好几次,它都见你偷偷地蹲在鸽棚中落泪——你的泪像沾在它羽毛上的露水,包裹着黎明到来时的阵痛。它洞穿了你内心的秘密,但它不戳破。它只是你喂养的一只鸽子,它的使命不是要给你疗伤,而是要承载你的梦想去翱翔。

你是一个有经验的训鸽人。你十分看重它的血统。它的祖父曾在比赛中夺得过亚军,它的父亲曾在比赛中夺得过冠军,故你也相信它并不会弱于前辈。这种判断使你心怀激情,没有恐慌。你期待这只血统纯正的鸽子能给你赢得荣誉,能使你灰暗的人生镀上金光。不晓得有多少次,你都在睡梦中望见鸽子嘴衔花环,飞越高原和河流、草地和雪山,去往一个圣洁的地方。那个地方,既没有人世的苦难,也没有生存的困厄,可以让你忘掉你所遭遇的一切苦痛和不幸。但梦终究不过是梦,任何梦都会醒。梦醒之后,你唯一能够抓住的,只有这只鸽子——你梦的实证。

可是现在,这只鸽子死了,你的梦也随之破灭。这是你万万想不到的。从事训鸽多年以来,你头一次遇到这样的事故和悲剧,你一时不知所措。你感觉整个天空都坍塌了。你深信这只鸽子还能复活。你一遍又一遍地抚摸它的尸体,像抚摸一个从未诞生的梦。你不敢相信眼前发生的事情，你流下忧伤的泪滴。这泪滴落在鸽子紧闭的眼睛上，你多么渴望你的眼泪是一颗一颗的药丸，可以让你的爱鸽死而复生。但这只能是你的幻想，毕竟，你亲眼看见它从空中坠落。

它盘旋到第三圈的时候，翅膀就敛紧，像是被一根无形的绳子绑缚，被上帝之手瞬间扔下凡尘。你当时觉得这是鸽子在给你做游戏，但你并不喜欢这样的游戏——你见过的游戏实在太多。你想让它继续高飞，便伸出双手使劲挥舞，仿佛摇动一面大旗。可遗憾的是，你的挥动并未给鸽子重新指明方向，你的手掌接住的，只是一抔死亡的灰烬。

在残酷的现实面前，你只能唱起小小的失败之歌。

如果没有那两年的铁窗生涯，你大概不会对鸽子爱得那样深。你太渴望自由、渴望飞翔。在入狱的第二天，你就遭受"捆鸽子"的凌辱。七八个犯人反绑着你的双手，将你高高地举起，又重重地落下。他们乐意听你坠地时的惨叫——这给他们枯燥乏味的牢狱生活以生趣。要是你敢反抗，他们就摁住你的头颅朝墙壁上撞。撞晕之后，再站成一圈将你围住，掏出生殖器向你撒尿——这叫"下春雨"，又叫"降甘霖"。

你虽然是穷人家的孩子，从小便习惯在他人的歧视和打骂中成长，但像这种非人道的折磨，还是头一次遭逢。你想到过死，想到过死的几种方式——咬舌、撞墙、割腕、绝食，但都未能成功。有人轮流盯着你，他们就是要让你求死不能，求生不得。你给他们下跪，乞求速死，可他们偏不成全你。要知道，除父母外，你这辈子还从没给人下过跪，就是你被带走时，连头都没有低一下。但是在面对羞辱时，你却愿意以下跪的方式来获取死的尊严。

给死下跪，就是给活立碑。

他们看穿了你的心思，他们不能让你如愿。你要是死了，他们活着就将毫无意义。他们要靠你敲山震虎，要靠你杀鸡儆猴，要靠你邀功领赏，要靠你升职加爵。你是他们抓住的典型，他们要将你的臭名传遍大街小巷，要将他们的美名传遍华夏神州。可惜你生性固执，偏要敬酒不吃吃罚酒。任凭他们怎么审讯你，你就是不认罪服法。

你说自己没罪。你说自己只是一名普通的乡村小学教师，在学校教书育人，为人师表；在家中孝顺父母，遵奉古训。你上对得起天，下对得起地。你没做过亏心事，不怕夜半鬼敲门。但没有人听你说这些，也没有人相信你说的这些言论。你已经成为一个假想敌，你已经成为一个反抗者。你已经没有资格再申辩，就连每年都表扬你的校领导都不再同情你，就连每天都在思念你的学生们都不再可怜你。你已注定是一个反面角色，活该遭人唾弃和指责。

只有一个同事相信和支持过你，那是曾经被你批评和得罪过的人。你批评他黑白不分，是非颠倒，做事没有立场，不讲原则。你满以为他会怀恨在心，落井下石。但没想到，在大是大非问题上，在生死攸关面前，他还是坚守住做人的底线。他并没有轻信任何人的谗言，他只信任自己的良心和判断。他始终认为你是被冤枉的，直到你被关进牢狱之后，他都还在替你奔走呼告，希望你能无罪获释。已经有不少人提出警告，让他不要蹚这浑水，不要惹火烧身。可他说绝不能因为你曾经批评过他就缄口不语、幸灾乐祸，要是那样，他就配不上你的批评。

你们都是卑微和渺小的人，都在底层小单位谋生，但你们都是人民教师，你们都不想将懦弱和虚伪教给学生们。你们有一个共同愿望：为学生做人格和道德上的表率。在求知之前先求善，在求善之前先求真。

于是，你不再害怕他们的凌辱。他们可以损害你的肉体，却无法损害你的灵魂。或许是为摆脱痛苦，当凌辱你的人都筋疲力尽而沉沉睡去之时，你就倚着铁窗，仰望那群在天空上飞翔的鸽子。那群鸽子每天都出现在窗外，你熟悉它们的身影，你从它们的飞翔中获得一种强大的意志和力量。你给每一只飞过的鸽子命名,你给每一只飞过的鸽子敬礼,你给每一只飞过的鸽子传信。你也因此看到太阳每天都从窗外冉冉升起,你看见黑暗每天都在黎明到来之前消失。你还看见罪被引诱,死被禁止;看见宽容与饶恕,荒诞与疯狂在争夺一名无辜者;看见人的伪善成为人的深渊。

就这样,你决定继续活下去。你的使命还没有完成。你的梦想还没有实现。你的母亲还尸骨未寒。你还不能成为一个干净和清白的守灵人。

很多人都说你是个傻瓜,比辛格笔下那个名叫"吉姆佩尔"的傻瓜还要傻。虽然吉姆佩尔跟你一样,也在饱受他人的捉弄和凌辱,但他表现出来的,却是在痛苦面前的隐忍和克制精神。他反复提醒自己:"我相信上帝的存在,也相信神佑。但上帝从创世起就藏匿起来,因而现实世界和人类陷入了一种不可理喻的混乱。"这是个聪明的傻瓜,尽管他认识到上帝虽然藏匿起来,时时不在场,可毕竟还是存在。一旦上帝重现,他相信一个公义和清明的世界终将重构。这使他在魔鬼引诱下与上帝展开的较量中,最终听从上帝的指引,放弃复仇。他不管自己曾遭受过多么大的屈辱和多么深重的创伤,他一律选择宽恕和原谅:"我还是决心永远相信别人对我讲的话。即使不相信,又会给我带来什么好处呢。今天你不相信你老婆，明天你就会不相信上帝。"

但你不是吉姆佩尔，你既不相信上帝，也不相信别人对你说的话。故你也没有选择宽恕和原谅，而是选择以鸡蛋去碰石头的方式来讨回公道——替你母亲的死讨个说法。正是因为这样，学校开除你的教职，你从一个"人类灵魂的工程师"变成一个"流浪者"。白天，你一步一步地跋涉；夜晚，你一站一站地露宿。凡是你足迹踏过的地方，都流淌着你的汗液和血迹。特别是当你饥饿至极，或躺在街边的台阶上仰望星空之时，你都十分羡慕那些从天空上飞过的自由自在的鸽子。你很想成为它们中的一只，很想具备如鸽子那样的特殊本领——无论飞越再遥远的路程，也能凭借记忆和磁场返回故地。

在入狱之前，你还从来没有走过那么远的路。从小到大，你都没有离开过你的故乡，你依恋故乡的山河和亲人。你求学在故乡，成家在故乡，立业在故乡，也准备老死在故乡。但现实的灾变和对正义的渴求，又不得不促使你离开故乡，去一些陌生的地方会见一些陌生的人。只有这些陌生人，或许才能成为你的恩人，成为你代价的回馈者。他们都比你见多识广，也都比你位高权重。只有将希望寄托在他们身上，你才能获取到哪怕丁点儿的春汛和光亮。

可事实是，你从春天走到夏天，又从秋天走到冬天，也没能为自己走出一片开阔天地。没有一个人愿意理你,也没有一个季节愿意接纳你的献祭。当然,在流浪途中,你也并非没有感受到丝毫的温暖。也有那么四个人,让你一直铭记在心。他们是几个普通人,有着与你类似的遭遇。一个在冬天的雪地上给过你一根潮湿的火柴,一个在秋天的凉风中给过你一张洗得发白的毛巾,一个在夏天的酷热中给过你一个漏水的杯子,一个在春天的鸟鸣中给过你一颗发芽的种子。你记住这四个人的相貌,却不愿记住他们的姓名。记住相貌是要记住他们的品行,忘记姓名是要忘记他们的屈辱史。

若不是你几次被人带回,你相信你们几个能真正成为砥砺前行的难友,可以相伴着共同去寻找人世的福音。多几个人陪你赶路,总比一个人孤苦伶仃地赶路强。虽然你心里清楚,即使你们昼夜相拥,也扭不成一根勒死邪恶的绳索,或合抱成一根刺破乌云的大树。

带你回来的人都是些谦谦君子,他们长着一副和蔼的脸庞。他们在路途上拦住你,露出向日葵一般的笑脸。他们请你吃香喝辣,领你去澡堂洗热水澡,还去商店买新衣服给你穿,俨然把你当成一个上帝。在他们的软硬兼施下,你也曾想到过妥协,也曾被这种幸福的麻药所麻醉,也曾想就那样睡在他们专为你铺设的洁白温床上长眠不醒。但很快,你便苏醒过来,你脑海里又浮现出你母亲惨死时的表情。你胸中的怒火再次被点燃。你突然意识到，倘若你就这样放弃追责，那你就是个罪人。你即使死去，也无法面对你母亲的在天之灵。

你可不愿学你那患软骨病的哥哥，为自己的前途和事业，甘愿背弃良知和血亲，竟然把你们母亲的死描述得云淡风轻，美化成寿终正寝，试图掩盖事实真相。他不愿因这件事而受处罚，更不愿因这件事而搞得妻离子散。他是一个胆小的人，也是一个明哲保身的人。他太识时务，简直是个市侩主义者。不但如此，而且你哥哥还劝你，一个活人根本没有必要再去为一个死人正名。听了此话，你真想骂你哥哥是畜生。但你忍住了，人要成为非人，你有什么办法能够点化他呢？他已经没有自己，已经沦为他人的工具。一个已经沦为傀儡的人，任何人都别指望再唤醒他，更别指望再唤醒从他身上消失的人性。

你很同情你哥哥。他跟你不一样。他比你有欲望，他从来都在盼望有个辉煌的前程。他从小就穷怕了，苦怕了。他能挖空心思爬到如今这个职位，实属不易。所以他很看重现在所拥有的一切，他不允许自己功亏一篑。他宁愿背负天下骂名，也绝不敢去对抗权威——哪怕这种对抗是那样富有合法性和正义性。在宦海磨砺多年，他已经深谙处世之道。他知道胳膊扭不过大腿，知道"人在屋檐下，不得不低头"。活了大半生，他碰过太多壁，吃过太多亏。他早已不再幼稚，不再天真，不再纯粹，故他越来越世故，越来越精明，学会不抗争、不反驳、不辩论，人家说什么就是什么，人家让怎么做就怎么做。

这是你最鄙视你哥哥的地方。你知道哥哥活得比你滋润，比你安全，但你并不欣赏和佩服他。你觉得他并未给你树立起作为一个哥哥应该有的榜样。现在，你已经对他不抱任何期望，你唯有依靠自己。你的内心有一股力量——一股光明终将战胜黑暗的力量，这力量激励你永不放弃。也正因为此，你多次被他们带回来，又多次浪迹远方。你宁可死在路上，也不死在牢中。你把自己幻想成一只鸽子，你飞出去不是逃难和躲藏，而是渴望有朝一日能将平反的消息捎回你母亲的坟前。

只是，你不知道那一天需要等待多久——一个月、一年，还是一个世纪。你置身在一个不真实的世界，倘借用那个傻瓜吉姆佩尔的话说："这个世界完全是一个虚幻的世界，但是它同真实的世界只有一步之遥。"

你母亲本不该死，但她委实死了。死得那么凄惨、那么无辜、那么冤屈。她死的时候，是睁着眼睛的。她的眼睛是那样明亮，仿佛两面镜子，能映照出她死前的落寞和死后的悲壮。

你母亲是为她生活的村庄和寄生的土地而亡。

十年前，你父亲临终时，就曾劝过你母亲，待他死后，一定叫她从村庄搬出去，到县城你哥哥家中去养老。你母亲为让你父亲走得安详，她当着全家人的面向你父亲允诺，答应离开村庄，去城里安度晚年。可谁知你父亲死后，你母亲却不信守诺言，她无论如何不肯搬离生活了几十年的村庄。她隔三岔五跑去你父亲的坟前静坐，晨光或夕光笼罩着她的身影，你看着心都碎了。在没有人愿意回村的日子里，她甘愿做一个乡村守墓人。她想守着你父亲的枯骨不被白蚁蛀空，守着撂荒的良田不被野草覆没，守着春天的花朵不被泪水打湿，守着黄昏的炊烟不被死神卷走，守着栖居的鸟群不被喊魂驱散，守着留守的孩童不被野兽吞噬……

你母亲的坚守，曾让村中那些同样上年纪的人感动。他们发誓决不跟随儿女迁徙，要留下来跟你母亲一道，守住这个古老的村子。哪怕他们明天就死去，也要把自己的尸体安葬在故乡的山水间。这是一群意志坚定的老人，他们怎么说，就会怎么做。但是，这群老人都没有你母亲耐活。短短几年时间，他们差不多都相继谢世。剩下那几个苟延残喘的老人，要么被有钱的子女送进陌生的敬老院，要么被孝顺的子女强行接进城。人越活到晚年，越没有自己。晚年不是用来享福，而是用来任人摆布。

当那些老人们死的死、走的走后，你母亲更加孤单。特别是入夜之后，整个村子空空荡荡的，似一个寂地。她躺在床上，如水的月光从窗棂照进来,仿佛一束创世之初的光源。她翻动困倦衰垂的身体,想把压在身上的光阴和夜露抖掉,也把囤积在心中的寒凉和幽暗抖掉,使自己多少变得轻松些。否则,她真不知道该如何挨过那一个又一个漫漫长夜。蛐蛐的叫声在床底下放大着悲歌,叫得她老泪纵横。那条跟随她多年的黄狗,整夜趴在床前,守着自己,也守着你母亲。你怎么也不会想到,辛劳和慈悲一生的母亲,最终替她尽孝的竟然是一条狗。这让你深感内疚。在你母亲最需要你时,你却缺席,你没有尽到一个儿子的责任。也就是说,你还不如一条狗管用。

这老让你想到西班牙作家胡里奥·亚马萨雷斯写的小说《黄雨》,你每次在读这本书的时候,脑海中都会不自觉地浮现出你母亲的形象。书中那个坚守村庄的老人,与你母亲何其相似!当村里的磨坊关闭,村民们陆续搬离,最后只剩下一对年老夫妻。更可悲的是,没过多久,这对夫妻中的妻子因不堪衰老和孤寂的侵蚀而选择自杀,丢下她的老头终日与一条小狗相伴,共同守候着从他出生起就没有离开过的村子,直到生命终结。这部小说即是从这位老人临终前想象有乡民来为他收尸的情景写起,回忆他一生的遭遇——儿女离家、亲朋逝去、地塌屋崩……这一幕幕往事如鬼魂般纷至沓来,令他寸断肝肠,从而也让读者深切感受到一个人该如何守住一个村子,一个人该如何对抗一个时代。

你一辈子都生活在乡下的母亲不识字,自然也不可能读过这部小说,更不可能去效仿小说中的这个老人,但他们对故土的热爱和依恋同是那样深挚。你不想看到有朝一日,母亲落得跟这部小说中的老人一样的下场,你那个爱面子的哥哥更不愿意看到,故你们兄弟俩都曾采取措施,欲将母亲带离乡村。你们很害怕一个偌大、静寂的乡村,最终会成为母亲一个人的乐园,但结果都没能如你们所愿。你母亲说,只要你们谁敢把她从村子里夺走,她就跟谁断绝母子关系,用剪刀将连接你们的精神脐带夹断。你们不想激怒母亲,你们只想她幸福安泰,也就只好任由她去。你们猜想,或许唯有她自己真正想要的归宿,才能带给她福祉。

从那以后,你变得心安理得,你认为做了自己该做的,你又快乐地站上讲台,开启你的育人之道。你觉得不是你不心疼母亲,而是母亲不接受你的疼爱。她固执地活在自己的世界里,丝毫不准其他人闯入,哪怕是她最亲近的人。

你以为母亲会守着村子终老——没有痛苦和迷茫、彷徨和忧愤,但你错了,很快她就尝到了苦果。就在你一心为祖国的教育事业做贡献、你哥哥一心为光宗耀祖做拼搏时,你们的老屋和你父亲的坟被一并吞掉,你们的成长记忆和生命印痕也被一并吞掉。你母亲负隅顽抗,不幸被挖掘机撞破身躯。

当你得知消息赶回村子,你母亲已经全身冰凉,只有她洒在泥土上的殷红鲜血还散发着温热。那一刻，你的天空暗黑了，整个人陷入绝境。那一刻，你是多么希望你哥哥能出现在现场，替你撑起一片苍穹，但他自始至终没有现身。你不知道他到底是躲在某处笑呢，还是躲在某处哭。

安葬母亲后，你就再也没有心思教书。只要你一站上讲台，你就会想起母亲死时的模样，你抓粉笔的手就会颤抖，你写出的字就会走样，你说出的话就会变声。你觉得自己不配做一个人民教师。你连自己都没有教育好自己，又怎可能教育好孩子呢。

自此，你变成一只母亲用亡魂喂养的鸽子，在天空上失魂落魄地飞来飞去。你飞是你不得不飞，你飞是你非飞不可。只有飞到高处，你才能看清人间；只有飞到远处，你才能看穿生死。

出狱之后，你很快爱上训鸽。

你相信只有鸽子能带给你好运和吉祥，只有鸽子能陪伴你到老。你对鸽子有着深厚感情，这跟你母亲密切相关。还在你年幼之时，你母亲就养鸽。她用鸽蛋换来的钱供你和哥哥念书，同时还以鸽子来教育你们——做人要像鸽子一样，不管在飞行途中遇到怎样恶劣的气候，都要想办法飞回来。

或许是受到你母亲养鸽的影响，从小你的心中就装着一个飞翔的梦。可直到成年之后，你方才明白，任何飞翔都会付出代价。

于是你又联想到母亲,她当年养鸽,除为养活你们外,是否她自己也怀揣着一个飞翔之梦呢——一个关于她自己欲挣脱命运桎梏的飞翔之梦?

你不敢确定,也不敢细想。只要你想到母亲的任何一个生活细节,你故乡的河流就会断流,你老家门前的野花就会枯萎,你母亲在你出生当年栽下的那棵香樟树就会停止生长……

你母亲是你人生孤旅上唯一的点灯人,也是一个村庄孤寂暗夜里唯一的点灯人。

你训鸽,其实是在训练自己;你训鸽,其实是在怀念母亲。

如今,不但你母亲已经死去,就连那只你心爱的鸽子也已死去。你的情感和精神瞬间失去依凭,你的信念正在被摧毁,你的哀伤正在肆意蔓延。

你感觉自己一无所有——你没有故土,没有亲人,没有憧憬……你成为一个名副其实的流浪者。现在,你再也不用担心在流浪途中会有人跑来拦截你——你已然失去斗志,已然做起温顺的羔羊。而一只羔羊,对任何人来说,都构不成威胁。

你轻抚着鸽子僵硬的尸体,指尖不停地颤抖。你触摸到鸽子的两处疤痕,这让你突然意识到鸽子也不容易,它也为飞翔付出过代价。这两处疤痕,其中一处是有一次它刚起飞,就被蛰伏已久的鹞子抓破肚皮。你以为它就要被鹞子抓去,成为捕获者的美餐时，它却侥幸挣脱魔爪，忍着剧痛飞了回来。你抱着鸽子火速跑去动物医院，可没有医生愿意救治。不得已，你只好拿来缝衣针消毒，直接替鸽子缝合伤口。你不敢保证能救活它，故在缝合伤口时，你的泪水都没有干过。所幸这只鸽子命大，居然顽强地活了下来，只是从此肚腹上留下一道长长的伤疤。另一处疤痕，是鸽子在一次飞行途中被猎人用气枪子弹击中。它连中三枪，竟然没有坠落。你不知道究竟是一个怎样可恶的猎人朝你的爱鸽开枪，你更不知道它是怎样冒着枪林弹雨的危险飞回到鸽笼。当你目睹鸽子身上那三个被凝固的鲜血堵塞的弹孔，你傻眼了。你多么希望那三颗子弹不是射在鸽子身上，而是射在你身上。你简单地替它处理好伤口，就让它在笼中静养。有很长一段时间，你的爱鸽都萎靡不振，食欲下降。你以为它挺不过这次劫难，可没想到它又顽强地幸存下来。

为鸽子的大难不死，你曾拜过天、拜过地，感恩上苍对苦难者的垂怜，对幸存者的体恤！但是，你却无论如何想不明白，这只经历九死一生的鸽子，先前那么大的灾难都能挺过，为何这次却在没有任何外界威胁的情况下丧生？

许多的死亡都没有理由，许多的死亡都很无辜，许多的死亡都是无形。合理得没有一条缝隙，安静得没有一丝涟漪，消失得不留一缕痕迹。

你擦干眼泪,将死鸽捧去安葬在母亲的坟旁。从此,你相信母亲和鸽子都不再孤单。你跪在母亲和鸽子的坟前,点燃三支香,磕完三个头,起身就走。你没有替鸽子和母亲立下墓碑,他们都太卑微了。在这个世界上,如果不是你还记挂他们,他们也许从来就没有存在过,也许从来就没有过姓名。

## 一个人的百年孤独

那座寺庙,我去过三次。

三次去,都为见同一个人。但三次都没见着。他知道我要去,躲了起来,藏在时间的深处。他把自己交给佛祖,却把疼痛留给生活,把寻找和追忆留给我。

第一次是冬天。没有下雪,雪落到半空就已融化,没给这个世界留下任何蛛丝马迹。天地也变得沉寂起来,沉寂得能让人听到自己的心跳声。我穿着一件褪色的棉大衣,走在通往寺庙的青石路上。那条路很长,每一级台阶都铺满青苔。人走在上面,有种悲凉的意味。仿佛你正竭力抵达的,并不是一方净土,而是一片亘古蛮荒。

我去寺庙的目的,是想弄清楚,L遁入空门的真实想法。我猜不透,一个内心如此强大的人,为何会转而放下一切,皈依佛门。这到底是一种逃避,还是真的已窥破生死,大彻大悟?我希望他能如实地告诉我。我相信我们之间,并没有什么值得隐瞒的秘密。

快到中午的时候,我终于气喘吁吁地爬到庙门口。寺庙不大,却很空旷。庭院两侧,栽着几株翠柏,沧桑的树身刻满岁月的痕迹。我从树下走过,耳朵仿佛能听到晨钟暮鼓的余音。我怀疑,那一定是树在跟我窃窃私语。但我无心去聆听一棵树的倾诉,那一刻,我唯一的想法,是见到 L。我埋着头,径直朝寺庙里面走。没想到,我刚跨进殿门,一个僧人便过来拦住我,双手合十,问:"找谁?"我说:"找 L。"他一阵迟疑,让我在殿前等候,就转身进到大殿后院。几分钟后,僧人出来告诉我,L 让我回去,他不愿再见任何人,包括我。我央求僧人务必让 L 见我一面。僧人说声阿弥陀佛,就打坐念经去了,再也不理我。

我退出殿门,在庭院里徘徊近半个小时。我渴望 L 能在我徘徊之际,从僧房走出来。但遗憾的是,我的诚心没能打动他的出世之心。寒冷在我的腿上缠绕,我越不停地走动,它缠得越厉害。后来,我实在冻得受不了,便只好失望地离去。

第二次是春天。万物生长的季节。冬眠的动物一一苏醒,走在青石路上,能看见路两旁的草叶上有蝴蝶在翻飞。阳光照着它们的彩翼,薄亮透明。我对此次去能否见到 L,心里根本没底,但我渴望见到他。这渴望与其说是我的渴望，毋宁说是L母亲的渴望。换句话说，这次是L母亲托我去见他。

自去年L出家以来，他父母一直深陷悲痛之中。他们不明白L为何要遗弃他们，让他们拖着老迈之躯，孤独地活着，活得丝毫没有尊严。在L父母眼中，他向来是个孝子。即使在他遭受生存凌辱之时，都没忘记每周抽时间回去陪父母说说话。L母亲每每想到他尽孝的种种细节，都会老泪纵横，哽咽无声。

L父亲是受他出家打击最深的人。他曾跟我说过理解L内心的苦。说L的苦是骨子里生长出来的，谁也无法帮他解脱，除非自救。但他万万没想到，L自救的方式竟是出家。L走后，他父亲原本就多病的身体，像遇热的冰坨般垮塌下去。他觉得，他们父子俩都是被命运抛弃的人。没过多久，这个脆弱的老人，就在对儿子的怀想中奄奄一息，遁入永恒的虚空。

老伴儿的遽然谢世，让L母亲雪上加霜。她的身心早已千疮百孔。L母亲要我去找L的目的，并不是要给自己的情感寻求依靠，而是希望L能到他父亲的坟前烧几张纸钱，以告慰老伴儿在天之灵。

我作为L的至交，他母亲的话不得不听。寺庙还是冬天时的模样，只是曾寒气阴森的庭院现在洒满阳光。几株翠柏依旧葳蕤。远远地，那个僧人就认出了我。他跟我初识他时一样，没什么变化，只是脸上的表情比过去淡定许多。"又来找L？"他问。我点点头。僧人说："他说过谁都不见，施主请回吧。"我便将L父亲去世之事和盘托出，请其转告L。僧人迟疑片刻，到底还是答应了。我心里一阵窃喜。我想无论如何，L这回总该出来见我。但我想错了，L还是没有出来。他只让僧人带话，他会替他父亲诵经超度。

第三次是秋天。也即我写这篇文章前半个月。一个无所事事的下午，我从书房走出来，心里憋得难受，突然想念起L而不能自已。我说不好自己为什么想他，就像想念一个远方的亲人。L曾给过我无限的快乐和忧伤，也曾给过我莫名的温暖和彷徨。尽管我与L在年龄上存在差异，他比我大近二十岁，但我们是精神上的盟友。我俩在一起，是可以忘记年龄和时间的人。我们彼此是彼此的印象，又互相是互相的影子。如今，我的影子要逃离我绝尘而去，并试图修正我的印象和记忆，教我如何承受得了。

我一定要去找他，把我的影子追回来。秋风萧瑟，吹得路两边的树叶纷纷往下掉。通往寺庙的青石台阶上，落满泛黄的叶子。脚踩在上面，像踩在季节的边沿。一路上我都在想，L这会儿在干什么，是坐在佛堂悟道，还是站在寺庙的后山观赏秋色。抑或什么也没做，和衣躺在僧床上呼呼大睡——他历来喜欢在梦境里生活。

那个僧人见我又来，话都懒得说一句，专心敲打着木鱼。笃笃笃的木鱼声极富节奏感。僧人每敲打一下,似乎都在告诫我,对任何事均不能执着,要学会放下。我本想朝僧房里闯,不料僧人居然不拦我。他的不拦反而让我心生畏惧。我立在僧人面前,沉默不语。我这次来,与第一次造访寺庙时的心境不同。第一次是想刨根问底,深入到L的内心世界里去。但这次却没这样的妄念,就是想见见他,别无他求,非常纯粹。

我正要迈步,却冥冥中感觉有声音传来,是L在说话。他说,你回去吧,我已经从这个世界上消失了。即使你见到我,那也不是真正的我。我伫立片刻,转身走出寺庙。背后响起一串清脆的木鱼声,在空寂的山林间回旋。

刹那间,我泪流满面。


我清楚地记得,十多年前,L骑着一辆破自行车来找我的那个下午。他像一个来历不明的人,闯入我死水般的生活,重新激起我对未来生活的向往。如今回想起来,那次见面,充满了感伤和怀旧气息。

那时候,我刚二十岁出头,在一个乡镇中学教书。乡镇距离县城有十几公里路程,这段路是我与外部世界的隔离带。要是没有特别的事情,整个学期我都不会去县城一趟。那段日子,时光静止、单调而落寞。每天上完课,我就一头扎进寝室,像一条冬眠的虫子，再也不愿出来。尤其是学生放学后，喧嚣的校园突然变得空寂。在县城里有房的老师，都纷纷骑车回家去了，只剩几个像我一样无家可归的老师留守校园。为抵抗孤寂，我们聚在操场上打乒乓球，直打得汗流浃背，落日西斜，连星星都在夜空眨眼睛，还不愿收工。我们知道，收工后，就是漫漫长夜。有时，我们也会凑钱去镇上的小酒馆喝几盅。让老板切一盘卤猪耳朵，炒两样素菜，端一份花生米，便开始猜拳行令，直喝得昏天黑地、醉生梦死。其中两个老师，每次酒喝到一定程度都会哭。哭过之后，又好似什么都不曾发生。

酒真是好东西。只有醉酒后，大家才能安然入睡。后来，我们干脆自己去酒馆打回散装白酒，再买回几包瓜子和花生，夜夜聚在屋里喝酒闲聊。一直喝到有人语无伦次、泪眼婆娑，才各自散去。散去后，还听见有人在隔壁屋里哭，又哭又骂。

窗外，一轮明月高悬，遍地清辉。

我比其他留守教师坚强，是因为我从来不哭。我不哭，是因为我无比热爱阅读和写作，它们是支撑我内心的两根柱子。每次酒后散场，时间都已近零点。我把窗户关好，把黑夜和寒风挡在外面，卧在床上，开始进入阅读状态。头顶惨白的灯光照在我疲倦的脸上，也照在各类世界文学名著里主人公的脸上，直到睡眠强行将我的眼睛缝合，才不得不陷入梦乡。醒来，天已蒙蒙亮，从四面八方赶来上学的孩子发出的欢声笑语,使校园重又充满朝气。

阅读跟酒一样,会上瘾。渐渐地,我对酒失去兴趣。它已无法麻醉我的精神,而阅读却能抚慰我内心的创伤。每晚,当其他几个留守教师再来邀我喝酒时,我也爱理不理。为此,他们对我怀有很深的成见。尤其是他们后来知道我在闭门写作时,更是流露出不屑一顾的表情。再后来,他们便把我孤立起来,干啥事都不再叫我。我索性自己跟自己相处。我坚信,当孤独遇到孤独,一定会产生大欢喜。我至今保存的一些手稿,上面都还落着过去岁月的风霜和星辰。偶尔,还能从那些稚嫩的文字里,听到几声蛐蛐的叫声。

乡镇始终是乡镇,它的封闭性不言而喻。世界在这里被堵死了,你找不到一个瞭望外界的缺口。那时候,没有网络,我住的寝室连一台电视机都没有。我唯一能够了解外部世界的窗口,只有一张县报。那还是校长每天阅读完后扔出来的。其实,县报也没能真正扩大我的眼界,它不过是把我的目光延伸到乡镇以外、县城以内的地方。而且,县报上刊登的消息,主要是县领导的工作动态,以及各乡镇发生的鸡毛蒜皮之事。但就是这张内部小报,却激发起我浓厚的阅读兴趣。我对它的喜爱,丝毫不亚于那些世界文学名著。这全都源于它那每周一版的副刊。

我那时很狂，也很自信。看过几期报纸后，我认为自己的文章比副刊上发表的文章至少好十倍。为印证自己的实力，我第一次向县报投稿。当我把稿件塞入信封，投到镇邮政所的邮筒时，心里像放飞了一只鸽子。接下来的日子，自然是漫长的等待，像在黑夜里等待天明，冬天里等待春讯。可几个月过去，我都没看见自己的文章被刊登出来。失望让我心灰意冷。我发誓不再看县报。每次校长把报纸扔到我办公桌上，我立刻就揉成一团，丢进身旁的垃圾篓。

命运有时就像在跟人捉迷藏，当你费尽心力寻找目标而不得时，它又突然冒一下头，给你一点暗示或希望。就在我自信心受挫，正准备重新成为一个酒鬼时，L出现了。他像冬日里的一团火，驱除了囤积在我内心深处的寒冷。

那个下午飘着细雨，初冬的冷风一阵紧似一阵。我因没课，坐在办公室里发呆，突然门卫过来通知我到校门口去，说有人找我。我起身透过窗户瞅瞅，见铁门外一个推着自行车的男子，身披一件雨衣，伫立在雨中。远远看去，像一个邮递员。我冒雨走到校门口，那男子一见到我，便露出吃惊的表情问："你是吴佳骏？"我点点头。他愣怔一会儿，才自报家门，说是县报的编辑，给我送样报和稿费来。我感到非常意外，将他领到寝室。他边走边打量我。见我有些错愕，他说："其实送样报和稿费只是个理由，这事本不归我管，我只负责编稿。我主要是想来会会你。你文章写得好，在我县不多见。"停顿一会儿后，他接着说："没想到，你这么年轻。难得啊，难得！"

L一到我的寝室，甫落座，看见我桌上堆着的各种文学书籍，更是深感讶异。他的目光像扫描仪般扫视一圈，说："都是好书啊！"我给他倒杯热水，便开始攀谈起来。外面的雨越下越大，雨滴落在窗玻璃上的声音，清脆而富有诗意。兴许是谈话过于投入，我们都忘记了时间。雨停后，L起身要走，才发现天已黑尽，师生们早就放学散去，校园里空空荡荡。我只好劝L留宿。我打着手电，去镇上的酒馆切了半斤卤肉，打了两斤白酒，在寝室煮面条吃。

那晚，我们像两个久别重逢的人相聚，内心的喜悦无以言表。我们等这一天，都等得太久了。我俩坐在冷清的桌前，彼此倾听对方心灵的声音。那声音是那么迷人、动听，像暗夜里的花纹。我敢说，在那个夜晚，我和L绝对是这个小镇的中心、这个县城的中心，乃至这个世界的中心。我们在一起，碰撞出真正的大欢喜。那一夜，我俩谁都没有睡意，从北岛谈到余华，从福克纳谈到博尔赫斯，从尼采谈到叔本华；又从形而上谈到形而下，从诗谈到史，从实谈到虚……直到两斤白酒都化作初秋的露水，子夜变成黎明，才如梦方醒，等待平庸的现实潮水般将我们淹没。

翌日清晨，天空又下起了雨。我见 L 穿得单薄，便把自己的一件毛衣送给他。那毛衣是我母亲给我织的。我将 L 送至校门口，看着他骑车远去，消逝在雨帘中，心里阳光明媚。我知道，自己孤独的生活将从此结束。但我不知道，L 那时正在经受巨大的痛苦，他正在遭遇他的"百年孤独"。

往事像一块墓地，能掩埋记忆，却偏把墓碑裸露在秋风中，让前来凭吊的人伤心不已。就拿 L 来说，只要他每每想起自己到报社之前的那段经历，内心总是五味杂陈。那时，他在一个乡文化站工作。那个地方我去过，是一个暑假，L 非要我陪他去寻访旧迹。他说，寻访旧迹既是对自己的清理，也是对时间的回溯，更是对生命的追问。

那天上午，盛夏的阳光从头顶泼下来，像熔化的铁水，浇在我们身上，火辣辣的。好似有一只无形的手，正握着刀在剥我们的皮。那把刀貌似不很锋利，剥得我和 L 汗滴如油。我俩各自骑着一辆自行车，在乡村公路上前行。知了躲在路两旁的树枝上，声嘶力竭地鸣叫。那声音传得很远，欢快中暗含疼痛。

L 说，他每次回乡，都有种不真实感，恍若隔世。即便如此，他仍会经常回去。返回是对另一种现实的逃离。那个文化站曾是 L 生活的开始之地，也是结束之地。在这个地方，似有一条隐形的壕沟。正是这条壕沟，造成他情感上难以愈合的伤口。一路上，L都不说话，双脚把自行车踩得飞快。热风撩起他有些凌乱的头发，酷似一团飘在空中的茅草。我跟在他身后，同样沉默不语，像是他的一个影子。

接近正午时分，我们抵达文化站。它坐落在乡场上的一个拐弯处，青砖砌成的墙壁落满灰尘。墙壁上挂着的那块镌刻仿宋字体的木牌，更是透出过去年代的痕迹。我们把自行车停在院子里，围着文化站转。L指给我看他曾经用过的办公桌，桌上堆满杂物。一个陶瓷烟灰缸，被它现在的主人塞满烟蒂，像一些横七竖八的子弹壳。L说，他只要看到这张暗红色的桌子，内心就聚起一团火。那团火曾将他的青春点燃，又险些将他的青春燃成灰烬。

从文化站出来，我俩都感到饥饿。L带我去乡场上找到一家小酒馆，我们坐下后，一边吃饭，一边听他回溯往昔。那一刻，我感到自己就像一个窥探者，退回到时光隧道，目睹L在那条壕沟里挣扎。他的眼里，充满整个尘世的悲凉。

无疑，L是个不折不扣的"理想主义者"。刚到文化站工作那会儿，他怀着满腔热血，渴望通过身体力行，去实现人生的价值和梦想，为那些生活在阴暗角落里的人们送去精神的食粮和生活的光亮，让那些整日与泥土打交道的人也能抬头看看云朵的色彩和飞鸟的盘旋。作为一个同样来自乡村的农民后裔，L太知道底层人缺乏文化生活的可怕。

那些年里，L殚精竭虑，策划各种各样、丰富多彩的文娱活动。他把这些活动带到田间地头，打开了老百姓认识自己、认识生活的另一扇窗口，让他们从此知道自己的生活中除了黑和白，还有红和黄、蓝和紫。短短几年时间，L在乡邻中声名远播，口碑极佳。他也把自己比喻为"大地之子"。L说，他只有在跟群众接触、回归自然的时候，身体和灵魂才自由。每次送文化下乡之后，L都要挨家走访，听村民讲故事，倾诉心中悲喜。他把一个又一个故事记录下来，带回家整理，再变成文学作品。那些村民都信任他，愿意跟他讲。我曾看过L的走访笔记，厚厚的十几个硬壳本，上面记载着各种民间传说、逸闻趣事，以及众多鲜活的生存样态。我曾跟L说，他那每一个笔记本，都是一份真实的"民间档案"、一份底层人的"精神图谱"。L对我的说法不置可否，沉默着，像土地那般深沉，又像河流那般透明。

一个热爱生活的人，生活必定会给予他厚实的回报。工作的第二年春天，L率先听到喜鹊的叫声。他预感到，自己的生活将会出现惊喜。果不其然，同年三月，一个女人来到他身旁成为妻子。这个女人，是他在送文化下乡时遇到的。他俩一见如故，像两只蝴蝶偶遇于菜花丛中，或两只蜻蜓邂逅于溪边草丛。L被女子的清纯和朴素所打动，女子被L的儒雅和才华所征服。半年后，他们在文化站举办结婚酒,喜结连理。

有家庭后,L的工作热情再度高涨,对生活更是满怀憧憬。他很感恩命运,觉得自己所收获的一切,都是上天对他的恩赐,他没有理由不把工作干好。但就在L想大显身手之时,单位却把他抽去办公室写材料。从此,他变成一个"文字囚徒"。远离生活现场的L迅速消瘦,两个眼泡长期浮肿,精神萎靡不振。加之他的小孩出生不久,需要照顾家庭,更觉分身乏术、苦不堪言。L说,他那时最痛苦的事,就是写那些假大空的材料,以致他一看见红头文件就头晕,双手痉挛。最伤自尊的是,有一次,领导翌日要开个紧急会议,让他加班写个讲话稿。他根据要求,熬夜赶出。第二天上午开会时,领导拿着L写的讲话稿照本宣读。可刚散会,领导就把L费心劳神写出的文字抛入垃圾篓,还揶揄说:"你用一个通宵干的事,只能换我十分钟光阴。"这事像针一样深深刺痛L,他那时唯一的想法,便是逃离。逃离文化站,逃离制度,逃离命运的枷锁。

很多次,L都试图鼓足勇气,将心里的想法告诉妻子。但每当他加班写完材料,拖着疲倦的身子回到住处,看到床上熟睡的妻儿,逃离的想法也就淡了。他知道,一个草率的决定,搞不好会使整个家庭流离失所,朝不保夕。身为丈夫,他应该给妻儿安全感。哪怕遇到再大的风浪,他这根顶梁柱都不能倒。

L那时候住在文化站,房子后面是一条河。实在心里憋得慌,他就会踱步到河边,坐在石头上抽闷烟。月亮的清辉洒在河面上,朦胧中藏着清寂。河水从脚边平静地流过,流得他心烦意乱。L想,生活有时就是一座监狱,每个人都被困在牢房里。哪怕你再有信仰,再有抱负,都难以越狱突围。在强大的体制面前,个体永远是脆弱的。即使意志坚强之人,也顶多不过蹲在狱中,摸黑写出几卷"狱中书简"罢了。

这样反复想过之后,L不但没能获得内在的宁静,反倒增添几许忧愁。最终,他还是冒险遵从自己内心的选择,以一个带有文化反讽意味的行为,给体制开了个玩笑——因超生被开除。

失去工作的L,重新成为一个自由人,但自由都都要付出代价。没有经济来源,又拖着两个孩子,这种尴尬处境使他如临深渊、如履薄冰。妻子也不再如先前那么温柔,态度变得冷淡起来。夫妻俩经常吵架,摔桌子砸碗,搞得家里鸡犬不宁。万般无奈,L只好拖家带口,逃到乡下,重又过起农耕生活。

据L描述,他那时过得人不人、鬼不鬼,完全像在服刑。每天天不亮,就起床挑粪、锄地。还养一大群鸡鸭,以帮补家用。妻子则负责在家煮饭和照看孩子,跟着他受罪。干农活儿虽然累人,但跟在文化站时相比,L的心却无比自由,如风中的柳絮。他要的就是这种状态,他甘愿承担自己选择的后果。

只是，L到底是个热爱文化的人。这爱渗透进血液和骨髓，使他即使在握着锄头劳动时，都像是拿着笔杆在写诗。也因此，他的庄稼总是种得歪歪扭扭。他每天匍匐身子，跟地上爬行的蚂蚁和蜗牛对话，跟风中摇曳的荒草和芦苇对话。有时，他还会站在田坎上，抬头仰望苍穹，发出屈原式的天问。问自己的过去和未来，问时间和空间，问桃红柳绿，问日月星辰，问苍茫大地、谁主沉浮？他活在自己的幻觉里，越陷越深。L妻子忍无可忍，几次提出要跟他离婚，但终因孩子太小，未能狠心。

就在L沉浸在自我世界一筹莫展之时，希望向他敲响了钟声。有年秋天，他从朋友处得知，汪曾祺将来县里举办文学讲座。这一消息让L热血沸腾。那几天，他活儿也不干，在村里走来走去，夜不能寐。L清楚地记得汪曾祺来的那天，他怕耽误时间，早晨五点钟就骑车朝县城赶。走到文化馆门口时，人家还没开门。他就坐在条石上等，像等待一场甘霖。那天来了很多听讲座的人，文化馆被堵得水泄不通。汪曾祺的讲座，使L重新思考人生的意义，并再次点燃他心中对文学孜孜不倦的追求。

人生的发展之路，有时靠的就是契机。正是在这次讲座上，L见到了暌违已久的老朋友，也结识了几个新朋友。他们以文学的名义聚在一起，共享思想与艺术的盛会。在这些朋友中，就有当时县报的主编。L在县报上发表过不少文章，大家都熟悉他，当朋友们知道 L 的现状后，都深表同情。后来，到底是县报的主编宅心仁厚，又爱才，鼎力举荐他到县报当记者兼副刊编辑。起初，L 犹豫再犹豫。他想，自己才从体制内逃出来，现在又回去，这好比自己扇自己耳光。可再有志气的人，也得先解决吃饭问题，几经考虑和纠结，L 到底还是屈服了。

一个曾经要决绝地逃离体制的人，被生活摔打一圈之后，又遍体鳞伤地回到体制；一个追求自由的人，终于在生活的监狱里，不自由地成功逃过一劫。

如果说我是一粒种子，那 L 一定是见证这粒种子从生根发芽直至开花结果的人。在我不断成长的过程中，L 一直扮演着园丁的角色。故从某种意义上讲，我这棵小树苗的枝丫上，处处都散发着他的情感温度和精神光芒。在 L 的鼓励和帮助下，我的文章开始整版整版在县报上发表。这些从我血管里流淌出来的方块字，稀释了积聚在我内心深处的孤寂和寒冷。我将它们拿到阳光下晒，其实也是把自己的心拿到阳光下晒。可万万没想到的是，这一晒，竟然让我的命运发生转机。

很偶然的一天，我正在教室上课，突然接到一个电话。对方自称是县某文化单位的人，说他们领导非常欣赏我的文笔，欲调我去县城工作，问我是否愿意。说实话，我当时握电话的手有些颤抖，想也没想，就答应了。那一刻，我感到自己的世界正在扩大，我身体里正在爆发出一种巨大的能量。我等这一天，已经等得心灰意冷了。

大概四个月过后，我从教书的乡镇到了县城上班。报到的头一天晚上，L专门为我接风，还叫上另外两个文友。当时已是深秋，夜间寒气重，L穿着一件泛黄的棉外套，不停地说话喝酒。看得出，他是真替我感到高兴。但喝到后来，我发现L的神情有些恍惚，言语里满是对命运的诅咒。我隐隐感觉到，他到报社的这些年，其实过得并不好。那晚他喝高了，呕吐两次。我想搀扶他回家，他却抗拒说："我没有家，我不回。"朋友见他醉得厉害，便将其领去自己家里过夜。

那晚过去，我一直放心不下L，总感觉他有事瞒着我。但我刚到新单位，得先立稳足。故有好几个月时间，我跟L都没见过面，只偶尔通通电话，各忙各的。直到年终岁末，我才邀请几个朋友聚餐。大街上火树银花，新年的气氛越来越浓。我仍然选择L为我接风的那家餐馆。他坐在靠窗的位置，路灯暗黄的光线照在他脸上，憔悴而苍白。忽然间，我发现他近来更加消瘦。酒过三巡，我试探着问他的情况。不料L倒是爽快，竟毫不忌讳地给我倾诉他的境遇，这让我忐忑不安。

L说，自从他到报社后，一直有寄人篱下的感觉。工作任务是社里最重的，薪水却拿得最少。其他同事都瞧不起他，认为他是个临时工。就连年终发奖金，他也只有正式职工的三分之一，这还是靠主编照顾才争取到。而L的工作能力和才华，又强过报社其他人。凡是重要的报道，或别人都不愿接招的活儿，领导全都安排他去完成。这让L心里极其不平衡，精神长期处于压抑状态。

也是从那时起，L开始嗜酒。只有把自己喝到酩酊大醉，他才能找回做人的尊严。由于生活拮据，妻子又无工作，他们一家四口只能在城乡接合部地段租房度日。L每天回到家，他妻子都会骂。有时L想写点文字，他妻子更是暴跳如雷。呵斥他不去想法养家糊口，反而把时间浪费在纸上。L为避免纷争，只好把笔记本电脑抱去楼下的公园里写作，他的很多文章，都是在这种环境下写出来的。

L说，他来到这个尘世间，原本就是为对抗命运和时间。他所吃的苦、受的罪、遭遇的歧视和羞辱，都在证明一个人成为人的艰难。可这一代价惨痛的证明，到底是要证明给谁看呢？上帝还是自己身边的人？在L眼里，人生的很多证明都毫无意义。就像我们无法知道死是什么，却要努力用活着的方式来证明和抵达它一样。到头来，你却发现，你用尽全力想要证明的，只有虚无。虚无才是这个世界上最真切的东西，它既柔软又坚硬。

L的生存状态，在让我喟叹的同时，也让我联想到自己。我从一个乡镇想方设法来到县城又是为了什么呢？是追求梦想，实现人生价值？还是不安于现状，难以遏制内心不断膨胀的欲望？那么，我正在苦苦追寻的，会不会也是一些虚无的东西呢？

说不清楚，生活本身就是一个谜。我唯一比L幸运的是，在进城三年之后，我又从县里去到市里工作，而且专门靠编文学刊物和写文学作品吃饭。在去市里上班的前夜，依然是L来为我饯行。地点仍然是那家餐馆，它已经成为我们人生的驿站。那晚，L照样喝醉，照样没找到回家的路。这么多年来，他一直是条鱼，在县城边缘游来游去，自始至终都没有找到属于自己的一个小池塘。

说也奇怪，自我去市里工作后，跟L见面的机会反倒比在县城时多。我几乎每个月都要回县城看望父母，每次回来，L都是我必定要见的人。只是，我每见L一次，都感觉他比上次见面时又要苍老。隐隐地，我感到一丝内疚。难道一个见证过你成长的人，你注定会反过去见证他的衰老吗？

衰老是必然的，一如光阴不可逆转。但每个人都有延缓衰老的法子，企图将时间的衣袖拽住，尽量把生命的每时每刻都过得饱满和精彩。对于L来说，他延缓衰老的法宝，就是对文学的爱好。

我们每次会面聊天，都像暗夜里的蜡烛找到火柴，彼此用思想的火花把对方擦亮。尽管所谈内容无非是十年前他骑着自行车来乡镇学校看我时谈论的，但就是那些恒常、简单、常识性的问题，却使我们的谈话永无止境，常谈常新。也正是这些务虚的探讨，让我们的生命有着可靠的存在。L只要一谈起文学，就眉飞色舞，所有的苦难都离他而去。那是他神游太空的时刻，他已经习惯做一个精神的漫游者。L最喜欢北岛的诗，每次喝酒后，他都要高声朗诵，仿佛世间万物都是他的知音。尤其北岛的那首《灵魂游戏》，他爱得简直入骨：那些手梳理秋风／有港口就有人等待／晴天，太多的麻烦汇集成乌云／天气在安慰我们／像梦够到无梦的人／日子和楼梯不动／我们上下奔跑／直到蓝色脚印开花／直到记忆中的脸／变成关上的门／请坐，来谈谈／这一年剩下的书页／书页以外的沉沦。

L的声音每次响起，我都听得如痴如醉。从他那闪闪发光的眼神里，我能体察到他那忧郁的气质和干净的灵魂，但一个人太干净，心灵往往容易受伤。好在L的妻子到底还心存几分善良。在与L吵过闹过之后，她似乎也认命，每天推着一辆板车到街上卖凉粉、凉面，以缓解生存压力。遇到周末，L会跟妻子一块儿去摆摊，帮忙打下手。有次我回县城，正好碰见L夫妇在十字路口招揽生意。他见到我，非要请我吃凉面。我只好坐下来，可我刚吃两口，L夫妇推着板车就开跑。我还没反应过来是咋回事，只见迎面走来两个城管人员。回头再看L夫妇狼狈逃窜的窘态，我如鲠在喉，眼眶泛潮。那一刻，我又想起曾骑车跟随他去文化站寻访旧迹的事。我仿佛又看到横亘在他生命中的那条壕沟。这么多年过去，他还在壕沟里挣扎，而那道壕沟似乎越来越宽，越来越长。

事后，我请L吃饭，问他在单位近况怎样，有没有转正的可能。L摇摇头，一句话没说，只顾埋头喝酒。我也没有再问。后来的每次见面，我都有意避开问他生计问题，而只是谈谈文学或一些无关紧要的话题。但我还是通过别的渠道，多少知道些L的事。

最近几年，他的生活每况愈下，可谓负债累累。这一切，跟他那两个儿子不无关系。L大儿子高中毕业后，跑去浙江打工，在厂里交了一个女朋友。两人同居后，女孩早孕。女孩的父母催促L家必须尽快完婚。L大儿子天天要死要活地逼着他买房，无奈之下，L只好咬牙东拼西凑地按揭了一套小户型房，由他按月支付房贷。但这套用L血汗换来的爱巢，他至今都没进去住过哪怕一个夜晚。或许，当L大儿子搂着妻子进入温柔之乡的那刻起，作为父亲的他，早已被儿子从情感领域踢了出去。

而L还在读书的小儿子，也不是盏省油的灯。这个孩子生性刁蛮，贪图享乐，经常在外面惹事，搞得L苦不堪言。他一在外面闯祸，就哭着回家要钱。若L不给，他就怒目而视，骂父母没本事，不能像其他同学的父母那样，给他创造一个好的生活环境。更可气的是，他有一次非要叫L以记者身份，去老师那里疏通关系，给他弄个班长职务。若L不遂其意，他就扬言要断绝父子关系。

大概是经历过亲情之痛，L越加感受到人生的虚无。有一段时间，他不再跟我谈论文学，转而对佛学产生浓厚兴趣。他大谈《心经》和《金刚经》，还谈到弘一法师的命运波折。我明显感觉到，在L心里，"悲欣交集"已经替代"灵魂游戏"。越到后来，据说他连家也不回了。每晚都住在办公室，独对茫茫黑夜。这让我想起他曾经给我说过的一句话——人活于世，根本就没有家，有的只是"流动的房间"。但那时我根本没意识到，L在以宗教战胜内心的孤独和恐惧；更没意识到，他试图在借佛经找到一条自救之路。

最使我难忘的事，是他在出家前两个月，带我去见他父母的那个夜晚。至今回想起来，那个没有星月的夜晚，似乎也充满了宗教意味。我跟L认识十多年，那是我第一次见到他父母。那晚我们喝酒后从餐馆出来，L醉眼蒙眬地唱起李叔同的《送别》，唱得声泪俱下。我极力使他平复情绪，陪他在街边慢慢地走，像走在一条荒径上。走着走着，他说："我带你去个地方。"我也有些醉意，跟着他朝县城的西边走。在穿过几条幽暗巷子后，我们来到一个小区门口。我正纳闷这是何处，L已摇头晃脑地敲打保卫室的门，边敲边喊："妈……爸……"俄顷，保卫室的灯亮起。起来开门的是一个老大爷，身上披一件军大衣，看样子已经睡下。我们进屋后，床上躺着的老太太也穿衣起来。L说："这是我爸妈。"我喊了声叔和婶，便一屁股坐在木凳上。L父亲见状，说："又喝醉了。"L母亲赶紧去倒开水给他喝。这突然出现的一幕，让我不知道说什么好。

那间狭窄的屋子里，堆满各种生活用具。我们坐在中间，像坐在生活的缝隙中，那缝隙刚好能容纳我们四个人的身子。那天晚上，L不停地在跟父母说话，问他们身体怎样，按时吃药没有，还说准备回老家去把垮塌的老屋修一修。L父母都很慈祥，可能意识到儿子在说酒话，揉着昏花的老眼说："只要你们过得好，我们住哪里都一样。"谁知，老人的这句话，却触碰到L内心最柔软的东西。他扑通一声跪在父母面前，痛哭失声，任凭父母怎么拉他都不起来。我赶紧起身去扶L，他仍是不起。此时，L父母也是老泪纵横。

从小区出来，夜已深，路上几乎没了行人。我搂着他的肩膀，一步步朝前走，像黑夜里的两个出逃者，在寻找黎明的曙光。那晚过后，我就再没见到过L。他好似被夜色给融化掉，只留下一串回忆，在凄清的路上随风飘远。

也许，在这个世界上，人活着，本身就是一个困境。我们之所以不分昼夜地在困境里挣扎，其目的大概都是为不至于在困境里快速地沉沦，才那么决绝地要在内心寻求一个支撑，来对抗生存的挤压，找到活着的理由，以信念之光替自己松绑。这种对抗的过程，既是与生活斡旋的过程，也是自我救赎的过程。即便如此，我也没想到L竟然会以皈依佛门的方式来背离生活。说背离，兴许不恰当。有时候，背离恰恰是一种迎接，对新生活的迎接。

我跟L相处十余年，见证过他的背离，也见证过他的回归。正如他离开体制，又回到体制；回到体制，又离开体制。在这变动无常之间，永远没有变的，是他对心灵自由的追求和个人尊严的捍卫。

L归隐寺庙后，作为他的朋友，我曾代他去看望过他父母。他父母一见到我，就泣不成声，央求我无论如何去寺庙叫L回来看他们一眼。估计他们跟我一样，也有满肚子的问题要问他。可L到底是个信念坚定之人，只要是他决定的事，绝无更改的可能。要不然，凭我跟他的交情，用不着三次去找他，他也不会闭门不出。

难道L在历经生活的动荡、苦难和伤痛之后，真的已经心如止水？莫非在这个人世间，的确没有人再让他挂念？这一切，唯有L自己清楚。我所看到的，也许只是生活的假象，或是对假象的一种猜想。

不过，在我最后一次去寺庙找 L 时，那个僧人给我讲述的一番话，让我后来彻底打消再去见 L 的念头。这番话，我姑且理解成是对 L 命定的注释。

僧人说，其实 L 早在出家之前，曾去他们寺庙住过一个星期。那几天，他心烦意乱，彻夜难眠。一日正午，他突然想看《坛经》，便问住持庙里是否有此书。住持说，庙里倒是有些随功德免费赠阅的经文小册子，但《坛经》却没有。L 沮丧地回到房间。入夜，寺院阒寂，连树叶被风吹落的声音都能听见。L 卧于床榻，实难入睡，便起身到院里踱步。月色如水般照在窗棂上，薄亮透明。L 从回廊经过时，无意中发现有间禅房的门未关严实。借助月光，他依稀看到房内木架上，摆放着四册《坛经》。L 内心无比欢喜，顿时宁静下来。他推门进去，从架上取下一本，带回客房秉烛夜读。翌日天明，他将此事告诉住持，住持深感惊讶。L 便领住持前去昨晚取书的禅房查看，可书架上却空无一物。

这事发生不久，L 便来寺庙剃度。僧人的话颇富传奇色彩，我将信将疑。我不知道他到底是在告诉我 L 出家的真相，还是在以这则故事暗示我什么。我唯一知道的是，L 这个一直在逃离的人，一个被命运放逐和遗弃的人，终于走在了回家的路上。

## 铁窗与木床之间

这是个初春的午后。

墙壁下,几株小草刚冒出头,草芽上落满春天的讯息。我躲在陋室靠窗的角落,翻看一本过去年代的书籍。古书蒙尘的气味熏得我恹恹欲睡。我正半睡半醒间,手机铃声猛然响起,我的神经仿佛被冷水浸泡。电话里传来一个陌生男人的声音,嘶哑而低沉。男人自称是某监狱的,他问我是否认识一个叫 C 的人。我说认识啊。他说那好,C 很想见你一面。我问 C 怎么会在监狱里呢,男人沉默片刻后说:"他杀人了。"我的脑子瞬间一片空白,耳朵里像飞进成群的蜜蜂。天暗下来,我的心里云翳密布。

恍兮惚兮走出家门,扑面而来的是丝丝凉风。街上人影寥落,唯路边的树叶在风中瑟瑟作响。入得耳鼓,竟然是一声声的叹息、低吟，乃至啜泣。按照狱警提供的地址，没怎么费力，我便找到关押 C 的狱所。

那狱所有些陈旧，阳光照在沉重的铁皮门上，泛出暗黄而青白的光。我在门外徘徊良久，心里五味杂陈。我犹豫到底要不要走进去。若不进去，我不仅对不住 C，还必定对不住自己的良心；若进去呢，又怕在 C 已经血淋淋的伤口上再撒一把盐。我掏出一支烟点燃，想平复思绪。淡蓝色的烟雾在春阳下细若游丝。身后有微风吹来，抓乱我的头发。那一刻，我感觉自己不是站在门外，而是站在时间的边缘；那扇门也不是门，而是一道隔离生和死的屏障。

约莫半刻钟后，我还是怀着复杂的心绪走了进去。会面室四壁森然，呆坐其间，令人悚骨。隔着厚厚的透明玻璃，我一眼就看到 C。他身穿犯人服，头被剃得精光。一张苍白的脸，写满屈辱和不甘。他在我对面坐下时，拿话筒的手颤抖得厉害，以至不得不动用双手，才能捧住话筒。短暂沉默之后，我问 C 到底发生了什么事。他只是流泪，却闭口不答。悲伤穿透玻璃，将我兜头覆盖。我不知道说什么好，这是我跟 C 认识以来，最为难挨和孤绝的一次相会。时间在虚空中流逝，沉默在蔓延中发酵。直到狱警提示我们会面结束，C 才如梦方醒般擦干眼泪，殷切地说："我母亲就拜托给你了，请务必替我照顾好她。"目睹 C 转身离去的背影，我顿生一阵幻觉。我看到自己的手正穿过玻璃，试图将他拽住，可无论怎么拽，就是够不着他。手指刚触碰到他的衣袖，又如水般滑脱。我不清楚到底看到的是他的人，还是他的影子。这一切，恍如一个梦境，但我确切知道，这终究不是梦。那扇玻璃告诉我，我所见的的确就是那个憨厚、孝顺、正派、磊落的朋友C。

可如今，他却变成一个杀人犯、一个阶下囚。

从狱所出来，我的心中无限凄凉。


记忆的唱针回放到十年前，在类似怀旧音乐的旋律中，出现一座灰暗的小城。小城西边，有一个灰颓的车站；车站左侧，是一栋灰凉的楼宇；楼宇之下，开着一家灰滞的面馆。每天，我都在那栋楼宇的第五层，向学生们传授知识文化。学生大多来自小城周边，全是农民的孩子，质朴的脸膛上糊满泥灰。他们眼神迷茫，又灵光闪动。所有孩子都希望借助我的开蒙，变成一只只飞鸟，冲破小城的桎梏，翱翔远方，从此不再回来。而我则从他们的渴求中，窥到多年前的自己。无疑，我和孩子们都很孤寂。

跟我们一样孤寂的人，还有面馆里的C。那间面馆很小，拢共只有几平方米，狭窄得似一个笼子。在面馆里掌勺的是C母亲。他母亲很瘦，挑起面来，有气无力的样子，简直跟锅里的面条差不多,好似也被开水给烫过。来这里吃面的,多是进出车站的人。他们背包扛箱,携妻带子,衣服破旧,面孔生冷。他们端起一碗面条,三口两刨就下肚,连残汤也不剩。然后,抹抹嘴,把手伸进衣袋内层,鼓捣半天,摸出用手帕裹实的散钱,沾着口水,分出两张放在桌上,起身离去。离开之后,还不忘回头小心地张望,担心钱掉。见地上满是尘灰,钱并没有掉,这才安心地匆忙赶路。

一批客人走了,一批客人又来。四季交替中,唯有 C 和他母亲守在店铺相依为命。从黄昏降落到曙色渐亮,从秋风乍起到冬雪纷飞。日子枯燥得甚是无聊。然而,只要我到店里,C 僵硬的表情就会漾出几分喜悦来。他知道我是楼上的教书匠,也知道我爱吃他们家的面条。几乎天天去吃,风雨无阻。去的次数一多,我们自然也就熟识了,继而变得无话不谈。C 是那种话语不多、一旦话起便滔滔不绝的人。每次去,他都能忙里偷闲跟我扯上一番话,时政、军事无不涉及,历史、人文无不囊括。谈到激动处,他干脆坐下来,竟忘记帮母亲打下手。要不是听到母亲的呵斥,估计他早把自己也当作一个吃面的顾客了。

我不能不惊叹于 C 的博学和多智,他是个读书很多的人。十几岁即遍读古典名著,字也写得好,偶尔还写点文章。当我尚处于牵着牛在池塘里洗澡的年龄,他就已经在报刊上发表文章了。有一回,我问他:"你这么好的学问,为何不去谋个好差事,非靠卖面为生呢?"C扭头看看正替客人煮面的母亲,未予回答,只站起身,说:"我给你加勺臊子吧。"便借故忙去了。

直到一次无意间的谈话,我才知道,C的父亲是南下干部。在他几岁时,便与母亲一道随父辗转来此小城定居。后来,C的父亲遇到小城中另一个貌美女子,变了心,还给他生下一个弟弟。此事闹得满城风雨,C的父亲因之受到组织处分。从此,他们家道中落,如临深渊。C的母亲性烈如火,不愿蒙羞苟活,曾多次意欲轻生,幸而被发现及时,侥幸生还。C可怜慈母,痛恨家父,一度颓废到冰点。C为使母亲走出黑暗,重燃生之希望,毅然决定退学,天天在家陪侍左右,像一只蜻蜓,守候着夏日荷花。纵然如此,C的母亲还是落下精神分裂症。病未发时,跟好人无异;一旦病发,便幻觉丛生,疑神疑鬼。故自从与父亲决裂后,C从未让母亲离开过自己的视线范围。

也正因如此,C才与母亲开起这家小面馆,一来为糊口,二来为活着找个理由。所幸,有了面馆后,C的母亲再未发过病,这多少让C的内心感到几分踏实和安宁。C对母亲言听计从,他知道,自己将是母亲最后的支撑。

大凡经历过苦痛的人,内心都荏弱,都渴望获得他人的理解和抚慰。当我知道他家的情况后,他对我更加信赖,不再对自己的心事遮遮掩掩,讳莫如深。只要跟我谈天,他都愿意把他的爱恨情仇、悲欣烦忧一股脑儿地说出来，而我也乐意跟他讲述自己的苦乐惆怅、伤怀惊惧。

我们成了莫逆之交。

C 既是个不折不扣的理想主义者，又是个嫉恶如仇的人。每论及社会上存在的诸多不公正现象，他总是言辞犀利，大加挞伐。他说："我的眼里就是容不得沙子。"比起他来，我自然要温和许多。大概是自幼穷怕了，饿怕了，被人欺辱怕了，缺乏他那种铮铮风骨和刀剑之气，处处夹着尾巴做人，担心惹火烧身。尽管 C 曾多次批评过我的懦弱性格，我却依旧难于做到如他那般洒脱。

我亲眼见过 C 不畏强权的气概。那是一个夏日上午，暑气从地面缕缕升腾。蝉躲在树枝上，长一声短一声地聒噪，喊得人心乱如麻。几个市场管理员怒气冲冲地朝 C 的面馆走来，欲将其摆放在路边的桌子装车拉走。C 据理力争，硬拿"鸡蛋碰石头"。对方见 C 愤愤不平，不依不饶，便强行控制。我劝 C 能忍则忍，好汉不吃眼前亏。可 C 血气方刚，操起一条板凳，直扑他们而去。其中一个躲闪不及，肩膀被砸中。另外几个见状，迅速包抄过来，夺下 C 手中的凳子，将之拷走。事后，C 被拘留一周，并赔偿受伤人员不菲的医药费，方才平息事端。

即便如此，C 依然没有改变他那敢怒敢言、刚正不阿的性格。为此，他没少吃亏。C 说："人究竟不是猪羊，任人宰割。活着，就要活出个人样。"

但 C 的面馆到底还是倒闭了。

有一年暑假结束，我从乡下返回小城上课。见 C 曾经的面馆改成了副食店，我问新店主 C 哪去了，回答是已被城管撵走。我无语。身旁走过的依旧是那些背包扛箱，鱼贯着奔往车站的人群，每个人脸上都落满时间的垢甲。

我呆站在店门口，像深陷在一个迷蒙的梦境里，任凭孤独潮水般将我淹没。

C 的失踪使我的生活重新变得单调而乏味。

那些高矮不一的学生，依然在用无助而饥渴的目光望着我。他们对我越是期待，我的内心越是彷徨。我们犹如受困于苍茫大海上的一条船上，任由风吹浪打，船颠桨折。我对是否能带领这帮孩子平安靠岸，心里一点儿没底。我唯一比他们做得好的地方，是那几分装出来的沉着和镇静。

苦闷之时，我仍习惯站在五楼的走廊上朝下望。我希望再次见到 C 的身影，再次听到他那熟悉的声音。可没有，这一切不过是我的幻觉。

夏季过去，秋风渐紧，天气一天比一天凉。C 到底没有出现。我不得不替孩子们着想，便收回心思，一心投注在教学上，终于把他给忘却了。

不知不觉间,将近年底,孩子们已放寒假,各自回家取暖去了。一个雾气迷蒙的下午,我正收捡被褥,准备回乡陪父母过年。突然,寝室的门咚咚响起。开门一看,竟然是C。我喜出望外,又倍觉讶异。几个月不见,他清瘦了许多。上身穿一件黑色羽绒服,下身穿一条沾满污渍的牛仔裤;脚上的翻毛皮鞋,也像是从垃圾堆里捡来的。脸上的胡须又硬又长,好似农民收割后留在田里的稻桩。

我让C进屋。他坐在床沿上,缩着脉子,言谈明显比过去拘谨,简直换了个人。见他这般萎靡状,我原本故友重逢的喜悦,顷刻一扫而光。我递上一支烟,给他点燃。半晌,他才难为情地吞吞吐吐道:"能借点钱给我吗?"说完,头埋得更低,像快要掉到地上的倭瓜。我问要多少,他说尽力吧。

雾气凝结在窗玻璃上,一片朦胧。室内昏暗,加之停电,更是寒气森森。我们就那样孤坐着,一支接一支地抽烟。也就是在抽烟的过程中,我约略知道他失踪这数月以来的情况。

自面馆被迫关闭后,C的母亲深受刺激,以致旧病复发,且日益严重。他把开面馆期间攒下的钱,几乎都花在替母亲治病上。如今的他一贫如洗。好在C的父亲当年替他们母子俩买有一套小房子,尚可暂避风雨,才不致使他们在这举目无亲的小城流落街头。失去生活来源后,母子俩饥寒交迫,相濡以沫。不得已,C

只好每天靠在四处打零工维持生计。那段日子，他抬过水泥，干过保安，替人抄写过海报……总之，他像一只老鼠，在小城周围昼夜游窜；又似一只蜗牛，在小巷角落负重爬行。

我问C："难道你没想过去找你父亲求助？"C猛吸一口烟，吐出的烟雾在他头顶盘旋。"老子不争气，莫非做儿子的，还要重蹈其覆辙。"C充满怨怼地说。

C每天黎明而出，黄昏而归，中途，还要匆忙赶回家一趟。到家后，只要看到母亲尚且安全，他那时刻绷紧的神经才能稍微放松。一天薄暮，C因事回去晚了，她母亲竟然翻窗坠楼。好在他家住二楼，母亲除左胳膊骨折，只有几处轻伤，算是捡回条命。C被吓得魂飞魄散。之后，他便找来几根木条，用钉子将窗户钉死。仍不放心，又在母亲的腰上拴一根红绳，再将家中刀具等器物统统藏起来，才敢出门。出门后，还不忘眯着眼朝门缝里瞧了又瞧。

他怕自己一走，就再也见不到母亲。

C被生活折磨得心力交瘁。每每如此，他便独自踱步到河边或草地，坐着或躺着，望着夜空遐思。与星月对话，跟晚风私语。那一刻，他感觉自己的灵魂轻若烟缕，正逃出体内，在夜色中飞舞。飞着飞着，就睡过去。醒来，蝈蝈叫得正欢。

人生如同梦魇。

许多次，有人劝C离开小城，去远方谋生。他也确实想过，人生苦短，转眼韶华即逝。他再不想被母亲所累，再不想替父亲去承担责任。可每次在他做出决定之前，就自己先将自己说服。血浓于水，他无论如何也抛不下母亲。

C到底是个与他父亲不一样的男人。

生活是一根柔软的藤蔓，每个人都是这藤蔓上挂着的瓜。所不同的是，有的瓜运气好，未经风吹雨打，向阳而生，终于瓜熟蒂落；而有的瓜则在将熟未熟之际，遇到某场大风的袭击，即使不坠地，也定会被磕碰得伤痕累累。

我大概就是一个遭受磕碰的瓜。

从事教育行业两年之后，我非但没能将那群孩子们送往幸福的彼岸，还险些将自己也陷入风浪漩涡。想想，真是惭愧。也是突然的一天，我所供职的学校因故停办。一时间，师生们作鸟兽散。曾经喧闹的校园，成为一个空壳。于是乎，我也不得不像C那样为日后的生存所困扰。好在，我没有他那么多牵绊，最终经一个朋友施以援手，离开小城去往市里谋生。

工作的变动，使我与C重又失去联系。人都是随环境而活。刚到市里那阵，我心里还时不时挂念着C，想起与他相处的日子，百感交集。这份胜过亲情的关怀，可以让人肝肠寸断。然而，半年时间不到，我也就如跟他首次失联一样，连他的样子都淡忘了。

足见在这个世界上，谁离开谁，日子也都照样过。

可是这一晃，我与C不相见，已经十年有余。十年间，我的生活自然发生诸多变化，每天都在无端琐事中消耗着光阴——结婚、生子、上班、交际……整日都很忙，却又到底不知在忙些什么。

只隐约记得，十年来，我仅跟C有过几次电话联系。多是节假日，诸如端午和中秋。电话里也仅止于问候的话语，平淡得跟吃饭睡觉般无异。当然，偶尔寂寞难耐之时，我们也会彼此想念起对方，掏出手机，翻出对方姓名，看了又看，终究还是未将号码拨出。如此一来，想念也就仅仅成为想念本身。

说来也怪，两个原本无话不谈、亲密无间的朋友，在时光的打磨下，竟会变得这般生分和隔膜。我对他这十余年来的生活一无所知，更不知道他母亲是死是活，想必他对我的情况同样不甚了了。

虽然如此，我们心里还是彼此牵挂着对方。不然，他入狱后，是断不会想到见我，并嘱托我照顾其母亲。我想，这大概即是人们所说的"君子之交淡如水"吧。

但有件事，我是近来才知道。在这十年间，C遭遇过三次感情上的波折。前两次恋爱，本来谈得情投意合，眼看就要走进婚姻殿堂，却最终都因女方嫌弃C母亲这个拖累，主动提出分手。为此，C深受创伤。他已不再对爱情抱有幻想，笃定终身不娶。

然而，天下事真是很难说清楚。C越是不想，爱的潮水却越是汹涌澎湃。就在C入狱前一年。一次偶然的机会，一个名叫央金的姑娘，悄悄闯进C的心怀。央金在康定出生，初中辍学后，便来到重庆打工。起初，C对央金一直若即若离，但央金的善良，使C的警惕彻底失效。C越是对央金坦白自己的处境，央金越是决心与他白头偕老，且主动承诺照顾其母亲。C被央金的真诚所感动，他俩相处四个月后，便将母亲接至央金租住的房子共同生活。经受着多年苦痛熬煎的C，突然遇到这等挚爱，内心的潮热使他泪如泉涌。到市里生活后，C的境遇着实迈进了天堂。央金在一家银饰店上班，每天下班后，即匆忙赶回家为C的母亲洗衣做饭，熬药捶背，俨然扮演起准媳妇的角色。

如此一来，C总算体验到幸福的滋味。他经央金一个朋友介绍，在一家电脑公司搞销售。每晚回到家，C都要对央金说一通感谢的话。否则，他的内心就不得安宁。他觉得自己欠央金的，今生今世都将无以为报。那段时间，C就像一只欢快的兔子，沐浴在爱的春光里，以至于他迁至市里生活已逾一年，我竟然毫不知晓。

可生活总是充满荒诞，命运总是布满荆棘。

我说了也许谁都不信，但这确凿是真的——C亲手把央金给杀了。

南方春天的雨，有一种薄荷味道。雨滴落在树上和院墙上，轻得没有声音。若不是雨水里裹着的那丝微凉，提醒我春季的存在，我也许早就成了季节的边缘人。自从C入狱后，我的脑子总是迷迷糊糊的，几乎夜夜做梦，不是梦见从前跟他走在某片田野上，就是走在某条小巷深处；而他曾经开的那家面馆，却是一次也不曾梦见。我无法解释这梦的含义，正如我无法解释人所面临的遭遇。

照理说，我与C分别经年，对他目前的处境不应该有那么大的反应，但我觉得他就是我的一个亲人。这些年，我对他的关心太少。我活得过于自私。我想，要是我平时稍微抽出一点点时间——比如在跟人唱歌的间隙，或独自骑车去乡村池塘垂钓的当儿……掏出手机，问候他一声，聊聊彼此的生活，谈谈内心的悲喜，也许他的负累会有所减轻，而不至于把自己逼上绝境。

这样一想，我不禁悲从中来。作为朋友，我极不合格，也无法宽恕我的过失。

雨还在飘飘忽忽地下，湿漉漉的地面有点打滑。当我走在长满青苔的石梯坎时，险些摔跤。好在我顺手抓住身旁的一棵小树，摇落的水珠洒得满头都是。水珠钻进脖颈，阴冷冰凉，使人脊背发麻。我抬眼望着那棵小树，树丫上居然筑着一个鸟巢。鸟儿早已飞走,只留下这个空巢守风候雨。我久久地凝视和端详它,竟有一种说不出的感动。

坐落于此的房子都很陈旧,大多修建于二十世纪八十年代初。楼与楼之间巷道狭窄,墙壁布满电线和蛛网。由于楼道里没有灯,人走进去,需要低头睁大眼睛,才能依稀看清地面。我顺着楼道爬上二楼,一股阴森森的气息迎面扑来。我愣怔片刻,才举起手敲左边的房门。敲了半天,没有丝毫动静。再敲,还是没人应。我怀疑自己找错了门,正欲转身离去,门突然打开了。

我一眼就认出开门的老太太正是C的母亲。十多年不见,她的脸上皱纹纵深,头发也白了,好似落满霜雪。大概因病魔的纠缠,她的背驼得厉害。要不是手上拄着拐棍,我真担心她会立刻栽倒。老太太已经认不出我,她充满惊慌地试探说:"我儿子已经被你们抓走,难道连我也不放过?"很显然,她将我当成了公安局的人。我连忙解释:"婶,你不认识我了?我是你儿子的好朋友小吴啊。"老太太错愕地望着我,一时反应不过来。我继而说道:"以前你们在小城开面馆,我每天早晨都跑来吃面,我是当年教书的小吴啊。"这时,老太太终于想起我,她一把抓住我的手,喊道:"小吴啊!"就泣不成声。

我将老太太搀扶进屋里坐下。这间屋子冷冷清清,连电视机都没有一台。一张平板床上堆满衣服,有的洗过,有的没洗,有的折叠整齐，有的散乱搭着。靠墙放的木桌上，摆满各种各样的药瓶子。一股酸腐味道弥漫开来，十分刺鼻。我起身将窗户打开，试图让空气流通，老太太却非要关上窗。她说，关上安全。我只好又将窗户关严。

我们面对面坐着。在来的路上，我买了两斤苹果。我削一个递给她，她拿在手里，却不吃。俄顷，她嗫嚅着说："不知道C会不会被枪毙？"我极力安慰她，让她放宽心，并说我已经去监狱看过C，他目前很好。老太太听我如此说，才抬头看着我，详细询问我在监狱看C的经过。

她那天的精神状态似乎还不错。于是，我趁机向她探听C究竟为何杀人，这是我最想知道的真相。老太太先是欲言又止，后来还是在我的再三追问下，她才声泪俱下地将事情的原委和盘托出。

这真相，让我如遭五雷轰顶，又似被鱼骨头卡住咽喉，心里好不难过。


事情竟然是这样的。

老太太说，开始那几个月，央金的确对她很好，可谓关怀备至，跟自己亲闺女无异。她想，今生能有这么个媳妇，是她们母子俩前世修来的福分。但渐渐地，情况发生了变化。C和央金的工资都很低，每月除房租、水电气费和生活费外，几乎没有余钱。日子很快捉襟见肘。女孩子都爱打扮，但自从她们母子到来后，央金没有买过一件衣服，没有到外面餐馆去吃过一顿饭。店里其他上班的姑娘，都瞧不起央金，孤立她。央金一忍再忍，她一直记着对C的承诺。但人大都脆弱，别人的孤立和冷漠，会导致自卑心理。一段时间过去，央金越来越怕出去见人。顾客来店里购物，她也表情僵硬，卑怯自矜。因此，央金经常遭到经理批评，还被扣发奖金。受了屈辱的央金性格逐渐变得乖戾，她不再对C的母亲和颜悦色、体贴入微。情绪低落时，她还会骂上几句。可只要C一回家，央金又会努力装出镇定的样子，对老太太嘘寒问暖。C的母亲为不破坏家庭感情，一直对C隐瞒央金的行为，默默承受着内心的苦痛。

可不多久，C就察觉母亲跟央金感情的异常。他在暗中偷偷观察，他确信那个善良的央金正在走远。但C很珍惜眼前的生活，他不想再一次把自己和母亲推向生活的谷底，便用各种方式斡旋央金和母亲之间的关系。他只要一下班，就急忙赶回家，照顾母亲，尽量减轻央金的负担。遗憾的是，这一切，丝毫不能改变他们的根本处境。

一天晚上，央金心里积压太久的火山终于爆发。她在盛饭时，竟当着老太太的面将饭碗砸碎。C见状，拍案而起，甩手给了央金一个耳光。央金哭着与C撕扯起来。C知道央金心里的委屈，他呆立不动，任凭央金拳脚相加。

老太太坐在旁边，心如刀绞。那注定是一个伤心困顿之夜。当央金发泄完心中的悲伤，夜已经黑透。他们三个人都被黑夜淹没在出租屋里。待和央金都睡去后，C的母亲躺在床上，越想越凄凉。她觉得这些年来，是自己拖累了儿子，使其没能过上正常生活，活得很窝囊，人不人，鬼不鬼。想着想着，她竟摸索进厨房，提把菜刀出来。她认为只有自己死了，儿子才会有生路。

正当老太太举起菜刀，要朝自己脖子上划时，央金猛地从房间冲出来，试图夺下菜刀。其实，央金早就听到老太太在厨房提刀的声响，她悄悄地在门洞中窥视。她不相信老太太会有此过激行为。就在央金与老太太争夺菜刀时，C怒不可遏地跑出来，以为央金要对母亲痛下杀手。刹那间，他像一头疯牛，失去理智。他一把抢过菜刀，对央金挥刀乱砍。央金躲避不及，当场栽倒于血泊中，停止呼吸。

屋里的空气凝固了，四周一片死寂。

当警察赶到时，C正铁青着脸，瘫坐在地上，全身发抖，说不出一句话来。老太太也被吓呆了，直到儿子被警方拷走后，她才放声大哭。哭声凄厉，整栋楼的人都能听见。

老太太给我讲完这一切，陷入沉默。我怕她伤心过度，忙扶她平躺在床上，稍事歇息。窗外的雨比先前更大，由线变成豆，砸在窗玻璃上，发出脆响。我的心跳便随着这节奏，此起彼伏。屋外楼道上，有一只猫，正在喵喵地叫。

光阴流转，往事不堪回首。

隔三岔五，我都会去看望C的母亲。我希望她能把我当作她的儿子，这是我唯一能帮C效劳的事情。对于C，我不想多说什么。对于一个被生活围困得心如死灰之人来说，又能怎么说呢。

凉风起天末。转眼间，万物呈现一片肃杀景象。C入狱已有半年，这期间，我去探过三次监。每次探视，除言及他母亲，几乎没有别的话可说。而C的母亲正一天天消瘦下去，精神状态急转直下，像一根被抽掉铜芯的电线。

我瞒着C，辗转联系到他父亲，并将他们的遭遇据实相告。这个曾经伤害过他们的男人，如今也是两鬓染霜。看样子，他这些年，同样过得落魄。不过，他明确表示愿意将C的母亲接回小城安顿，并负责她的生活起居，直至终老。

C没能活过这个秋天。

他被处以枪决那天，阳光静好。各种红黄相间的树木叶，随风片片凋零，给人无限惆怅之感。早早地，我跑去C的母亲处，替她换上干净的衣裤，说要带她出去晒太阳。老太太欣然应允。

我用轮椅推着她,在附近一个公园里慢慢地走。公园里人不多,因而特别空旷,走着走着,我不禁泪如雨下。我知道,就在老太太坐在轮椅上熟睡之时,她的儿子我的朋友C,已经从这个世界上永久地消失了。

我们都没有听到那声枪响。

## 穴居里的黑暗和光明

仲秋时节，一个细雨绵绵的午后，我提着两袋苹果，撑一把被风吹折细骨的雨伞，跟随雪君走在一条荒草掩膝的乡间土路上。草叶上的水珠，像一些被风摇落的马豌豆，不断掉进我的鞋子里。有一团化不开的凉，便从我的脚底慢慢穿过双腿，朝心的方向逼近，使我原本就忐忑不安的心情，愈发地慌乱而游移。

我即将去拜见的，是一个既熟悉又陌生的年轻人。

说陌生，是我根本不认识他；说熟悉，是源于雪君不止一次地跟我提起过他。我对他的生活和精神状态，乃至内心隐痛和理想追求，可谓一清二楚，并对其生发出由衷的敬意。

这个人名叫小海，是雪君的表弟。

雪君是我多年的朋友。我们常在一起谈论文学和生活，她作为女性特有的慈悲和细腻，常常给我的创作带来诸多启迪。至于小海，是她近来才频繁给我提及的一个人。雪君每次说到他，都眼含泪花，甚至说着说着便抽泣起来，仿佛小海的命运就是她的命运。她说："我表弟很苦，一直瘫痪在床，日常起居尚难自理。"继而，她话锋一转："但他很有才华，古典诗词写得好，还能写一手漂亮的毛笔字。"说到这里，雪君总是两眼放光，仿佛一个农民在锄地时挖到黄金。同时，她还滔滔不绝地跟我背诵起小海写的诗词来。起初，我并没觉得怎么样。后来，雪君多次请我抽空去看看她的这个表弟。她说："我请你去，没别的意思。你作为文学杂志编辑，去鼓励鼓励他，这对一个残疾人来说很重要。这种意义已经超出文学本身，你去是为让一个备受病痛折磨而几近绝望的生命，如何更好地鼓足勇气活下去。"雪君的话情真意切，近似哀求。我自知没有她说的那么重要，但还是被她的爱心和真诚所感动。于是，我决定去拜会一下她的这位表弟。

据雪君讲，小海十岁那年，因患上一种怪病导致下半身瘫痪。而且，他还患有肝病，他母亲也有肝病，应属家族遗传。他父亲便是因肝病去世的。他还有一个哥哥，长年在广东打工。目前，小海跟他年过花甲的母亲相依为命。

我和雪君在镇上下车后，便一直在山间小路上前行。一路上，雪君都没说话。或许是她平时已经跟我说得够多，又或者，她的心情也如我一般惆怅吧。大约走了四十分钟后,一座青瓦土墙小屋出现在我的视线中,屋前的菜园子里,有几只鸡在啄食。小屋后面有大片苍翠的竹子,远远看去,像一块绿色帷幕。而那小屋和菜园,则好似自然界刺绣在帷幕上的一幅素描画。

雪君用手指着那个小屋说:"到了。"

刚一进屋,便看见狭窄房间内的木床上躺着个年轻人。他好似刚刚睡醒,眼眶凹陷下去,面容蜡黄,垂肩的头发有些零乱。雪君喊了声:"小海。"他便双手撑着床面,使劲儿挪挪上半身,抬头回应道:"姐来了。"大概是紧张的缘故,他脸上的笑容有些僵硬。雪君拉亮电灯,原本潮湿、暗淡的屋内顿时亮堂,灯光好像还把弥漫在房屋里的霉味和尿臊气也给驱散。雪君跟小海介绍说:"这就是我时常跟你提起的吴老师,这次专门来看望你。"我过去拉着小海的手说:"经常听你姐提起你,我被你的精神所感动。"小海羞涩地低下头,用颤抖的声音回答:"苟且偷生罢了,苟且偷生罢了。"这时,我发现他的手冰凉,且枯瘦如柴。那天,小海跟我说了许多话,但所谈内容大多关于写诗填词。我仔细聆听他对于文学的理解和认知,末了,他说:"其实,我并不具备写东西的潜质,练习书法也纯属消遣,不过是跟死亡玩玩游戏。"或许是初次见面,他的心扉并未完全敞开。我也不便深究,怕影响他休息,触及他的自尊,只说了些安慰的话,便与雪君起身告辞。

那个下午，直到我们离去，都没看到小海的母亲。听小海说，母亲到镇上替他买药去了。

残疾人中想写作的特别多。这是有道理的，残疾与写作天生有缘。写作，多是因为看到了人间的残缺，残疾人可谓是"近水楼台"。但还有一个原因不能躲闪：他们企望以此来得到社会承认，一方面是"价值实现"，还有更具体的作用，即改善自己的处境。这是事实。这没什么不好意思。他们和众人一道来到人间，却没有很多出路，上大学不能，进工厂不能，自学外语吗？又没人聘你当翻译，连爱情也对你一副冷面孔，而这恰好就帮你积累起万千感慨，感慨之余看见纸和笔都现成，他不写作谁写作？你又不是木头。

这是史铁生在他的《病隙碎笔》里说的一段话。我曾将这段话专门拿给小海看过。小海看后，陷入长久的沉默。然后，他深有感触地说了句："写得真好。"从此，小海像找到精神盟友般，疯狂地喜欢上史铁生的作品。而在这之前，他压根儿不知道有史铁生这个人。有一次，我在书店买了本史铁生作品集送给他，他如获至宝，夜以继日地翻看。隔三岔五，我就会收到小海发来的短信，谈他读史铁生作品的感受。他说，史铁生的作品，宛如一盏巨大的精神之灯，照亮了他那被黑暗笼罩的命运。虽然他未必真正读懂史铁生作品的深邃内涵,但这已经不重要了。重要的是,通过阅读这些作品,小海看到即使一个残疾人,也可以活得充实和有意义,甚至比健全人还要深刻和有价值感。

小海的阅读视野无疑很狭窄。在我没有送书给他以前,他的床头除放着一本《新华字典》外,就只有《唐诗三百首》和《宋词三百首》,这还是雪君在几年前给他买的。那本字典,由于长年累月的翻查,早已残破不堪,像被老鼠啃过一般。而那两本古典诗词,也都掉了封皮。纸张陈旧泛黄,加之受潮,书的边缘染上了一层黑乎乎的污渍。小海说:"这本字典和两本诗词,是我的救命稻草和精神支柱。"只要随便提到书里某首诗词的题目,他皆能倒背如流。

我每次去看他,小海都要拿他新写的诗词给我看。那些诗词虽然大都写得浅显、单薄,有的还不合格律,但却不失本真之态。每首诗都在抒发他内心的痛苦和人生愁绪。而在那锥心般的痛楚之中,却又充满活下去的坚定信念。

除写诗填词外,小海把大部分时间都用来练习书法。他的床边长年安放着一张四方桌。桌子靠床一边,已经被他的衣袖摩擦得光滑。因无钱购买练字的纸笔,小海就将自己的头发剪下来,再找来几根筷子,用棉线和胶布将头发缠在筷尖上替代毛笔。然后,他让母亲从镇上的建筑工地要回几块砖头充当字纸;再从家中的水缸里舀来几碗清水充当墨汁，就开始了他漫长的写字生涯。我目睹过小海练字的样子。那用头发做成的毛笔，在巴掌宽的砖头上游走，清水留下的痕迹，组合成一个个堂堂正正的方块字。意到笔到，水乳交融，方寸之地天地尽显。我从未看见过如此练字的人。那一刹那，我像被电流击中，眼中似有两股热泪要夺眶而出。客观地说，小海的字比他的诗词写得好。他房间的墙壁上，贴着一幅字，那是小海唯一用墨汁书写的作品，内容是常见的两句励志的话："宝剑锋出磨砺出，梅花香自苦寒来。"我问小海："你这些年消耗掉多少块砖头啊？"他用手指着床底下让我看。我低头一瞧，竟然堆着三四块像磨刀石一样凹下去的砖头。我再问："那你这毛笔呢？"他摸着脑袋戏谑地说："这个不耗材料，人废了，就剩这点毛发管用。"我说："那你完全可以申请专利。"他说："如果你愿意投资，我可以试试。"说完，我俩都大笑起来。那是我见他最开心的一次。

后来，我无意中将小海的故事讲给一个书法家朋友听，谁知这个朋友竟是个热心肠，他非要去见小海，而且坚持要给小海送去一把毛笔、一箱墨汁和几捆宣纸。领着朋友去见小海那天，我并未事先跟小海说。除我和那位书法家外，还有书法家的另一个至交。我们三人扛着宣纸和墨汁，像几个下乡支教的人，走在弯曲的乡村路上。阳光从天空洒下来，暖融融的，鼻孔里能嗅到野草的清香。书法家和他的那个朋友,突然从大城市来到乡下,眼前的一切都令他们感到新鲜。只有我的心,像吊在深井半空的水桶,有种悬浮感。我担心我们的突然造访,会很唐突。果不其然,我们刚进屋,小海就感到惊讶。待我说明朋友的来意后,他才稍稍有几分释然。那次会面,小海明显有些不悦。但或许是考虑到照顾我的情面,他才压制住心底的怒火,没让它当即喷发出来。我见两个朋友还在喋喋不休地缠着小海问这问那,便提出告辞。朋友无奈,只好随我匆匆离开。

事后,我怕这次莽撞造访,会给小海造成心理伤害,我给他发去一条短信,向他表达我的歉意。短信发出后,一直未见小海回复。我想,这次是真的伤害到他了。我正暗暗自责时,却又意外地收到他发来的一条信息。只有一句话,很短:

我只想做个像史铁生那样有尊严的人。

时间宛如初冬时期的银杏叶,被几场冷风一吹,转瞬间便飘逝了。自从那次贸然造访后,数月过去,我都未敢轻易去看小海。我怕我的出现会再度引起他的介怀。要不是雪君突然给我打来一个电话,我真不知道该如何重新去面对小海。

那是一天上午,冬日的雾霾使外面的能见度偏低。我打开书房的窗子,正准备静下心来看书。这时,手机铃声响起。我一看是雪君打来的,料想一定与小海有关。果然,我刚接听,手机里便传来雪君急促而发颤的声音:"小海割腕轻生,正在医院抢救。"

我急忙赶去雪君说的医院,刚到病房,即被雪君拦住。她说:"小海刚睡着,不要吵醒他。"我透过病房门上的玻璃窗,看到躺在病床上的小海,比几个月前更加消瘦。头发油腻,好似长久没有洗过;胡须也像秋收后的稻茬,包围着他那干瘪的嘴。他露在被子外面的右手腕缠着纱布,纱布上有暗红的血丝渗出来,像他家院落里那株月季的颜色。

雪君跟我说,小海已经是第三次轻生了。第一次是在前年夏天,他从床上滚到床下,拿起他练字的砖块朝头上砸,整个头部鲜血淋漓。幸亏他母亲及时制止,方才化险为夷。第二次是去年春天,刚过完春节,他偷吃了藏在家中的老鼠药,所幸吞服的药量不大,又躲过一劫。

小海这次割腕,是因为他刚刚因肝硬化去世的母亲。

据雪君说,小海的母亲,是在他割腕三天前下的葬。母亲的亡故,使小海瞬间掉进冰窖,所有的希望都烟消云散。以前,小海的饮食起居,全靠多病的母亲照料。如今,离开母亲,他不知道自己该怎么活。痛苦绝望之下,他才选择自杀。

雪君的讲述,让我顿时回忆起小海那孤苦、顽强的母亲。一个乡间老太太的身影,像电影镜头般清晰地闪现在我的脑海。

第一次去见小海,我没有见到他母亲。之后每次去,他母亲都在。这个老太太给我最深的印象,是她那张饱经沧桑的脸。密布的皱纹有如刀刻,版画般透着力度和被岁月浸染的痕迹。满头银发,宛如春蚕吐出的丝线,缠绕着她那颗充满忧思和焦虑的头颅。她一见到我,总是非常热情,感激的话说个不断。我每每与小海交谈,她就默默地站在旁边听我们说话,目光始终停留在小海身上。只要小海脸上一露出笑容,她也会跟着笑起来。要是小海偶尔谈到某个伤感的话题,她就会背转身,用衣袖抹眼泪。这时,小海就会突然岔开话题,顾左右而言他。

小海曾跟我说,他母亲经常从屋外的墙缝窥他。尤其是他情绪不好时,他母亲自知不好去打扰他,又担心他想不开,每隔一会儿,就会偷偷地朝屋里瞅。只要看到小海还平静地躺在床上,她绷紧的神经才能稍稍放松一下。若遇天气晴朗,她总要想法把小海挪到屋外的院坝里去晒太阳。小海说,他母亲年老体弱,每次背他去外面透风都很费劲。小海虽然也很瘦,但毕竟体重超过他母亲。有一次,他母亲在背他的过程中,腿一软,双双摔倒在地,彼此都吓坏了。他母亲强忍着痛,拼命将小海扶起来,不断地自责,眼泪止不住地往下流。当天下午,小海发现母亲走路有些趔趄,撩起裤脚一看,才发现母亲的左脚踝肿起一个大青包。晚上,小海坚持要为母亲热敷,母亲却极力推辞。小海说:"当我把热毛巾硬搭上母亲脚踝那刻,我的心碎了,仿佛满地都是玻璃渣子。"

我最后一次见到小海母亲，是随书法家朋友去看小海那次。我们离开的时候，她跟出来送了很远。末了，还从衣兜里掏出三个煮熟的鸡蛋塞给我们。我们坚持不收，见实在推托不过，便都收下。小海母亲见我们收了鸡蛋，脸上浮现出一丝喜悦。直到我们快要翻越山坳，她都还在朝我们渐行渐远的背影挥手。一路上，握着那个温热的鸡蛋，一股暖流在我的全身游走。瞬间，我想起史铁生在《我与地坛》里写到的母亲形象。那个同样平凡而伟大的母亲，在无数个上午或下午，清晨或黄昏，跑到偌大的地坛公园里，去偷看她那同样瘫痪在轮椅上的儿子的情景：

> 曾有过好多回，我在这园子里待得太久了，母亲就来找我。她来找我又不想让我发觉，只要见我还好好地在这园子里，她就悄悄转身回去，我看见过几次她的背影。我也看见过几回她四处张望的情景，她视力不好，端着眼镜像在寻找海上的一条船，她没看见我时我已经看见她了，待我看见她也看见我了我就不去看她，过一会儿我再抬头看她就又看见她缓缓离去的背影。

这其中的辛劳和酸楚、爱与揪心，真是让人痛彻肺腑。史铁生说："有过我的车辙的地方也都有过母亲的脚印。"

其实，凡是有儿女的地方，就一定有母亲的挂怀和守望。

命运对人的作弄，类似猫对老鼠的戏耍。直到那只老鼠在猫的利爪下被玩弄得精疲力竭，奄奄待毙，猫才得意地露出轻蔑的一笑，转身蹲在墙根儿晒太阳去了。即便如此，猫的目光却仍旧没有离开过那只老鼠。小海或许就是那只被晒太阳的猫盯住的"鼠"，经过命运反复摧折，他几乎丧失了挣扎的力气。

雪君和我都很担心小海的生活，自他母亲去世后，小海便只能暂时跟着大哥大嫂过。小海大哥也患有肝病，拖着两个尚未成年的孩娃。见小海每天像一根藤条样缠着自己，无法外出打工挣钱，大哥大嫂天天吵嘴，甚至大打出手，搞得一家人鸡犬不宁。小海每次看见哥哥嫂嫂吵架，五内俱焚、万箭穿心，死的念头宛如夏夜的闪电，一次又一次在他大脑屏上闪现。雪君说，小海的大哥有回当着她的面咒骂小海："一个废人，你活着有卵用，害得我也跟着你受罪，我早晚会被你搞得妻离子散，你去死吧，去死啊……"小海听大哥如此责骂，脸被气得乌紫，泪花在眼眶里打转，却掉不下来。后来，雪君忍无可忍，跟他大哥吵了一架，他大哥负气而走，举家跑去广东。

目睹孤苦伶仃的小海，雪君只好把他送去镇上的养老院，每个月的护理费均由雪君支付。雪君每个月都要去看望小海，每次去，都要给他买很多东西。小海一见到雪君，心里就愧疚。他每次都劝雪君不要再为他浪费精力，说人各有命，他不想成为别人的累赘。小海越这么说,雪君越是不放弃。

其实,雪君有时跟我谈及小海,也会发出另一番慨叹。她说:"偶尔想想,觉得人活着一点意思都没有,像小海,整天瘫痪在床,不说爱情,连亲情最终都无法得到,你说有什么意思?试想,一个正值盛年的小伙子,指不定哪天就离开人世,却最终连女人是啥滋味都不知道,你说这有意思吗?"

我跟雪君说:"小海长期由你照顾,毕竟不是长久之计,得想个妥善的办法。"雪君说:"能有啥办法啊,他大哥又甩手不管,我不能眼睁睁看着他被逼上绝路吧?"那段时间,我们利用各种关系,通过各种渠道替小海寻求生活保障。我还多次去镇政府、区民政局反映小海的具体情况,希望能得到政府的帮扶,解决他的后顾之忧。镇上和区里均对小海的遭遇深表同情,但同情之后的答复都是小海目前尚有亲属,不符合全部由国家来赡养的相关政策。

无奈之下,我请一个记者朋友帮忙,在他供职的日报上为小海写过一篇报道,这招果然奏效。报道发出后,迅速引起区领导的重视,并责成镇政府妥善安置小海的生活。最终,镇政府想到个万全之策。他们决定赞助小海大哥三万元建房补贴,但前提是他必须赡养小海。

小海大哥听到消息后,火速从广东赶回来。这些年,小海大哥一直都在试图靠打工挣钱回乡修房。但他们两口子的月收入，除支付房租、水电费和两个孩子的花销外，几乎没有结余，有时还入不敷出。这一现状让小海大哥的建房梦想几成泡影。当得知镇政府的决定后，小海大哥十分兴奋。拿到钱的当天，小海就被大哥从养老院接走。那天，我和雪君也一同去养老院接小海回家。冬日少有的阳光从天空洒下来，照在路两边挂着稀疏叶子的树上，像是披了一件淡黄的薄纱。小海大哥背着小海，健步如飞地走在回家的路上，脸上的笑容也如阳光般耀眼。我和雪君跟在他们身后，默默地走着。只听小海大哥不停地说："老弟，你放心，哥哥就是再穷再苦，也不会丢下你不管。"小海趴在大哥背上，对哥哥说的话没做任何回应。他的脸一直愁苦着，仿佛他正在去的不是家，而是另外一个什么地方。

小海被大哥接回家后，因为工作原因，有好几个月，我都没去看过他，也不知道他过得怎样。

二〇一三年十月的一天，我突然想起去看看小海，便买了两套保暖内衣给他送去。我刚进门，便看见小海蓬头垢面地躺在床上。他一见是我，用手捋捋头发，强打起精神。小海的话明显少了，我问他问题，他也总是支支吾吾。我在屋里坐了很久，都不见他哥嫂的身影。只见小海的床头柜上放着一碗冷饭。我说："你就吃这个？"他答道："嫂子农活儿重，我泡点开水就吃了，不碍事。"

我没有再说什么。直到午时已过，我准备起身离开时，才看见小海的嫂子牵着两个孩子从外面回来。她一见我就满脸堆笑，说："吴老师，你真是我们家小海的恩人哪！你坐，我马上去煮饭。"我说："不用，吃过了，谢谢！"继而我问她："小海他哥还没收工？"她遮遮掩掩地答道："快回来了，快回来了，我是提前回来煮饭，担心饿着小海。"事后我才知道，小海他哥自从把小海接回家不到一个月，就又跑去广东。而小海嫂子那天也并没上坡干活，而是在邻居家打麻将。

令我更没想到的是，那次居然是我最后一次见到小海。

就在这个冬天快要结束的时候，小海走完他生命最后的路程。雪君说，小海是从床上摔下来，头部撞在床前一块生锈的毛铁上死去的。雪君流着泪跟我讲述时，嘴里不断在说："死了好，死了好，少遭罪，少遭罪。"

雪君还跟我讲述了另外一件事，她说，小海生前曾跟她表达过看透人情冷暖的话，说有些人活着其实比他还可怜。我问他为何说这样的话。雪君说可能跟那些隔三岔五送他电脑和轮椅的人有关吧。我说什么送电脑和轮椅？雪君说，自从我那记者朋友跟踪报道两期小海的事迹后，镇上的领导有的给小海送去轮椅，有的送去衣物和生活用具。后来，听说区里的领导看到镇领导给小海送温暖的照片出现在日报上，又有区里的领导给小海送去一台电脑，还叫上电视台的记者进行报道。再后来，小海只要听说有领导要去慰问他，他就紧张得睡不着觉。小海说，他不想把自己的伤痛变成别人的一种荣耀。

安葬小海当天，我和雪君去整理小海的遗物，在小海睡的床后面，我发现放着三个崭新的轮椅和一个连包装都还没拆的电脑。雪君说："这些东西小海一次都没用过，他根本用不上。"

我在小海睡过的枕头底下，还发现一个硬抄本，上面全是他写的日记，内容多是他这些年来心中的苦楚和灵魂的煎熬。在日记的最后几页，我看到这样一句话：

> 明日区领导要来探望，我尚未做好心理准备，心里慌张得很。

这句话让我有种欲哭无泪的感觉。同样是史铁生，在他的《病隙碎笔》里，还说过这样的话：

> 残疾，并非残疾人所独有。残疾即残缺、限制、阻碍。名为人者，已经是一种限制。肉身生来就是心灵的阻碍，否则理想何由产生？残疾，并不仅仅限于肢体或器官，更由于心灵的压迫和损伤……
>
> 也许，上帝正是要以残疾人来强调人的残疾，强调人的迷途和危境，强调爱的必须和神圣。

读着史铁生这段话，再想想小海曾经躺在床上的模样，我脑海里突然跳出台湾诗人痖弦的一句诗来:"有那么一个人,他真的瘦得跟耶稣一样。"

而我,则无疑是把小海推向绝境的最大罪人。如今,面对已故的小海,我唯有顶礼合十,并写下这一切,来虔诚地表达对他的哀悼和纪念以及我那深深的内疚和忏悔!

# 一个乡村医生的祈祷和忏悔

南方初夏的早晨,水雾苍苍,河两岸的青山披了一层薄纱,朦胧中藏着几分孤独。鹧鸪躲在葳蕤的树林里,不时发出一两声长啼,划破乡村码头的宁静。来往的木船在水面上游走,桡桨搅起的水腥味扑鼻而来。父亲站在船上,肩挎那个已经陈旧的红十字药箱,神情一派肃穆。

父亲是我们这个穷山沟唯一的医生。

他的诊所就开在这个脏乱的码头上。码头是村民们的主要集散地,也是连接外界的交通枢纽。曾经,有不少青年从这个码头走出去,就再也没回来;而更多的人则是从未走出过码头,直到死。父亲在这个码头上行医几十年,他是这个码头荣辱兴衰的见证人,也是码头上的人们歌哭悲欢的目证者。

诊所是父亲租的，很狭窄，整个就一间屋子。里面除一个中药柜和西药柜外，只有一张诊断桌。这房子原是居民的住处。早年间，房主夫妇外出打工后，就一直闲置，父亲便将其租下来，办成诊所。诊所因年久失修，房顶已经脱层。雨水顺着墙缝渗透进来，满屋子霉气弥漫。父亲想过换地方，但找不到合适的场地。相比这个破败的码头，他的诊所算是比较好的建筑。

早上刚开门，前来看病的人就占据了诊所。患者大多是老人，拄着竹棍。还有一些小孩子，由老人领着，病恹恹的，全无一点活力和天真。每次看到诊所里这些孤苦无助的孩子，我都会想到自己的幼年。

苦难总是相似的。

父亲对每位患者都诊查细心，把脉，测体温，量血压，听心率，看舌苔……把诊断结果工整地写在卡片上。每次给患者处方开药后，他都要反复交代服药注意事项。患者大多不识字，他就在药包上画"√"或"○"，以示区分。曾有一位老大爷，把一瓶药里的防腐剂，连同药片一起吃了，险些酿成大祸。父亲还时常责怪自己医术不精，不能给更多患者带去福音。我的几位叔公，就是经他竭力救治无效后亡故的，这给他内心带来强大的冲击。每当有康复的患者来诊所向父亲道谢时，他那一张刻满皱纹的脸上，就会浮现出巨大的成就感和幸福感。

父亲是码头上扎根最长久的"赤脚医生"。

"但愿世间人无病,哪怕架上药生尘。"这是父亲贴在诊所门框上的一副楹联。楹联虽是古人所撰,字却是父亲所写。父亲深爱这副楹联,将其视作行医夙愿。

每天从诊所回到家,父亲总是一副愁眉不展的样子。入夜,黑暗笼罩山村,父亲便拨亮床头柜上的台灯,躺在床上翻看医书或病人档案。台灯暗黄的光线照在他脸上,清瘦而凝重。有时看着看着,他突然抬起头,望着房顶上漆黑的青瓦,长叹一声。随后,便下床去堂屋香案上供奉的药王菩萨前上一炷香。

父亲本是个无神论者,但自他行医以来,焚香成为他每晚必做的功课。

我深刻地理解父亲。

父亲学医的初衷,原本是为求生。当时,他的右手残废,人生的茫然和苦恼逼得他心如死灰。爷爷为拯救他,托人四处拉关系,好不容易才让镇上一位老中医接收父亲为徒,跟随其苦学精研岐黄之术。老中医无子,见父亲勤奋好学,又为人憨厚,便将其一生医术毫无保留地传与父亲。老中医临终前,拉着父亲的手谆谆告诫:"行医之人,贵在医德。我将一生所学,全部传与你,望你继承衣钵,救死扶伤,造福百姓。"

老中医死后，父亲秉其志，继其门户，薄利经营，以医术行善积德，备受村民好评。在码头方圆数村，大凡提起我父亲的名字，可谓无人不晓。

行医首先是救了父亲自己，其次，才谈得上救了别人。

在父亲居住的老屋里，放着两个立柜，里面装的全是他行医几十年来的病人档案。如果把这些档案整理出来，将是一部真实的民间医学史。父亲把这些泛黄的纸页视为珍宝。他的很多临床经验，都来自对这些病例的分析和总结。

后来，父亲觉得有些病症，光靠中医治疗效果甚微，如果结合西医医治，可能效果会更佳。但他不懂西医，反复思忖之后，一九九六年，父亲终于狠下决心，参加四川医科大学的函授学习。那段时间，父亲夜以继日地看书，诊所病人又多，人憔悴不少，白发渐渐爬满他的两鬓。短短两年时间，父亲修完所有函授课程，顺利取得结业证书。从此，他开始利用中西医结合的方式，为村民治病，解除了更多患者的痛苦。

诊所简陋的医疗条件，使父亲心有余而力不足。有时，遇到病情更复杂的患者，父亲根本就没法做诊断。他建议患者去县医院做检查，可病人缺钱，便只能回家听天由命。

不少人就这么怀着痛苦去见了阎王。

父亲经常深夜出诊。

无论是月朗星稀的酷夏，还是寒风苦雨的隆冬。病人的呼唤牵引着他，忘记黑夜的恐惧和艰辛。山路陡、崎岖，十分难走。路两边是茂密的草丛、荆棘，那些在暗夜里觅食的蜥蜴和蛇，时常出来挡道。父亲已经不止一次被毒蛇咬伤。

我还很小的时候，一个冬天的夜晚，天下大雨。冷风使劲地摇撼着屋外的树木，雷声从远方滚压而来，轰然作响。闪电刚把头探进窗缝，就迅速被黑暗吞噬。我和母亲早早就睡下，只有父亲还在隔壁燃着煤油灯看书。就在我快进入梦乡的时候，突然听见屋外有人砸门，一边砸一边喊："吴医生，吴医生……"父亲披衣下床，开门一看，是山那边一个中年男人，说他母亲腹痛厉害，特来请父亲出诊。当时，已是夜里十点多钟。父亲二话没说，挎起药箱，抓起一把雨伞就跟那男子走了。父亲走后，我和母亲再也没有睡着。我们都在等候父亲回来。雨越下越大，母亲睡一会儿，就起床开门瞧瞧。雷声更响了。我提出去路上迎接父亲，母亲坚决反对。凌晨五点钟，父亲终于回来，我们都松了口气。我急忙开门，看见父亲满身是泥，从头到脚均被雨水泡湿。额头上还划破一道口，血珠直往外冒。那晚，父亲摔下山坳，手电筒和雨伞都丢了。他费了很大劲，才抓住野草和杂树爬上坳，并借助闪电微弱的光线摸回家。父亲的左手，死死地搂住他的药箱，像护着一个婴孩。

从那时起,我便目睹了一个乡村医生的艰难。

在我读初中的时候,父亲曾劝我跟他学医。他说我天资聪慧,是个学医的料。受父亲鼓动,我的确跟着他学过一段时间的医术。诸如中医的《汤头歌诀》,我至今尚能背诵。遇到有个伤风感冒的小病,我也能自行配方拿药。每到放暑假或寒假,我就去诊所帮父亲抓药。那期间,我深深地理解了医生和患者的关系,也过早地感知到人生的痛楚和苦闷,以及人存在的价值和意义。

父亲一直希望我能报考一所医科学校,学成后回乡接替他的事业。我当时也有这个愿望。父亲的形象一直在鼓励着我。我贫穷的家乡需要更多像父亲那样的医生。但人生的路充满偶然性。我最终还是未能如父亲所愿,像他一样成为一个令人尊敬的医生。初中毕业后,我阴差阳错地进入当地一所中专学校,并从此与文字结下不解之缘。父亲对我的弃医从文深表惋惜。他或许觉得文字这种虚幻的东西,到底不能像他的行医一样,能对底层百姓具有切实的用处。但只有我自己清楚,我虽未达成父亲意愿,但他的精神却一直在影响我,也影响我笔下的文字。

不知道我这算不算在继承父亲的事业呢?

父亲终究没能将救死扶伤的事业坚持到底。

前年秋天，父亲焦急地把我从重庆叫回家，让我帮他想想办法。父亲说，镇卫生院要实行统一管理，对周边不符合医疗条件的诊所进行整顿。父亲的诊所即在被整顿之列。这让行医大半辈子的父亲焦头烂额，六神无主。镇卫生院的人说，国家出台新政策，要求所设诊所必须达标。所谓达标，即要有标准的场地，诊所内必须配备正规的观察室、输液床、诊断桌和电脑等。这些设备都得自己出钱添置。姑且不说在乡下码头行医几十年的父亲是否懂电脑，就算懂，他也没有能力购买。每年，父亲的诊所都有赊账。很多病人拿药后，无钱付药费，就只能记账。年底盘算的时候，父亲只能无助地盯着账册感叹。有的老年患者长期欠账，直到亡故，账都没还清。亡者的后人又不认账，父亲也不追究，事情便不了了之。现今，各类药价猛涨，一些较好的药品父亲也没钱去进。即使进来，患者也用不起。

我回乡后，曾多次前往镇卫生院，把父亲和底层病患者遇到的困难如实反映，请求他们针对现状予以特殊解决。可镇卫生院的领导说，这是上面的政策，他们不能违规。如果父亲要继续行医，必须得按规定整改。

我们都感到深深的绝望。

父亲最为担心的事，还不是他能否行医的问题，而是假如这个码头上没有诊所，这些常年生活在穷山恶水、交通闭塞之地的农民该到哪里去看病。从这个码头到镇卫生院，步行的话，至少得走一个小时的路。这还不包括坐船耗去的时间。倘若遇到有人得急性病，怎么办？

条件好的医院，永远属于有钱人。而对于那些生活在社会最底层，连掏出几十块钱来买医疗保险都觉得心疼的人来说，何处是他们求生的"诺亚方舟"？

父亲到底还是妥协了。他妥协于体制，也妥协于贫穷。

无奈之下，父亲放弃已开设几十年的诊所，被镇卫生院招安。年近花甲的父亲之所以愿意如此，是他觉得去镇卫生院，既能保住自己的饭碗，还能为更广大患者服务。

可万没想到的是，父亲这一去，却使他陷入更加痛苦的深渊。

在镇卫生院里，父亲看到与从前诊所里不一样的局面。镇卫生院实行的是自主管理，医生工资与看病数量，以及创收的多少直接挂钩。每个医生都在暗地里争抢病人。有的患者明明只是个小病，医生却故意说得很严重，尽开些昂贵药，动不动就要求病人住院。业绩好的医生，每个月能拿到成千上万的钱。这让历来在乡下行医的父亲瞠目结舌。卫生院里的大多数医生都在县城里买的有房，有的还不止一套。上下班开的都是小车。他们还时常跟县里的一些医院介绍病人，从中抽取回扣。

当父亲看到这些志得意满的医生和躺在病床上孤苦伶仃的病

人时,他第一次感到做医生的耻辱。

去年底,父亲带着满腔愤怒离开镇卫生院,回到乡下的家。二〇一二年端午,我回乡过节,看到有人给父亲送来粽子,他们都曾接受过父亲的救治。其中一个耄耋老者,拉着父亲的手说:"吴医生,要不是你,我这条老命怕是早就丢了,你的恩德,我都记在心里嘞。"那一刻,我重又看到父亲脸上浮现出当年那种幸福的表情。

当天晚上,我和父亲坐在老家的院子里聊天。母亲煮了一大串粽子,我们边吃边拉家常。父亲喝了点酒,情绪有些激动。他说:"真没想到,自己当了一辈子医生,竟落得如此下场,幸亏你没当医生啊!"说完,他摇摇晃晃地朝堂屋走去,为香案上的药王菩萨上一炷香。

我坐在黑暗里,夜凉如水。

现在,该我为父亲惋惜!

难道,我只该为父亲惋惜吗?

医者仁心。

这让我想起阿尔伯特·施韦泽。这位一九五二年诺贝尔和平奖获得者,立志三十岁前为学术和艺术而活,三十岁后为直接服务于人而活的人,在"爱"的感召下,只身前往非洲,成为一个以行动实践信仰的丛林医生。他在兰巴伦贫瘠的大地上,以一间鸡舍作为诊疗室,以一间竹棚作为手术室,为身患重病的黑人解除病苦,使众多的人起死回生,免于灾难。其行动曾感动过万千之人。他在语录里说过这样一段话:

> 我的生命对我来说充满了意义,我身旁的这些生命一定也有相当重要的意义。如果我要别人尊重我的生命,那么我也必须尊重其他的生命。要让他们呼吸新鲜空气,沐浴新鲜阳光。这新鲜空气,指的是远离那些传播毁灭和悲观主义的人,远离那些时时想把你拖入卑鄙、恐惧与愤怒的人;阳光则指的是灵魂之光,我们的内在智慧与爱的光芒。假如人人都沐浴在这种光之下,这样就能解决社会上大部分的疾病……

每读这段文字,我都会想到父亲。虽然他只是一个小人物,一个乡下的小人物。别说诺贝尔和平奖,就是我们那个村的"和平奖",父亲都没有资格获得,但他跟阿尔伯特·施韦泽一样,无愧于医生这个光荣的称号。

可叹的是,这个世界上的有些病,无论是阿尔伯特·施韦泽,还是我的父亲,哪怕耗尽他们一生,也无法医治。

我为普天之下的人祈福!

## 残院之内黄昏之后

这是一幢旧楼。

尽管墙壁上新刮上去的石灰层洁白耀眼,却仍难以掩藏岁月馈赠的斑驳裂痕。据当地人讲,它原先是一个化工厂,倒闭后,一直闲置,荒草丛生,蛇和蜥蜴等动物时常出没其间,附近居民都不敢靠近。后来,政府搞新农村建设,便有阔绰之人将此工厂规划翻新,改造成如今的敬老院。

黄昏临近,夕光笼罩着整幢大楼,朦胧中更添几分幽静。院坝里几个老人挂着拐棍,伛偻着身子在慢慢移动,仿佛晚风中晃动着的几根苍老树枝。更多的老人则坐在大厅内,呆望着墙壁上那个大大的电子显示屏。屏幕上正在播放一部时下炒得很热的爱情剧。剧中人卿卿我我、哭哭啼啼,却并未使这群垂暮的观众受到感染——一个个表情呆滞，目露凄楚，有的还打起瞌睡，如雷的鼾声淹没了剧中轰轰烈烈的爱情。

我刚步入大厅，有个银发老人忽然从人群中向我扑来，抓住我的衣袖，又打又骂。情绪的失控使她那焦黄的面孔愈加狰狞可怖。我听不清楚她到底骂的什么，只依稀从她那张漏风的嘴里听出两个字"你滚……"，声音颤抖，带着某种宿命性的抗争。我站在老人身前，无言以对。不知是该做一番解释和安慰，还是转身迅速离开，像惊慌失措的人逃离正在逼近的危险。正在我犹豫不决之际，老人发疯般用头朝我胸膛上撞。我用力握住她那干枯如柴的手，她几次试图挣脱，吓得我连连后退。我退一步，老人紧逼一步。我想，她一定是把我当成自己年轻时的爱人，或晚年时的仇人。唯有爱和恨，才能让人刻骨铭心，到死都不能忘怀。我索性呆立不动，任凭老人顶撞。那一刹那，我好似看到老人的灵魂，正在飞出她的肉体。

而其余老人则远远地看着，毫无反应，仿佛一群看客正在观看某场情景短剧。当然，他们也可能对眼前发生的一切，早已经习以为常。麻木跟衰老一样，都是生命的腐蚀剂。最为淡定的人，要数靠左面墙壁下那两个瘫在轮椅上的老者。他们脖颈上搭着毛巾，口水不断从嘴角流出，却仍举起抖动的手臂，讨论如何延长生命的话题。人对付死亡最好的办法，大概就是不停地幻想活着的事情。想着想着，就把死亡给吓跑了。就像一个不想长大的孩子，在拒绝成长的过程中，却不知不觉长大了一样。

或许是老人的喧哗惊动了护理人员，一个腰上拴着白围裙的中年妇女火速从侧旁的小屋跑出来，将老人拽住，恶狠狠地吼道："你干啥？"吼声严厉，像风中呼啸而过的箭镞。老人听到这吼声，条件反射般松开手，安静下来，变得乖顺，像个犯错的小学生。继而，中年妇女笑着对我说："没吓到你吧？老太婆脑子恍惚了，把外面来的男人统统认作她儿子。"

我没多说什么，倒是站在身后的岳母嘀咕道："像这样的人，让我今后怎么伺候啊？"惊魂初定，一个胖胖的男人从楼梯上走下来。他见到我们，径直走过来说："你们是来报到的吧，我是这里的负责人。"我赶忙伸手相握，并说了一通客套话。他见我态度诚恳，挺直腰板询问岳母的基本情况，然后又以领导者的身份和口吻，重申一遍纪律和注意事项，就扬长而去。

根据护理组长的安排，我将岳母领到二楼指定房间，帮她铺好床，将换洗的衣服放入衣柜，又去走廊尽头接来一盆凉水，用毛巾将床头柜上的灰尘擦干净。我在做这一切时，岳母的脸上始终愁云密布。看得出，她还在生她那儿子儿媳的气。岳母认为，要不是他们，自己也不会在年过半百之际，被迫来这家敬老院做护工。命运总是充满诸多变数，你永远都搞不清楚，你的下一刻钟将面临怎样的厄运。就像你搞不明白，跟自己最亲近的人，为何一夜之间竟反目成仇。鸦不反哺，虎欲食子，徒唤奈何？

疼痛是必然的。你只有面对，孤立无援地面对。

时间回转到一年前的深秋，那是个空气潮湿的午后，一场预告的秋雨迟迟不肯降临。山坡上万物萧索，时而有一阵冷风吹来，让人脊背发凉。整个村庄被一层荫翳笼罩着，几条黄狗在崖畔上来回狂吠，苍凉的声音，愈发增添阴沉和恐怖的氛围。

不远处，一场葬礼正在锣鼓和唢呐的伴奏下热闹地举行——亡人要赶在暴雨来临前入土为安。否则，他很可能被曝尸旷野，灵魂永世不得超生。然而，就在吉时已到，抬棺人正要把棺材放入圹穴时，我的岳母却手握钢叉，孤注一掷地冲向抬棺人。这突如其来的变故，使八个抬棺人六神无主，战战兢兢。要不是村支书眼疾手快，顺手操起一根竹竿朝岳母挥去，将之掀翻在土沟里，这场丧葬或许就会变成一场闹剧。

风呼呼地刮着，地上的枯草随风摇摆。村支书怒不可遏地一边控制住岳母的咆哮，一边用眼神暗示抬棺人赶快下葬。一时间，唢呐高奏，锣鼓齐鸣，一阵手忙脚乱之后，亡者终于被一堆泥土掩盖。道士手拿魂幡，绕坟三匝，宣布葬礼完毕。村支书见大功告成，仰头面对天空长长地舒一口气。我岳母见此情形，感到棺盖土落，回天乏术。她费尽心力阻止的葬礼，最终还是没能成功。这一铁定的事实，让她深感绝望，一种强烈的挫败感瞬间击中她的心脏——一个活人最终被死人打败。

喧嚣的锣鼓沉寂了，唢呐也像生了锈，发不出声响。整个山冈上，看热闹的人逐一散去。只留下阴风簌簌地刮着，仿佛来自另一个世界。村支书用手弹弹衣服上的泥土，掏出一支烟点燃，淡蓝色的烟圈像是坟前燃着的檀香一样，带着水汽向空中弥漫。岳母仍旧坐在坟堆不远处的草丛里，蓬首垢面，茅草划破了她的脸。血珠顺着脸颊往下游走，像一颗颗露珠在寻找春天的讯息。村支书挺直腰板，步履从容地从岳母面前走过，脸上流露出一个胜利者的欣喜。而且，他刚走几步，还故意回过头来，朝岳母干咳几声。那咳声，像几个响亮的炸雷，从田野上空滚过，使岳母心尖发颤。

风继续吹。岳母左手死死地抓住地上的泥土，五根指头，像五把锋利的刀刃，扎进大地的肉里。她明显感觉到大地在颤抖和痉挛。而她的右手则紧握着一块石头，石头都快被她捏出水了。也就在刚才，当村支书的干咳声响起时，岳母几次举起手中的石头，试图向那充满霸气和嚣张的声响砸去。那石头棱角分明，仿佛有着千斤重量。若是砸出去，定会使那声响销声匿迹，变成个永久的哑巴。但没想到的是，岳母只要一举起石头，石头的重量就先把她给压垮。后来，她还是拼尽全力将石头扔了出去，朝着干咳响起的方向。这时，富有戏剧性的一幕发生了。岳母怎么也没料到，那块石头自己会转弯。她明明砸的是村支书，可石头砸中的却是走在村支书旁边的道士。其实，道士也没砸中。石头真正砸中的，是道士手里提着的那面铜锣。那声脆响，好似并不是岳母制造的，而是亡者从土里醒过来，用拳头狠狠砸了铜锣一下，埋怨道士手艺没做好。

岳母砸道士也许是对的，要不是道士帮忙，村支书也不会那么顺利地让他这个意外亡故的亲戚长眠九泉。而且，还是葬在岳母家的土地上。按乡村规约，只有本村人死后才能葬在本村的土地上。外乡人的骨殖若想占用本村土地，那就像过去背叛家族之人幻想进入宗氏祠堂一样困难。可在这个人世间，即使再难的事，也有人能化险为夷，如履平地。他们活在阳光下，也活在阴影里，能翻手为云，覆手为雨。他们似一只蛙，水陆两栖；又似一只鹭鸟，在大地上觅食，在苍穹中舞蹈。

我岳母最痛恨这类人，就像她痛恨村支书的小舅子霸占了她的土地。尽管在内心深处，她对这个亡故的年轻人尚存有几分同情和惋惜。此人死时还不到四十岁，据说是一次在县城跟人清洗玻璃外墙时不慎掉下去摔死的。本来，村支书一直对其怀有成见，只因他父母早逝，自幼被姐姐带大。作为姐夫，加之来自老婆的压力，他不得不将其尸体搬回村里安葬。起初，村支书的做法遭到全村人的反对，男女老少义愤填膺。但渐渐地，大家也都睁只眼闭只眼，只在背地里谈谈。一旦见了村支书，又个个满脸堆笑，百般奉承。

最有傲骨的，是村中的道士。当大家都当缩头乌龟的时候，唯有他坚持原则，要求村支书改变主意，别破坏规矩。道士的强硬态度，让村支书骑虎难下。对于其他村民，村支书完全可以置之不理，但对待道士，他不能不引起重视。他能管理活人，却无法管理死人。阳间的事，他说了算；可阴间的事，只能听道士的。离开了道士，他小舅子的尸体只能喂虫子。这就叫魔高一尺，道高一丈。

但道士也是人，是人就有软肋。真正的傲骨是没有的。有人看上去很有傲骨，其实不过是傲气罢了。村支书看穿了这一点，故能如鱼得水，左右逢源。在找道士谈过几次话之后，道士的态度大变，像寒冰遇到烈火，气球碰到钢针，转眼间就化了、泄气了。不但如此，他还转而主动承担起安葬村支书小舅子的法事任务。欲望永远是自己最大的敌人，它比死亡还可怕。一个善于捉妖降鬼的人，就这样最终被他人降伏了。

道士回报村支书恩赐的第一桩事，便是为其小舅子找块风水宝地。他带着罗盘，爬坡上坎，东瞅西望，脸上带着幸福的笑容。他正在做的，仿佛不是替他人寻找归属地，而是为自己建造宫殿。那宫殿金碧辉煌，雕梁画栋，一旦住进去，便可一劳永逸。经过一天时间的奔波，道士终于找到那个宫殿。它就坐落在我岳母的一块菜地里。

我岳母本也是个厚道人，良善朴实，凡事不予计较，在村里有口皆碑。但唯独在这件事上，她毫不让步。她在自家的菜地里劳作了一辈子，她爱那片土地。她在那块土地上迎接过日出，也送走过日落。经过风，见过雨。那块土地，是她的一个梦。她在上面哭过，笑过，沉睡过，奔跑过……现在，有人要占她的地，她死也不答应。她要等到某一天，把自己埋进土里。然后，变成庄稼长出来，重新守着这个村庄，守着那让她既熟悉又陌生的爱恨交织的土地。

农民就是这样，她的爱永远如针眼那般狭小，又永远如海水那般幽深。可如今，村支书和道士的合谋，让我岳母这个老农妇的爱受到了严重伤害。她唯一能做的，也许就是赤手一搏，再干吼几声，掉几滴眼泪。最后，还得让风来把她的眼泪擦干。

我岳母的儿子儿媳倒是深明大义，他们在镇上做小买卖，虽然不再干农活，但也没有脱离土地。照理，自己的母亲受了委屈，他们应该去安慰几句，宽宽她的心。谁知，他们得知此事，回乡劈头盖脸朝母亲一通臭骂。岳母的伤口上，无故又被撒上几把盐，疼痛像毒蛇一样盘踞在她心里。

生存素来是严峻的，谁也没有资格说我岳母的儿子儿媳不孝。对于岳母这个活了大半辈子的人而言，她可以活得不管不顾，刚愎自用。但对于尚还年轻的儿子儿媳来说，他们这辈子还有很长的路要走。他们绝不希望看到自己未来的人生之路上布满荆棘和陷阱、泥潭和乱石。这样说来，我岳母那儿子儿媳的咒骂，貌似也就变得合情合理。

但我岳母这个人，没想到脾气那么倔。她可以忍受别人的欺辱，忍受儿子儿媳的咒骂，可就是无法接受拉下老脸，去向村支书道歉的结局。故当她儿子儿媳提出这个要求时，岳母宁死不屈。无奈之下，她不得不找到我这个女婿帮忙，替她在敬老院找个差事。

一个平凡得像草一样的老人，在本该享受天伦之乐的年龄，就这样以逃离的方式，把自己逼向了孤立和绝境。

敬老院无疑是死亡的边界，在这里，时间是静止的。尽管那一排排看起来温馨的房间，门都敞开着，进出最多的，仿佛只有轮椅和拐杖。而作为房间的主人，他们大多数时间是沉默的。每天早晨，如果天不下雨，阳光便从窗户外面照进来，投射到铁床上躺着的老人们那皱纹密布的脸上，有一种扭曲的沧桑感。精神状态稍好些的老人，会梳理一下头发，眯着眼盯住阳光看。那一束束光线，仿佛贯穿起他们的一生。那稀薄的阳光，会多少照亮他们落寞的晚景。而对于另外那些神志恍惚的老人来说，哪怕再明亮的阳光，也是一匹黑纱，把他们裹得严严实实，像蚕困在自己的茧中。

按规定，每个护工照管五个老人。我岳母接管的五个老人中，有两个是一对老伴，膝下有一儿两女。儿子在政府部门供职；两个女儿，一个是学校的教师，一个自主创业，在城里开了家茶楼。他儿子本想让老人跟着自己过，可老两口跟儿媳妇关系不和，便主动要求到敬老院生活。且他们在敬老院的一切开销，均不花儿女一分钱，用的都是自己的退休金。足够的资金保障，使他们拥有自由生存的权利以及做人的尊严。还有一个老人，条件也比较好，大家叫他黄叔。黄叔的儿子是个包工头，工程做得很大，常年在外游走，很少有时间回来看老人。他解决问题的方式就是钱。他只要一次性把全年的护理费交给敬老院后，就百事大吉，父亲也不再是他的父亲。剩下的两个老人，一个姓余，一个姓张。余大爷没有儿子，只有五个女儿。女儿们都不愿照顾父亲，便商量将老人送往敬老院，护理费一人负责一个月。情况最糟糕的是张婆婆，她是个孤寡老人，由政府送到这里来的。虽然吃穿不愁，最难熬的是举目无亲的凄楚。一个人，当她在这个世界上活到只剩下自己的时候，这个世界对她而言，也就没什么意义了。

岳母到底是把生活的好手，短短的时间，她便适应了这份工作，而且干得一丝不苟，对每个老人都照顾仔细，唯恐出现纰漏，对不住这些桑榆之人。每天，除规定的清洁次数外，她总要多拖一遍地板，尽量让房间通风，把卫生搞好。特别是张婆婆和余大爷的房间，由于他俩都大小便失禁，屋内老是臭烘烘的。岳母刚把尿不湿给他们换上，不多一会儿，裤子上还是会沾满粪便和尿液。遇到这种情况，岳母就耐心地给他们洗衣裤。洗涤衣裤的过程，也是洗涤她自己的过程。她已经深深地融入这群老年人的生活。之前在村里发生的所有不快，早已经烟消云散。我的岳母，一个热爱土地的农妇，已经将她的注意力从关注土地本身，转移到关注土地上的人和生命本身上来。这群老人，打开了她生命的另一扇窗，丰富了她的情感和内心世界。

我每次去敬老院看望岳母，她都要跟我讲那些老人的故事。讲到动情处，她会热泪盈眶；讲到伤心处，她会肝肠寸断。仿佛里面住着的每个老人都是她的亲人，或者是她生命的一部分。我猜想，岳母一定是从那群老年人的身上，体察到自己将来的处境——忧伤与彷徨、困顿与寂寥、疾病与抗争、冷暖与眷恋、痛苦与死亡……

在敬老院里，岳母最羡慕的，是她接管的那对老伴。每天清晨和黄昏，他俩都要手牵手去楼下的花园里散步。老头每次下楼，头发都梳得一丝不苟，偶尔还会戴个帽子，脖子上围条毛巾，看上去，仪表堂堂，很儒雅，酷似一个旧时代的知识分子。老太婆也很讲究，衣服纽扣从来都扣得整整齐齐。下楼之前，还要对着穿衣镜照了又照，好像他们不是去散步，而是去赴一个朋友的宴会。

花园里栽种了许多花草，每逢花开时节，香气扑鼻。尤其是那几株月月红和水仙花，开得煞是艳丽。老两口大概都是爱花之人，他们在花朵前流连忘返。叙旧，谈笑，回想年轻时的事情。远远看去，就像一对情侣，在品尝属于他们的爱情。岳母说，这对老伴是让她最省心的两个人。他们从来都把自己的生活过得井井有条。被子叠得方方正正，餐具摆放得整整齐齐，衣服洗得干干净净。岳母唯一要做的，是每晚去查两次房。有一次深夜查房时，岳母瞧见老头子正在给熟睡中的老伴盖被子，俨然一个老父亲，在照顾自己的孩子。

与这对老伴形成鲜明反差的，是黄叔。自从岳母到敬老院工作后，从来就没看见他儿子来过。时间长了，大家都忘记他还有个儿子。黄叔唯一的嗜好，是酒和烟。敬老院禁止饮酒，他就偷着喝。有一次，他喝醉了，趴在房间地板上破口大骂。主要是骂自己，从少年时一直骂到中年，又从中年时骂到老年。他试图借助酒精的力量，要对自己做一次釜底抽薪似的清算。那晚，可把岳母吓坏了。为此，岳母还被院领导扣了工钱。从那以后，岳母便将黄叔盯得很紧。

没了酒喝，黄叔就使劲抽烟，每天两包或三包。只要一走进他的屋子，里面像刚刚发生火灾，烟雾弥漫，呛得人流泪。可黄叔喜欢这种被烟雾包围的感觉。抽烟可以让他忘记自己，忘掉活着的悲伤。岳母经常看见他一个人站在走廊尽头，嘴上叼支烟，目光望着远处，像在盼望着什么。直到烟蒂快烧着他的手指了，他都没回过神来。

余大爷可以说是五个人中最幸运的一个，又是最不幸的一个。说他幸运，是指他那几个女儿隔三岔五地跑来看他，每次来，都不忘提点水果或饼干之类的东西。这让诸如黄叔那样的老人羡慕不已。只要余大爷的女儿一到，敬老院保证热闹非凡。她女儿喊爸的声音，以及嘘寒问暖的关怀之声，整幢楼的人都能听见。这时，黄叔准会从房间里走出来，朝余大爷的房门张望。尽管他对这一夸张的声音早已心生厌倦，可依旧喜欢瞅这貌似其乐融融的亲情画面。只是，不知道余大爷自己能否真正感受得到那份亲情的存在。

说他不幸，是指余大爷的女儿每次来看望他之后，都会发生口角纠纷。纠纷的核心,无一例外都牵涉钱。原来,他们全都怀疑余大爷藏有私房钱。理由是余大爷未住进敬老院之前,他的三女儿一次在家为父亲擦洗身子时,发现他在腰杆上用绳子拴着个布袋,里面装有两万块钱。此消息一出,余大爷的几个女儿就像蜜蜂一样,整天围着他转。而且,她们料定,老头子一定还藏有现金。个个都想套他的话,试图使其说出藏钱的地方。可余大爷自此恍恍惚惚,闭口不语,只睁大眼睛,看着这几个自己含辛茹苦养大的孩子,像看着另一个陌生的自己。

如此看来,还是张婆婆每天高枕无忧。她饿了吃,吃了睡。没有谁想到来看她,她也不想见任何人。有时,即使岳母前去叫她换衣,她也爱理不理。仿佛她压根不是躺在床上,而是睡在时间的长河里。哪怕死,都伤害不到她。

岳母的讲述,让我有恍若隔世之叹。她的讲述呈现给我的,不仅是一个个老人的故事,而是一颗颗活着的悲怆灵魂。

也正是因了岳母的讲述,我每次看望她后,都习惯性地围着敬老院走一圈。我还想看看那些岳母没有讲到的老人们的状态。在这座青瓦灰墙的楼房里,总共住着一百多个老人。他们虽然来自四面八方,来自不同的家庭和环境,却最终都走到同一条生命轨迹上来。这是巧合,还是宿命?是现实,还是梦境?

我仿佛看到一座流动的房间,房间里关着的,不是一个个血肉之躯，而是一道由生和死构成的巨大的时光深渊。

我原以为，岳母见惯老人们的喜怒哀乐、冷暖甘苦之后，可以就此消泯内心深处隐藏的恨。但哪知道，那恨就像一颗定时炸弹，埋伏在她的心房里，随时都有引爆的可能。其实，我应该预料到，这颗恨的种子，早已经生根发芽。因为，我曾听岳母跟我说，她在敬老院经常做梦，梦见自己蹲在菜地里收获萝卜和大豆、高粱和红薯，梦见有人抢她的地，还梦见儿子儿媳指着鼻子在骂她。每次醒来，她都虚惊一场，背脊上冷汗直冒。

真正使岳母恨意重生，是在她到敬老院工作半年之后。那时，张婆婆刚刚去世不久。这个睥睨死神的老人，在与死神交战无数个回合之后，终于筋疲力尽，衰竭而亡。她以死的方式战胜了死，抵达恒久的漫漫长夜。因无后人，张婆婆的出殡显得有些草率。没有祭幛和花圈，没有锣声和鼓声。在院方人员的见证下，几个护工用毯子将其兜住，轻轻一抬，就将她那轻飘飘的躯体送上了殡葬车。殡车开走之后，才有两个胆小的护工流下几滴慈悲的眼泪，为其送行。

送走张婆婆的第二天，敬老院就恢复了常态。在这里，死亡如同吃饭、睡觉般正常。最开始，护工们见到有人老去，还会议论纷纷。见多了，也就麻木了，甚至连谈论的兴趣都没有了。正如一个闯荡江湖之人，看惯了刀光剑影；一个落魄不羁之人，经多了冷月秋风。

我岳母是个心细如发之人，张婆婆离去后，她总觉得老太太还在。每次走进那个虚空的房间，她都会产生幻觉，好似看到张婆婆还躺在床上，与时间斗争，没有丝毫和解的意思。然而，一周时间不到，另一个新来的老人就住进张婆婆曾睡过的房间，开始了另一场更为复杂的斗争。这个老人就是前面提到的道士，那个曾接受村支书恩惠并最终使得岳母的命运发生改变的道士。我岳母一见到他，即怒火中烧，仇恨的火苗瞬间被点燃。那一刻，岳母的记忆又回到一年前那个凄风苦雨的下午。风在天边呼啸，大雨将至未至，唢呐声搅得她心烦，手中抓住的石头，是她唯一的救命稻草……

那一刻，岳母的拳头重又拽紧，仿佛那颗被掷出去的石头，又飞回到她的手中。道士见到岳母后，更是惊慌失措。尽管中风使他的左半边脸已经僵硬，但仍可从他的右半边脸上看出抽搐的动静。好在，他们彼此都心照不宣。道士或许在想，这里是敬老院，谅你也不敢对我怎样。而我的岳母也在心里盘算，报应啊，你个老东西也有今天。

佛教里有业障之说，而我的岳母和道士之间，好像生来就彼此是彼此的业障。在敬老院这个物质和隐喻的"六道轮回"

里，他们在彼此博弈，彼此阻止对方消除业障，抵达"人道"。岳母无疑很兴奋，在"服侍"道士的过程中，她心中淤积已久的仇恨终于得以发泄，如决堤之水，滔滔不绝。洗衣时，她故意不洗干净；送饭时，她故意在碗里撒上盐。总之，岳母想尽各种办法，欲让道士备受折磨之苦。道士知道岳母存心报复他，敢怒不敢言。如今，他已是病残之躯，人为刀俎，他为鱼肉，若公然反抗，他担心会遭到岳母更为严厉的报复。

道士感到几分恐惧，又似有几分忏悔。他也曾是乡里一个风光体面人物。自他十七岁那年，跟着师父传承道业以来，便受到村民尊敬。他曾把村里一些德高望重的老人送往西方极乐世界，也曾把个别意外夭折的生命归还给大地怀抱。他见证过村庄的荣辱兴衰，一辈子都在跟死亡打交道，却无法参透活人之谜。道士共生有一男一女，这在乡村，算得上是福禄双全。但他命运多舛，福禄皆薄。女儿本来嫁了个好人家，却不幸死于难产。剩下唯一的儿子，也在前几年被病魔夺去生命。白发人送黑发人，向来是人世间最为悲痛之事。可就是这种悲痛，却相继在道士身上上演了两次。他的老伴不堪重负，气得疯疯癫癫，每天啥事都做不了，只知道坐在村头的槐树底下，呼喊儿子的名字。就在他决定来敬老院的前两个月，他老伴去镇上赶集，再也没有回来。道士拄着拐棍去镇上找过，无任何下落。回去后,他坐在院子里左思右想,觉得自己罪孽深重。他埋葬过无数人,最终也把自己的亲人一个个给埋葬了。有人说,道士落得如此惨景,皆源于他接触死人太多,被阴魂所困。道士不信这种说法。他说,人死如灯灭,哪有魂。人死了,就啥都没有了。话虽这么说,但道士还是在一个月黑风高的夜晚挖个坑,将伴随自己一生的道袍、令牌、锣鼓等法器,偷偷地悉数给埋了。埋完后,他还念了三天的经,又躺在床上痛哭一场。哭着哭着,就睡着了。醒来,竟发现自己的嘴巴歪了,左半边身子也失去知觉。好在,他埋了一辈子的人,积攒了几万块钱。他不想把这些钱带到阴曹地府去用,于是来到敬老院。可谁知,他到来后,却遇上我岳母这个克星。

道士毕竟是道士,他虽然没了法器,道行却依然在。他觉察到我岳母不会轻易放过他,表面上不动声色,背地里却大肆宣扬我岳母虐待老人。很快,此事传到院领导耳朵里,院方正式找岳母谈话,并警告她,若再不改正,就辞职走人。

来自院方的压力使岳母心情郁闷。那段时间,她的这一复仇心理还殃及其他老人。她对黄叔和余大爷的态度也很不好。若是遇到余大爷的女儿们来轮番吵闹,她也会发脾气,言语里满是抱怨,抱怨这个世道不公,抱怨自己时运不济。而且,她对那相敬如宾的老两口,也不再心生感动。每当他们去楼下花园散步时,岳母就会觉得他们是在演戏，简直是在预习死亡。一切美好的东西，在她眼中，都如水中月、镜中花。留存在她心里的，只有虚空，以及比虚空更大的幻灭感。

尤其是一天凌晨，当黄叔也在她的眼皮底下死去后，这种幻灭感更像个逐渐胀大的气球，充塞岳母的胸腔。黄叔跟张婆婆一样，死时都无人送终。但死后的结果却霄壤之别，张婆婆上路时悄无声息，黄叔上路时却热闹异常。他儿子一接到噩耗，火速从外地赶回来。一到敬老院，不问青红皂白先对院领导一通斥责，继而骂我岳母没有照顾好老人。然后，随即请来一个响器班子，在敬老院里就吹打开。那阵仗，那架势，仿佛要把死去的父亲震还阳。有钱人就是逍遥，想法也大胆。若不是有人劝阻，他竟要掏出真钱来充当买路钱，一路挥洒。可唯有黄叔置身事外，任何的热闹和喧腾都与他无关了。

我岳母站在敬老院楼上，看着黄叔被他儿子雇来的人簇拥着，哭哭啼啼地越走越远，心里浮起一股难言的酸楚。她又想到张婆婆，那个先黄叔而去的老人。虽然她在离开这个世界的时候，没有享受过如黄叔那样隆重的葬礼，但他们到底可以在另一个世界里相聚了。在那个永恒的世界里，他们根本不需要那么大的排场。他们带走的，是人活一辈子都未必能参悟透彻的东西。

人活一辈子都未必能参悟透彻的东西，到底是些什么呢？我每次走进敬老院，都会引发无限的联想。特别是当我洞悉岳母的内心世界，以及熟知敬老院里老人们的生存故事之后，这种联想和追问变得尤为强烈。后来，我隐约觉察到，那些让人参悟不透的东西，或许都有这样一些：大地上的阳光、空气和水分，一朵花盛开和凋谢时的秘密，冬天失踪的鸟和下坠的雪花，太阳底下被阴影掩盖的部分，藏在身体里的寒冷和温暖，一个人皱纹里的记忆，唢呐和锣鼓声中的颂歌，两个老人的一次牵手，一个道士的罪与罚，张婆婆和黄叔临终前的眼神，余大爷女儿们的白天和黑夜，我岳母的爱与恨……这一切，构成人的巨大困惑。它们像蛛网一样，纠缠着活着的每个人。不同的是，有一部分人挣扎着从网里面走出来，自己拯救了自己；而更多的人，则永远困在网中央，执迷不悟，越陷越深，直至筋疲力尽。

值得庆幸的是，我岳母最终从那张网里走了出来，成为那少部分人中的一个。至于是什么原因促使她放下心中的屠刀，我不得而知。或许是那些老人们的生老病死，改变了她对待生命的态度；又或者是仇恨本身，让她领悟到爱的奥义。当然，也可能什么原因也没有，她突然就这样了。像一棵树，长着长着，就褪去了浮华和沧桑，成为鸟儿们歌唱的绿荫；像一条河，流着流着，就涤净了混浊和清浅，成为鱼儿们欢乐的海洋。这一转变最直接的体现，是她对待道士的态度。她不再像过去那样，处处刁难人，处心积虑给道士苦果子吃，而是百般照顾，细心呵护。岳母的突然转变，让道士很不放心。他不知道岳母唱的哪出戏，葫芦里卖的什么药。因此，他时刻提防岳母，睡觉都睁着眼睛，唯恐岳母在背后给他来上温柔一刀。就像一个长期被侮辱、歧视的人，突然获得别人的尊重，他反而会失去自我，而活在一种心惊胆战的不安之中。

我岳母见道士心存芥蒂，不知如何是好。她怨恨他的时候，道士防她；她同情他的时候，道士也防她。爱和恨都是一道难题。我不由得想起陪岳母去敬老院报到那天，那个跑出来拽着我衣袖大骂的银发老人。我想，有一天，道士会不会落得跟那个老人一样的下场。恨或者爱，都能使人发疯。岳母说："道士可怜啊，埋了一辈子的人，到头来，却无法安葬他自己。"

岳母是明智的，她知道只有自己离开敬老院，道士才能彻底心安。况且，出来打工一年多，她也累了，想回家去。她不想自己今后变成敬老院里的任何一个老人。在我的精心安排和劝慰下，岳母的儿子儿媳也原谅了她，同意接她回家共同生活。到底是血浓于水，岳母收拾东西离院那天，她儿子儿媳都来了，我们一起把她接回家。

走出敬老院大门时,那对相濡以沫的老两口,竟然手挽手,拄着拐棍来送她。两张皱纹纵深的脸,憨态可掬,慈祥中透出宁静。那一刻,岳母泪如雨下。我背转身,抬头看天,天上云淡风轻。秋深了,几只南归的大雁,重又飞回久违的故乡。

## 谁为失去故土的人安魂

初秋的傍晚,晚霞似农妇身上穿褪色的红薄衫,被风刮到了天边。几只鸟雀在田野上空滑翔,仿佛几个迷路的孩子,徘徊在漫长的回家路上。不远处的村落里,草房顶上冒出的炊烟柔软而洁白,像一挂被风提拽着游走的丝线,在苍穹这块幽蓝的大幕布上,绣出各种漂亮的图案。那是天然的"民间工艺品",带着泥土的气息和干柴的味道。

地里干活的人,都陆续回家去了。大地顿时变得空旷起来。只有我和奶奶,沿着杂草蔽膝的田间小路,慢慢地走着、观察着。我希望能赶在日落之前,陪她找到一块令其满意的"风水宝地"。作为她唯一的孙子,我有义务帮她完成这个心愿。

早在几年前,奶奶身子骨还硬朗的时候,她就开始在为自己的归宿地大费周章。她曾叫我父亲陪她去山坡上的向阳处选块地方，被父亲拒绝了。那时，父亲正年富力强，有太多的事情等着他去做。父亲认为奶奶身体健康，却成天担心身后的事，纯粹是无聊。可奶奶并不这么看，她说父亲根本不了解她，不了解她内心的想法和衰老的过程。她是大地上一棵孤独的树，一条干涸的河流，寒冷地带经年不化的雪，从金秋过渡到隆冬的庄稼。我每次从城市回到乡下，奶奶都要向我倾诉她的苦恼和委屈。看到骨瘦如柴和饱经沧桑的她，我无法做到内心平静如水。我知道，这个老人是我生命的源头，我不能伤害她。遵照她的意愿，我陪她在那些熟悉的阡陌间穿行，一如散步在记忆的旷野。我回多少次家，我们的脚印就会在土路上出现多少次。遗憾的是，奶奶的寻找每次都是徒劳。长久以来，她都没有找到一块让她放心的土地。

我每回陪奶奶寻找墓地，她都要跟我讲述那些正在消失的事物，满脸的忧伤和怜惜。讲到动情处，她常常眼含泪水。没有什么事能比一个风烛残年的老人，在面对千疮百孔的故乡时流下的泪珠，让我更生恻隐之心。

近些年来，我目睹了故乡的沉沦。原本热热闹闹的一个村庄，如今到处是破败的房屋。荒草像入侵的敌军霸占良田，少有人迹的石板路上铺满青苔。即使在白天，整个村子也是死一般沉寂。要不是几只黄狗偶尔在村中窜来窜去，你会怀疑这里是否还有人烟。

除狗之外,最常见的,唯有留守老人们那衰弱的面孔。他们像一张张飘零的枯叶,在黄昏暗淡的光线笼罩下,怀想曾经绿意盎然的季节。

天气晴好的日子,他们会蹲在村头池塘边晒太阳。伛偻的身影倒映在水中,仿佛记忆或梦境里的人物。时间漂白了他们的年轮,光阴把深藏在他们心底的秘密盗走,却把寂寞留给他们。这些老人憨厚、质朴,像沉默的土地,承受着时令馈赠的风霜和雨雪。只是他们的身体都靠得那么近,想借助彼此微弱的力量来支撑点什么。即使在阳光的照耀下,他们也感到寒冷。谈话或许是他们抵御寒冷的最好方式。他们谈春雷和冬雪、谈往事和未来、谈活着的人,也谈死去的人。末了,自然不忘谈在外打工的儿女——那一群群在城市里迁徙、流浪的候鸟。日月轮转,春秋更迭,他们有些年头没在一起团聚了。年轻的人都在外忙着挣钱,年老的人就只有在家等死。无数的父子和母子,就这样在各自的求生路上阴阳暌违,留下永久的遗憾和悔恨。

村里有个姓王的大爷,七十八岁,老伴早逝,儿子长年在深圳打工,饮食起居全靠自己解决。每天天刚亮,他就扛把锄头上坡干活;直到夕阳西斜,才收工回家。回家后,热点冷饭吃后便躺在床上睡去。有好几次,我从他家路过,发现他吃的剩饭都已经饿了。遇到天下雨,他就一个人拄根木棍,戴个草帽,站在通往村外的那条山路上向远方眺望。没有人知道他在望什么。自从他儿子离开家那天起,眺望就成为他的生活习惯。直到有一天,王大爷在山路上行走时旧病复发,从路旁的土坎滚下去,永别了人世。好心的乡人们干脆就把他埋在那条山路旁。安葬他那天,雨下得特别大。水流把他坟上新垒的泥土都冲垮了。帮忙培土的人怕雨水淋着老人,就把他平时戴过的那顶草帽放在他的坟头,替他遮雨,也算是对这个以生命完成守望的老人的尊重。

王大爷的死对我奶奶的打击很大。她说:"我要到了那一天,希望不会死得像王老头那么不体面。"

奶奶说得对,死亡也需要尊严。

我奶奶今年八十岁,一个人住在山间破旧的瓦房里。历经岁月洗涤,屋檐早已坍塌。房顶挂满蛛网,墙壁上爬满霉斑。仿佛只要躺在床上的奶奶一声咳嗽,房子就会摇摇欲坠。自从我爷爷离世后,奶奶一直独立生活。父母担心她的身体,曾强行让她搬来新建的房子一起过,她死活不愿意。父母拗不过她,也只好随其心愿。每个月,父母都将柴米油盐给她准备好。遇到吃肉,就铲一碗给她端去。二〇一一年冬天,一场罕见的狂风将奶奶的房顶掀掉半边。父母再次请求她搬出老屋,一起生活。可奶奶态度强硬，依然要求留在老屋。父亲与她争吵之后，不得不请人买来石棉瓦，重新将奶奶的屋顶修缮。奶奶说："我在这间屋里住了大半辈子，舍不得走。我老头是在这间屋子里走的，我也要把自己留在这间屋里。"

对奶奶而言，衰老本身或许并不可怕。真正可怕的，是那种伴随衰老而来的空虚和落寞。这间衰败的屋子，浓缩了她太多的人生记忆。她熟悉这间屋子里的气息，熟悉爷爷遗留在屋子里的歌哭和悲欢。这间屋子，是奶奶在这个世界上最重要的生存凭证之一。离开这间房，她的灵魂将无所皈依。一个老人活到最后，必须抓住一点什么，才能使其晚年生活不至那么恐惧和苍白。

奶奶是要做一个乡村最后的守望者。

也不只是奶奶，在乡下，坚守土地的人历来存在，只是守望的方式不同罢了。

我们村里的赵婆婆，老伴两年前去世。她唯一的儿子，三十多岁还没讨到老婆。眼看村中比自己岁数小的青年早已成家，他整天忧心如焚，责怪赵婆婆没能耐，不能给他一个相对宽裕的家庭。赵婆婆面对儿子的责骂，心如刀绞，眼泪都哭干了。她曾四处托媒人为儿子提亲，结果总是无功而返。儿子一气之下不辞而别，跑去福建打工。一年过后，赵婆婆的儿子传回消息，说自己已经在外安家，讨了个本地妹子做妻子，妻子已经怀孕，怕是不能回来看她了,望赵婆婆自己多保重。赵婆婆闻讯,悲喜交加。

但不管怎么说,多年来压在赵婆婆心上的大石头到底落了地。那段时间,她的脸上露出少有的平静和淡然。一次,赵婆婆来找我奶奶聊天,紧紧拉着奶奶的手说:"老姐姐,这辈子,我总算可以闭眼了。"说完,浑浊的泪水从她沟壑纵横的脸颊上滑落。

二〇〇九年秋天刚完,初冬的天气已有一丝微寒。蒙蒙细雨落在暗绿的树叶上,发出轻微的声响。赵婆婆冒着细雨,在她的屋前房后转悠。目光始终盯着那几株高大、笔直的楠树。那几棵楠树,是她刚生儿子那会儿栽种的。几十年过去,自己老了,儿子大了,树也长高了。其中两棵树的浓荫里,各藏着一个鸟巢。那些鸟年年都来树上打情骂俏,传宗接代。它们认识赵婆婆,赵婆婆也认识它们。唯有树沉默不语,它们同时见证过人和动物的哀愁。

这些树,赵婆婆原本是要留着给自己打制寿材,可现在她的想法变了。在这个充满肃杀气息的冬季里,她将这几棵在风雨中日夜陪伴她的大树,以三千五百元钱的价格,全部卖给镇上一家木料加工厂。

卖掉树后的第二天,赵婆婆把钱一分不剩地汇给远在福建的儿子。

冬天将尽,眼看下一个春天已经梳妆完毕,正要蹁跹地来到人间的时候，村里人在一棵楠树兜旁，发现了赵婆婆的尸体。赵婆婆平躺在地上，走得很安详。她特意给自己换上一身干净的衣裳，衣服上落着几片被风刮来的楠树叶子。

守望是要付出代价的。

每天清晨，村人们最重要的事情，是挑着桶去村头唯一一个地势低洼的水坑里取水。我奶奶自然也在取水队伍之列。父母让奶奶别去取水，由他们给她取回来，可奶奶执意要去。她说："我就是要看看村里的水到底是怎么没的。"奶奶挑不起两桶水，就找来一个装过酒的大塑料壶，用麻绳搓两根背带，一壶壶把水背回来。

自二〇〇六年大旱以来，重庆下属的大部分区县至今缺水。我们所处的村庄，海拔高，住户多在半山腰上。故缺水尤为严重。曾经水量充沛的稻田，几年都没开过镰。田里龟裂的缝隙，像一些流干血液的伤口，撕扯着大地的皮肉。昔日金灿灿的稻谷不见了，夏夜聒噪的蛙声销声匿迹。靠天吃饭的农民们，无不望天兴叹。叹息过后，只好扛着锄头，去旱地里种点麦子和高粱等耐旱的农作物，作为维持活命的口粮。

村中原本有一口池塘，因干旱太久，根本蓄不满水。所蓄的少量水源，长期浑浊不堪，水面浮满残渣，人是不能饮用的，只能满足牲畜使用。为尽量节约用水，村里人洗衣和洗澡，都用池塘里的脏水，致使村里大多数人都患有皮肤病。

能供人饮用的那个水坑，水量也极其有限。从地底浸出的山水本来就小，全村近二十户人家都指望这个水坑。去得早的人，尚可取到清亮的水。跑到最后的人，就只能挑到两桶带着泥浆的黄水。因此，天还未亮，各家各户的人就打着手电筒去水坑舀水。那情形，好似一群做贼的人在盗取自然界的宝藏。

二〇一〇年夏，我曾专程回乡，就当地村民的饮水问题写过一篇调查报告，将情况如实向当地政府部门反映。政府也曾派人前来实地调研过，但问题始终未得到妥善解决。后来，我又多次鼓动村干部向上边反映情况，仍无济于事。

我深深地为生活在底层的老百姓感到难过！

雨季是乡村的另一种灾难。

西南山区，多属丘陵地带，气候变化大。每年夏季，都会遭遇洪涝灾害。密集、汹涌的暴雨，像疯狂的子弹，铺天盖地射下来，冲击着干渴已久的地表。树木被风雨折断，甚至连根拔起。村中不断有土崖塌方，随处可见滑坡的山体和泥石流。那些巨石和泥层从山上垮下，捣毁农作物不说，怕的是砸毁房屋，造成人员伤亡。

奶奶住的那间老房子，背后即是一面山体。一到雨季，我们全家人的心都揪紧了。雨水常常在夜间下，让人来不及防范。噼噼啪啪的雨水像无数头小野兽，直朝屋顶的瓦上撞击。奶奶本就残破的房子，仿佛开了天窗。冰凉的流水顺洞而下，不大一会儿，地面就湿透，水能淹没脚踝。整座房子，犹如一艘浮在河面被风雨吹打得漏水的破船。屋外电闪雷鸣，好似战场上冲锋陷阵的敌人，已经攻破城池，正向着主营摇旗呐喊而来。每当这时，父母就会冲进屋来，把奶奶救出"营垒"，背去他们的石头房子避难，尽管父母住的石头房屋并不比奶奶住的老房子牢固多少。

我的奶奶毕竟是幸运的，在危难之际，她有个儿子在身边可以依靠。村里更多的老人，他们举目无亲，孤身一人，没有人在乎他们的死活。近几年来，我们村里先后有五名老人在雨季丧生。其中，两名被洪水卷走，两名被山体滑坡埋葬，一名被躲在家里避灾的毒蛇咬伤而中毒身亡。

我的村人们，就这样在旱灾和水灾的双重煎熬中顽强地活着。大地也在这种水与火的炼狱中被蹂躏得疲惫不堪。

故土，已先于我的奶奶衰老。


寒来暑往，秋尽春归。奶奶依旧拖着她那老迈的身躯，游走在故乡的山水间，寻找能让她的灵魂获得安宁的地方。每寻找一次，她的惶恐和焦虑就会加重。有时候，她还会去王大爷和赵婆婆的坟头转转。向先她而去的人，说说内心的苦闷和彷徨。也顺便问问他们：不知道那边有没有故乡，如果有，会不会跟这边的一样？

奶奶希望她在活着时失去一个故乡，死后能够找回一个天堂。这是一个丧失了故土的不幸之人的心愿。

谁来为这些不幸的人安魂？

## 枕着夕阳西沉

我不知道，伯父在那个夕阳晕染的秋日黄昏，到底看到些什么。

据说人在临终一刻，会产生幻觉。幻觉是一面魔镜，借助它，便可穿越时光隧道，跨越阴阳两界，既能看到天堂里的光亮，也能窥到地狱里的幽深。也是在那一刻，时间凝固成永恒。所有的悲喜苦乐，爱恨情仇皆如烟涣散。剩下的，唯有肉躯。灵魂逃逸了，记忆瓦解了，现实凋零了。一切生长的和埋葬的，都在悄然死去。

我站在伯父身旁，感到一种莫名的忧伤。已经两天时间了，他滴水未进。时而昏迷，时而清醒。整个人瘦得脱形，两条胳膊酷似干柴。有人喊他，就动动嘴唇，没人喊他，就那么安静地躺着。他在慢慢地遗忘自己，遗忘这个世界。夕阳像一幅尘封多年的油画，铺展在天边。风一吹，画布上的颜料就掉一层。颜料掉一层，我伯父就离死亡近一步。我想阻止风的吹刮，赶紧将堂屋的门掩上一扇。但秋风委实冷酷无情，它不但将我掩上的门瞬间推开，还把挂在院坝树丫上伯父的衣裤吹落。我母亲说，这恐怕是个不祥之兆。父亲瞥她一眼，目光流露出惶恐。我知道，他无法接受即将失去哥哥这个事实。都说长兄如父，自我爷爷去世后，父亲一直与伯父共御苦难，相互勉励对方活下去。至少在情感和精神层面，父亲对伯父有一种依赖。故自从伯父生病卧床以来，都是父亲给伯父拿药、输水。他试图使出自己这个乡村医生的浑身解数，把伯父医治好。父亲说，他就这么一个哥哥，如果都不能挽救他的性命，他将没法向九泉之下的爷爷交代。

每隔半个小时，父亲都要为伯父测体温，查看瞳孔。他努力地想向伯父体内输送维生素，但针头实在无法插进血管。父亲反复试过几次，都没能成功。要是遇到别的病人，父亲早就劝其家属放弃治疗了。可对待伯父，父亲始终不甘心。他不相信伯父已经病入膏肓，更不相信伯父的病已经超过自己的医治能力。我怕父亲感情失控，极力劝他顺承天意。父亲看看我，眼角流出了泪水。

看到父亲掉泪，我也难抑悲伤。在乡村，像我伯父这样的人太多了。遇到身体出了问题，从来都是采取强忍和拖延的办法。他们要么没钱去医院看病，要么舍不得花钱去医院看病。哪怕病魔在体内产生裂变，将人撂倒，他们也甘愿躺在木床上，跟死神周旋，梦想着奇迹发生。有的人拖着拖着，病竟然真的好转，而有的人却越拖越严重，不多久就去见了阎王。农民都相信命，若拖好了，他们会认为自己命大，上天眷顾和怜悯他们。反之，则认为自己命薄，即使花钱医治，最终也是死路一条，人财两空。

这便是农村人的生活观。你可以骂他们见识短浅，愚昧无知。这都没有关系。因为你毕竟不是农民，你体会不到农民生存的痛楚和艰辛。也许有人会问，难道城市人就没有痛苦和艰辛？的确，是人都会遭受痛苦和磨难。但由于农村受条件的限制，文化、教育、医疗等不平等造成的差距，那些城市人所遭受的生存隐痛，若放在农村人身上，往往是要加倍的。也许，对城市人来说，不过是一些小创伤、小打击、小艰难的问题，但对农村人来说，就是一场灭顶之灾。

这注定是一个秋风萧瑟的黄昏，一个死寂难熬的黄昏。要不是落日的余晖多少给这个农家小院增添一抹亮色，我会怀疑自己是坐守在记忆或幻觉里。我记不清，自己多久没有回到这座小院了。要是平时没特别的事，我一年顶多也只在重要节气才匆匆回来看看。我离开自己的出生地太久，要不是伯父病危，我恐怕在短时间内还不会与它重逢。记得在我回家之前，父亲语气严肃地在电话里对我说：你伯父怕不行了，你必须回来，再忙都得回来。你不能学他那两个儿子，良心都被狗吃了。我知道父亲说话的分量，我不能违抗他，尤其在对待伯父的事情上。在这里，我不想回忆伯父对我的恩情和厚待，更不想追忆他对我人生的重大意义。很多事情，都无法用语言表达。你只能铭记，只能感恩。即使父亲不说，我也会回去。我欠伯父的太多了，欠我们这个家族的太多了。我不想给自己留下任何遗憾。

我坐在堂屋门口，让风使劲地吹我。既然门板不能替伯父挡住风，我希望自己来替他挡住。我看见风吹在挂满蛛网的土墙上，吹在房顶的残瓦和落叶上，吹在院坝周围的衰草上，也吹在我的孤独和落寞上。我正在目睹家族之树的枯朽——树上的落叶正在一片片凋零，树的根须正在失去水分。瞬间，我感觉到疼痛——绝望的疼痛。想哭，却没有泪。

母亲和伯娘在灶房烧水来替伯父擦洗身体，她们在为一场即将来临的死亡做准备。她们要让伯父干净地上路。烧水用的柴块是伯父生病前从山上砍回来的，里面藏满太阳的光辉。这些干柴，伯父本来是要储备到过年时才烧。现在，它们被提前投放到灶间，以燃烧的方式为死亡舞蹈。那每一块干柴，都似我伯父的一根肋骨。干柴在烈火中化为灰烬，我伯父的肋骨也随之化为灰烬。灰烬最后变成烟雾，从烟囱里飘散出来，在小院顶上盘旋。风把烟雾吹散，烟雾又很快聚合拢来。我总觉得，那烟雾一定是伯父的灵魂在打旋。他大概是舍不得这座住了一辈子的院落，舍不得院落里的牲畜和农具，舍不得院落里的花草和果树，舍不得落进院落里的春雨和照进院落中的秋阳……

伯娘边烧火边跟我母亲讲她和伯父的往事，讲得平静如水，泪眼婆娑，又荡气回肠，爱恨交加。她始终没有忘记几十年前那个早春的上午，她不顾家人的反对，独自背着一个帆布包穿村越庄跑到我们家来的情景。她说那个春天的阳光很好，路两边的草芽都冒出了头。麻雀在树林子里蹦跳，蝴蝶在盛开的野花上展翅翩跹。她一路走着，口渴难受。但她忍着，她不能回头，她已经奔逃在自己的命运之途上。她说她自从见到我伯父那天起，就下定决心要嫁给他。我伯娘是个有主见的倔强女人，那天上午，她心乱如麻，她不知道我伯父会不会接纳她。当她气喘吁吁走到我们家时，我伯父正蹲在磨刀石前磨刀。伯娘的出现，让伯父惊诧不已。刀锋竟把他的手指划开一条口，鲜血滴在磨刀石上，像岁月落在上面的一颗朱砂。伯父站起身，饱含热泪地取下伯娘肩上的帆布包，领她进屋喝水，还用开水泡了一碗冷饭给她吃。伯娘说，那天下午，我伯父啥活儿都没干，就那么坐在堂屋里，默默地看着她，把她的脸看得火辣火燎。伯父一句话都不说，只知道抽烟。烟蒂丢了一地，像一颗颗受潮的子弹。可就是那受潮的子弹，却每一颗都击中伯父的心,也击中伯娘的心。入夜,在我们全家人的欢庆声中,伯娘终于不再羞涩,帮着奶奶做晚饭。而我伯父也不再沉默寡言,吃饭时跟我父亲一杯接一杯地喝酒。爷爷怕伯父喝高,耽误正事,不停地呵斥他少喝点。但伯父还是喝多了,躺在床上说梦话。讲到这里,伯娘哭出声来。她说自己听了伯父一辈子梦话,今后要是没了他,叫她如何睡得着觉。

我伯父今年六十七岁,比我父亲大六岁。父亲在听过伯娘的讲述后,心情比刚才沉重许多。他坐在我对面,一支接一支地抽烟。这是他们兄弟俩的一个共同特点,凡遇到大事,都以抽烟来缓解紧张的心情。我叫父亲少抽点,他不听。咳嗽像轰炸机一样在他咽喉响起,把他夹烟的手震得微微颤抖。或许,也只有抽烟,才能使他脱离片刻现实。

锅里的水已经烧热,伯娘用脸盆装上水,端到伯父跟前。我起身要去帮忙,被伯娘制止。她想亲手给伯父擦洗身子。作为妻子,她希望丈夫在临终一刻,完全属于她个人。她不要任何人碰伯父。她担心我们的没轻没重,会将伯父的灵魂揉碎。我理解伯娘,也尊重伯娘。我重新坐下,只静静地看着她和伯父。像童年我坐在田坎上,看着他们在田里劳作时一样。伯娘的确懂伯父,她用毛巾轻轻地在伯父的身上擦洗。她知道伯父哪个地方疼,哪个地方有伤。她的手会绕过那些疼痛和有伤的地方,尽量不去触碰。伯娘明白，伯父以前也是这么细心地对待她。

事实也是如此。自伯娘跟随伯父那天起，伯父一直对其厚待有加。他不能辜负这个敢与家人决绝，跑来死心塌地跟着自己过日子的女人。那个年代，我们家可谓一贫如洗。伯娘发誓要与伯父共建美好家园，每日天不亮就上坡干活，她的头发总是挂着晨雾。中午也不回家吃饭，带几个馒头和一壶水，坐在草地上，头顶烈日几口就咽下肚。直到太阳偏西，夜幕降临，她才筋疲力尽地朝家的方向走。伯父心疼伯娘，重活累活都抢着干。夜晚回到家里，他还给她捶背，给她揉脚。尤其是冬天，伯娘的耳朵和双手都长满冻疮。伯父在每次上坡干活前，都要焐好一烘笼红炭，等伯娘回来后取暖。每年岁末，伯父经济再拮据，都不忘偷偷地去镇上找裁缝替伯娘制一套新衣裳。他是在以一颗感恩的心善待自己的老婆。乡邻们从来没有见过这么浪漫的夫妻，先是嘲笑他们假装城里人，喜欢幻想，不切实际，说早晚会将自己的婚姻埋葬。可后来，伯父伯娘的婚姻不但牢不可破，反而把小日子越过越甜蜜。而且，伯娘还先后产下两儿一女，这可让村人们嫉妒和羡慕死了。连我母亲都有点责怪父亲不能像哥哥对待嫂子那样对待她。那时候，伯父和伯娘是我们村关注的焦点。大家都觉得他俩是全村最幸福的人。然而，谁都没有想到，若干年后，这对在村人眼里最为幸福的人却成了最为不幸的人。这不幸的根源，大概在于他们那两个儿子。

我深深地知道,伯父即使处在昏迷状态,他的内心也一定在想着孩子们。他担心自己走后,他的两个儿子将一生飘零。那是他永远无法治愈的心病。他曾经跟我说过,他对自己的两个儿子很失望。他责怪他们为什么不能学我。他说他们今生要是有我一半争气,他就可以瞑目。我极力安慰他想开些,说儿孙自有儿孙福。可伯父连连摇头,眼泪哗哗朝下淌,哭得伤心欲绝。

但是现在,伯父就躺在我面前,他再也不能开口说一句话。我看到伯娘给他擦洗身子,他竟没有任何反应。莫非是时间和苦水已经把他浸泡成了一块碱?倘若真是那样,那块碱里该包含着怎样的生涩滋味啊!

风又开始刮,夕阳越来越稀薄。我将手伸到伯父的鼻孔前试试,发觉还有呼吸,我悬着的心稍显轻松。我怕他一旦睡着,就再也不会醒来。但转念一想,我又觉得,即便伯父能侥幸活过来,他的心恐怕也已经死了。

村子里的人都在说,我大堂哥是个没心没肝的人。自己的爹都快死了,他却跟没事似的,躺在邻居家的床上呼呼大睡。我父亲实在看不惯,跑去邻居家一把掀开铺盖,将大堂哥拽起,骂他铁石心肠,简直不是人。大堂哥血红着眼睛,与我父亲对骂,还举起手要扇父亲耳光。我见势不妙,赶紧跑去劝阻。大堂哥以为我要跟父亲联手揍他,竟然从枕头底下摸出一把匕首来对着我们。我和父亲不得不心寒地转身离去。

大堂哥自幼顽劣成性,我们一起在镇上读初中时,他就喜欢跟社会闲杂青年鬼混。穿条破牛仔裤,耳朵上打满耳钉,留一头披肩长发,说话流里流气。一下课,就躲到厕所里抽烟,他右手的食指和中指被烟熏得焦黄。老师教育他,他就跟老师反抗。有一回,他跟镇上的社会青年邀约打群架,伤了人。德育主任找他谈话,他竟把主任的门牙打掉两颗。因为这事,他初中未毕业就被校方开除。

离开学校的大堂哥,先是在外面混了几年社会,身上刀伤无数。伯父实在拿他没法,也只好顺水流舟。近两年,或许是他在外边混不下去,便回到村里过起游手好闲的日子。可人活着,总得花钱。像大堂哥这样经历复杂的人,又怎能够守住他那颗躁动不安的心呢。于是乎,他便跟村里另一个臭味相投的青年,即让他躲着睡觉的邻居的儿子一起,干起偷鸡摸狗的事情。村里人对他俩恨得咬牙切齿。他们总是在夜半时分,钻进别人家里牵走圈里的鸡或羊,用摩托车载去卖给县城的牲口贩子。然后,拿着钱去酒吧唱歌,去网吧打游戏,去发廊寻开心。待钱挥霍光,又返回村里或周边的村镇进行盗窃。有好几次,村人们明着惹不起大堂哥，就暗地里报警。可警察将大堂哥及其同伙抓走没两天，就放了出来。出来后的大堂哥更加飞扬跋扈，见谁骂谁。只要他从村里经过，大家都避之唯恐不及，像避瘟神一样。无奈，村子里的人只要知道大堂哥在家，每天吃罢晚饭便早早地将门关严。哪怕屋外电闪雷鸣，鸡飞狗跳，他们也不会开门察看。大堂哥给村子制造出了极端恐怖的气氛。他就像一颗定时炸弹，随时都有爆炸的可能。

伯父曾想遏制大堂哥继续危害乡邻，趁他熟睡之际，用绳子将其五花大绑，关了他三天三夜。但大堂哥死不悔改，他为报复伯父，在一个月夜趁伯父喝醉酒，也用同样的办法将其绑在床上，让伯父在村人面前尊严尽失，走路都抬不起头。伯娘为他这个儿子，眼泪都快哭干了。我父母曾四处托媒人给大堂哥说亲事，希望他成家后能痛改前非，可没有任何姑娘肯嫁给大堂哥。人家只要一提起他的名字，就一律谢绝。

大堂哥原本都是住在自己家里，每天至少睡到日上三竿才起床。他从来不会主动跟伯父伯娘说一句话，像个哑巴。一到夜间，就出去作案。有时风声紧，他也会足不出户。只约上几个哥们，牵上两条猎狗，打着手电筒满山满坡去追捕野鸡、野兔，卖给镇上的餐馆以换回几个零花钱。若遇到心情不好，他连野鸡野兔也懒得去追，索性在公路上安装些铁钉，专门刺过往车辆的轮胎。

被刺车辆无法起步，大堂哥便找人来拖车或换胎，以此讹点闲钱。可自伯父病危以来，大堂哥就再没回屋睡过觉。他怕嗅到从伯父身上散发出来的臭味，怕感受到笼罩在家中的死亡气息。可大堂哥永远不怕对伯父的伤害、对亲情的冷漠和背叛。他根本不会意识到，自己的行为正在加速一个人的死亡。而一个人的死亡，难道真的换不回另一个人的良知吗？

我不想指责谁，更不想去探究一个人走向堕落的复杂缘由。就像我不愿意再去追问命运和疾病对一个底层人造成的肉体凌辱，不愿意再去反思贫穷和求生对一个农民造成的精神折磨。在这个落日熔金的黄昏，在我伯父快要被死亡夺去生命的时刻，我唯一的希望是除我之外，还能有一个身体里流淌着他血脉的人为其送终。

这时，我想到二堂哥。我在院坝里走来走去，掏出手机焦急地给二堂哥打电话。或许是信号不好，电话老是拨不出去。我不得不站到院坝左侧的一块大石头上去打。那是我们几兄弟童年时经常玩耍的地方。站在石头上，我有一种站在根上的感觉。拨了几次电话，终于通了，却没人接听。再打，还是没人接听。我的心一下子冰凉下去。我不知道二堂哥是故意不接电话，还是手机不在他身边。

二堂哥不像大堂哥那样惹是生非，臭名昭著，他是个老实憨厚的青年，对伯父伯娘也很孝顺，村里所有人都很喜爱他。他从不多言多语，见谁都恭恭敬敬、客客气气。平时没事，他除帮家里干活外，就躲在屋里读小说。有一年夏季，我们村里还没有通电，伯父舍不得煤油，夜间早早地熄灯上床睡觉，不让二堂哥翻书。他也不沮丧，偷偷地跑去菜地捉来十余只萤火虫，装在一个玻璃小瓶里，藏在被窝里充当光源。我至今都佩服二堂哥的这一创举，觉得他是个非常富有想象力和浪漫气质的孩子。我能够猜想，在那些孤寂的黑夜，这些来自自然界的生灵发出的淡黄色亮光，是怎样慰藉了他那脆弱而又敏锐的心灵，怎样陪伴他度过了童年的落寞和凄清。

但遗憾的是，我二堂哥出生在农村，我伯父伯娘没有能力和条件让他去接受更好的教育。初中毕业后，他就没再继续求学，现实过早地扼杀了一个可能极具艺术天赋的人。他每天在家里所面对的，都是伯父和伯娘忧心忡忡的叹息，以及村人们在背后议论大堂哥的刺耳话语。这一切，带给二堂哥无限的自卑和压抑。他很想冲破现实生活的藩篱，能够活在如那些小说一样多姿多彩的世界里。每天放学回家后，二堂哥最爱做的事情，是跑去后山上看落日或朝着远方呐喊。如果天空正好有鸟飞过，他还会躺在草地上，仰望鸟儿飞翔的样子，直到夜幕彻底将他覆盖。

二堂哥最难以忍受的，是大堂哥的为非作歹。有好几次，他都想替父亲教训一下他这个不争气的长子。一天傍晚，二堂哥手提一把斧子站在村头，将从镇上喝酒回来的大堂哥拦住。大堂哥见事不对，转身想跑。二堂哥冲上去就朝他背上猛砍一斧。斧子刚好砍在大堂哥的右肩上，血流如注。伯父闻风赶来，以为大堂哥会命丧黄泉，哭喊着给了二堂哥两记重拳。二堂哥倒在路边的水田里，满身是泥。

第二天黎明时分，二堂哥就离家出走了。连件衣服都没带，只把他一直珍藏着的那只曾装过萤火虫的玻璃瓶子带在身上。伯父伯娘去镇上和县城的车站四处找寻二堂哥，没有任何下落。直到前年中秋节，伯父才接到二堂哥写来的一封信。信上除说他在浙江一家工厂干活外，其他什么都没说。伯父按照信上留的电话号码打过去，两个人都哽咽无声。这之后，二堂哥偶尔也会跟家里通通电话，但都仅限于亲人间的问候。伯父几次叫他回来，二堂哥也未置可否。今年春天，我去浙江出差，伯父嘱托我去看看二堂哥。我跟他在电话里联系好了，并约定见面地点。可临到见面时，二堂哥却故意躲着我，连手机都关闭了。出差归来，我只好将情况如实地向伯父汇报。伯父听我讲完，沉默一会，流下了眼泪。

其实，早在几天前我回家看伯父的当天，曾跟二堂哥通过一次电话。我将伯父病危的事告诉他，并希望他近日无论如何抽身回家一趟。我说得言辞恳切，不想他跟我一样留下任何遗憾。二堂哥先是在电话里唯唯诺诺，但在我的再三催促下，他还是答应立刻动身回家。可现在都已经过去五天了，还不见二堂哥回来。

我依然在不停地拨号，电话那头仍没有二堂哥的声音传来。我把手机装在裤袋里，不想再继续打。我担心我若再打，二堂哥会像上次一样把手机给关掉。我瘫坐在石头上，无助地望着远方。像一个渔夫，望着苍茫的大海。落日只剩下半张脸，我仿佛看见伯父就躺在那落日里，正与落日一起朝地平线下西沉。

风在我身上缠绕，它们总是喜欢欺负失魂落魄的人。我正欲起身回屋，耳边忽然传来一阵清亮的哭声。我以为是伯娘在哭，结果却是我堂姐的声音。她牵着两个儿子，守在伯父身旁鼻涕一把眼泪一把。我很讨厌堂姐的哭天抢地，毕竟我伯父还尚存一口气呢。但她的到来还是让我感到欣慰。我大堂哥和二堂哥不在，她或许可以代表他们尽到最后的孝道，让我伯父不要带着人世的冷漠上路。

堂姐紧紧拉着伯父的手，嘴里大声喊着爸。我好似看到伯父的嘴唇动了动。堂姐的两个孩子靠墙立着，脸上露出惊惧的神色。他们可能被眼前的一幕吓着了。他们尚小，还不懂得什么是死亡。尽管就在一年以前，他们刚刚失去父亲。我的堂姐夫，一个魁梧、勤劳的男人，在外出打工途中出意外丢了性命。这大概也是堂姐为何一见到伯父就放声大哭的原因。她在心理上无法接受连续痛失亲人的现实。这对一个女人来说，太残忍了。她没有这个承受能力。

我劝堂姐冷静点，不要吵到伯父。可她就是控制不住悲伤。她仿佛存积大半生的泪水，就是专等着要在这一刻来释放。我不知道说什么好，我说什么都是多余。况且，我又能说什么呢。我的内心一样也是千疮百孔。我们每个人的心里都在流泪。

只是，看到堂姐那过于悲痛的模样，我不知道她真的是在哭伯父，还是在哭她自己的命运。

天就要黑了。夕阳只剩最后一片，仿佛农民祈祷上苍时遗落的一块红布。我们坐在伯父身边，揪心地看着他。他的内心似乎很难受，呼吸急促，只能张大嘴换气。他的鼻子歪了，嘴巴也歪了。脸上堆满痛苦。也许是伯娘看到他已无一线生机，唯愿他走得安详一点，便弯下身子不停在他耳朵边说："你放心吧，两个儿子我会帮你照顾好。"可伯娘越是这么说，伯父越是在用毅力挣扎着苟延残喘。他不想急于去天堂里串门，更不想到地狱里去报到。这个破败的乡村世界还有很多他所留念的东西。他想永远守住他那一亩三分地，不让故乡沦陷。他要把自己坐守成一棵树，等待远飞的鸟儿重新回到枝头，他要把自己的脚印连成一条路，为那些流浪在外的游子标明家的方向。然而,死亡是无情的,它不会对伯父额外开恩,更不会颁发赦免令。它要把活在大地上的一个又一个疲惫的灵魂,统统收押进自己的城堡。况且,身为农民,他们从挖第一锄土开始,就已经在死亡谷里潜伏或隐居。一旦某天疾病暴露了他们的身份,死亡就会采取行动,杀人灭口。

我没有数过,伯父是我们村第几个撞在死亡刀口上的人。我也没有统计过,这是我们村发生的第几次死亡事件。

我们的村庄很小,很贫穷,也很偏僻。生活在村庄里的生灵们也很卑微。他们孤独地在那儿活着,忙着生也忙着死,不会惊动任何村庄以外的人。自我有记忆以来,就一直在见证这样的死亡事件。每一年,每一月,每一天,每一小时,每一分钟,每一秒钟死亡都在发生。一朵花的枯萎是死亡,一片树叶的凋零是死亡;风吹过麦田是死亡,阳光照临池塘是死亡;一只青蛙的噤声是死亡,一条狗的失踪是死亡;爬上老人额头的皱纹是死亡,墙壁上堆积的灰尘是死亡;用锈的锄头是死亡,磨损的镰刀是死亡;化肥撒在菜地里是死亡,农药喷在果树上是死亡……现在,这一切死亡都集中在我伯父身上。我对死亡的记忆被伯父给放大了。我甚至觉得,伯父的死亡,就是我们村庄的死亡。想到这一切,我心里再次涌起巨大的悲伤。

父亲终于收起医疗器具,他已经彻底放弃拯救哥哥的愿望,转而当起死亡的司仪。他实在不忍看到伯父临终时的惨状,便吩咐堂姐去请本村的道士来念"改时经"(乡村风俗,据说念此经,可以让临终之人提前离世,以减少痛苦)。又安排我赶紧联系购买棺材。我给镇上一个开木器店的初中同学打电话,委托他替伯父挑选一口柏木大棺,那是镇上能够买到的最上等的棺材。伯父这辈子过得太不容易,没吃好,没穿好,住的房子也甚是简陋。我想,既然他生前没有一个舒适的家,那就给他一个死后的好归宿。

道士很快就来了。他的双手沾满泥巴。他正在坡上干活,被我堂姐突然叫来。他跟死亡打交道多年,也靠死亡发家致富。他可能是村里唯一热爱死亡的人。道士没有多看我伯父一眼,刚到就穿上法衣、戴上法帽,点燃香烛,翻开经书边敲木鱼边念诵经文。堂屋里顿时烟雾缭绕,纸钱翻飞。伯娘和母亲也在小声地商量伯父死后的细节,诸如孝帕该怎么撕,阴井该请谁打……

沉闷的木鱼声有节奏地响着,夕阳已经全部隐去,天地一片苍凉。夜色宛如一卷大麻布,将村庄覆盖了又覆盖。就在道士念经的声音渐渐微弱时,伯父终于停止呼吸。他张大的嘴闭上了。他关掉了自己的生命之门。

我俯下身,给伯父烧了一叠"落气钱",还给他点了一盏地油灯。当油灯的光焰亮起时,我才猛然意识到,我的又一个亲人远去了,他再也不会回来。跟随他一块儿远去的,还有那些他无比热爱的事物——土地、群山、田野、天空……

我长跪在死去的伯父跟前。我被黑夜搂在怀里。我是那样的脆弱、孤单和空寂。

## 我的乡村我的城

又到岁末，寒气骤聚，板结的大地上铺了一层霜。高低错落的冬青树，像一些裹着棉大衣的兵士，戍守着脚下这块贫瘠的土地，以凛然的姿势在眺望春天的到来。

村头的池塘边，一大一小蹲着两个孩子。看模样，应该是一对姐弟。消瘦的脸蛋被霜风冻得通红，却仍露出快乐的表情。水面上，几只鹅在来回戏水。不多一会儿，不知是浮水浮累了，还是讨厌水的温度，几只鹅一起上岸，曲颈偎在孩子脚旁。那两个孩子低埋着头，同时伸出四只乌紫的小手，争相抚摸鹅被雨淋湿的翅膀，嘴里嘀咕着什么，不知是在与鹅谈心，还是在诉说自己正在度过的童年。鹅扇动翅膀溅起的水珠，打湿了他们身上破旧的棉袄。

这是我在旧年底回故乡时看到的情景。那天,距离来年春节还不到十天。这组池塘边的生动画面,给我意外的感动。尽管,在这感动的背后,暗藏着那么一点点的凉。

这凉,来自近些年我回乡的见闻感受。每次回去,我都有一种迷失的惆怅。我感到故园就像一位寡居多年的老太太,正在斜阳晚照下,孤单地苟延残喘。良田大面积荒芜,茂密的杂草成了野鸡、老鼠等动物的"游乐场"。房舍破败得不成样子,宛若蒲松龄笔下那些狐仙出没之地,透着一股子阴气。一根根被蛀虫啃坏的柱子,像尸体糜烂后裸露出来的骨骸。沧海桑田间,青山依旧,夕阳几度。往昔的热闹与生气,早已随着年轻人的出逃,老年人的病逝而烟消云散……

目睹斯情斯景,故乡,这个陈旧而又伤感的词语,一次又一次击中我的要害。像一把生锈的柴刀,认出它曾经留在我手上的那道伤疤。一丝隐忍的痛,在我心尖上颤动。

听母亲讲,那两个小孩,是村头张大爷的孙子孙女。张大爷是我们村出了名的倔强老头儿,为人耿介,有正气,曾得罪过不少的人。有一年春天,村里要集资修路,村主任偏袒其小舅子,想方设法把工程项目承包给他。全村的人都知道其用意,却敢怒不敢言。只偶尔躲在背后议论。结果路修完半年时间不到,路面就开坼。路基也被几场大雨泡得松软，出现塌方。村人们看在眼里，却仍旧不敢作声。唯独张大爷义愤填膺，像一只被激怒的蜂王。有天傍晚，他早早地收了活儿，气急败坏地跑去村主任家里讨说法。一进门，张大爷就指着村主任的鼻子骂："德泽娃儿，我看着你长大。人做事，不能昧良心。这条路是用全村人的血汗钱换来的，现在出现状况，你必须跟大家做个交代，否则，我就是去区里、市里，甚至到北京，也要讨回公道。"村主任先是爱理不理，后来发现暗中支持张大爷的人太多，怕万一弄出动静，自己官职不保，只好叫他小舅子返工，重新将路修复。这之后，虽然张大爷伸张正义，为村人出头，可村里的人怕惹火烧身，也只能暗中感激他。于是，来自村主任的仇恨也便记在张大爷一人头上。权力就是那么令人惧怕，即使是来自基层的小小职权，也能让众多逆来顺受的草芥之人胆战心惊，低眉垂首。

张大爷有两个儿子。大儿子在福建打工，二儿子在广东打工。两个儿子离开他，均已快十年。这期间，他们只在几年前的春节回来过一次。平时，都是张大爷和老伴赵婶相依为命。赵婶常年有病，家中草药从未间断。这些草药，都是张大爷按照偏方去山上挖的。在我的记忆里，他们家整天飘散着一股中药味。打从门前路过，一股浓浓的刺鼻怪味便随风扑来，像有毒气体一样将人淹没。张大爷对赵婶很体贴，天气晴好的日子，他会端张椅子，坐在院坝里，替赵婶捏腿捶背。累了，就掏出烟袋，卷一张烟叶抽。阳光从树枝的缝隙里漏下来，照在他们皱纹纵深的脸上，像一幅苦难浸泡出的剪影，透着祥和而又复杂的表情。

可就是这么一个心细胆大、长着硬骨头的老人，却在前年经历丧子之痛。他大儿子在福建无故辞别人世。老两口得知消息后，老泪纵横，悲痛万分。工厂在通知死者家属时，说他们的儿子下班后，独自去外面喝酒。归途中，失足掉下街道石梯，导致头部破裂而亡。可张大爷说他儿子以前在家时从不沾酒，死活不相信厂方的说法。但苦于路途遥远，无法取证，厂方只是象征性地赔偿点钱了事。

当死者火化后运回乡里，老两口坚持要为儿子举行一场葬礼。张大爷说，他儿子命苦，从小跟着他受穷，在外闯荡多年，还没讨个女人成家，就命归黄泉。在他人生的最后，举行一个仪式送其上路，既是对儿子的补偿，也是对自己的安慰。

据母亲说，举行葬礼当天，全村人都去了，包括一直仇恨他的村主任德泽。场面十分热闹。锣鼓齐鸣，鞭炮喧天。看到老两口孤独、凄苦的样子，在场的人都泪湿眼眶。一个铮铮铁骨，顶天立地地活了一辈子的老人，却没能经受住这意外的沉痛打击——张大爷那天晕倒在大儿子的坟前。

在农村，倘遭遇老年丧子，就等于打碎"香炉钵"，少了一个给自己送终的人。这种撕心裂肺的剧痛所暗含的乡村宗族文化，不只是肉体的消亡所彰显出来的灾难，更是一种比权力更为可怕，也更为残酷的灾难。

　　直到葬礼完毕，张大爷的二儿子都未曾露面，这是张大爷耿耿于怀的地方。得知大儿子死讯，他首先想到给二儿子打电话。可二儿子在电话里说："既然人已死，那就埋了吧，我厂里请不到假，就不回来了。"张大爷听完二儿子说的话，心像被毒蛇咬了一样痛。他不愿相信这两兄弟之间，竟会隔膜得如此深。都说血浓于水，可二儿子让他失望了。这无疑又给这个刚刚遭受丧子之痛的老人当头一棒。但没过多久，张大爷就想通了。他这两个儿子，从小都在忍饥挨饿中长大，衣不蔽体，食不果腹。为碗里仅剩的一块肉，会争得拳脚相加。物质的极度贫乏，加之未受过良好的教育，导致亲情的疏离。长大后，为生计，他们又天各一方，为各自的命运苦苦挣扎，多年不曾有过问候和交流，冷漠是必然的。谁也改变不了谁，不论活着还是死去。

　　我站在池塘的堤坝上，冷风吹皱池水，几根散乱的鹅毛漂浮在水面，像我散乱的心情。天空阴惨惨的，要下雨的样子。那些挺立的冬青树，像一些冷静的旁观者，静静地看着这两个孩子。

　　一种创伤，再次子弹一样击中我。

我走过去，朝孩子打了声招呼："你们不怕冷吗？"可能是我的声音惊扰到他们。两个孩子同时转过脸来，疑惑地看着我。有些羞涩，又略显惊惧。大概是见我并无恶意，他们才渐渐放松下来，又继续回转身去抚摸身旁的鹅。我接着问："你们爸妈呢？"女孩埋着头说："广东去了。"我再问："那你们跟着谁吃住啊？"女孩回答："婆婆。"在我跟女孩简短的问话中，那个瘦小的男孩一直没吭声，独自跟鹅玩耍。仿佛他已经遗忘自身以外的世界。

这两个孩子的父亲，即是张大爷的二儿子。母亲跟我说，张家老二是在他大哥去世一年后回的村。他回来不是为悼念大哥，更不是为安慰父母，而是设法在镇上购置商品房。

近两年来，因我故乡属于库区，又紧邻旅游风景点，区委、区府着力打造旅游产业，要对旅游点周边环境进行规划、整治，对景区周边居民实行整体搬迁，此举闹得乡民们人心惶惶。但后来由于拆迁赔偿压力大，政府只将库区外围的居民做了安置，统一在镇上给他们修建还建房。而对生活在库区里面的居民，未做任何拆迁动员。这让村民心里极度不平衡。眼看河对岸的人有序搬入楼房居住，他们就像吞咽了苍蝇一样难受。

我理解这种难受。

被河流围困一辈子的农民，做梦都想逃离这个穷山沟。他们祖祖辈辈挣扎于此，见惯了崎岖的山路、交通的闭塞，体会到劳动的艰苦、贫穷的折磨，经受了山石滑坡的恐慌、河流涨水的厄运……他们早已厌倦这里的一切。如果村里的男青年，不出去靠打工挣钱，就很难讨到老婆。因此，这里一代又一代人，都有一个共同的憧憬：进城。在农村人眼中，城市不但能让他们的肉身免遭超强度的劳作之罪，还可以使他们过上体面而有尊严的生活。就像那些搬进安置房的农民，虽然生活在镇上，生活本质也并未发生多大变化，但他们的生活态度明显不同于过去。曾经总是愁苦的脸上多出几分光泽，心情似乎也好很多。从人面前走过，腰杆也比过去挺得直。这些微妙的变化，让仍旧困在库区内的居民心生嫉妒。

后来，政府为平民愤，照顾居民情绪，他们招商引资，在安置房的另一边，专门辟地建了几栋商品房，以每平方米一千五百元的价格销售给当地居民。这一看似惠民的售房政策，同样害苦了那些梦想进城的百姓。由于商品房只售给拥有本地户口的居民，房屋又不能按揭贷款，必须付现金，每套住房总价都在二十万元以上。开发商贼精明，虽有政府的建房补贴，他们仍投资谨慎。先让购房者登记，交预付款五万元（概不退还）。然后根据售房套数定量造房。交房时，再一次性结清尾款。

售房政策甫一公布，村民们都着急起来。邻近几个村的乡民，像是受到外界突然袭击的马蜂，纷纷奔走呼告，一边通知在外地打工的儿子儿媳回来商量对策，一边四处向亲戚朋友筹措预付款。那段时间，这个亘古封闭的乡镇，刮起一股现代化的狂风。它来势凶猛，先以摧枯拉朽的力量扫荡着昔日落后的生活风貌，又以饿虎扑食的威猛颠覆着这群农村人陈旧的思想观念。这场狂风伴着熊熊燃烧的烈火，点燃了这群乡下人生活的激情。他们像一群穴居黑暗已久的困兽，突然看到光亮，嗅到新鲜空气，那种喜悦感幸福而迷人。尽管长久以来钻进他们体内的寒冷还像寄生虫一样盘踞在他们的骨骼和肌肤里。

拥有住房，就等于拥有一个避风港，一个可以躲避风雨和日晒的硬壳。可对农村人来说，要想买这个钢筋水泥浇铸的硬壳，谈何容易？为交那五万元的预付款，不少家庭扯皮吵嘴，风波不断。老的哭，少的骂，搞得几个村子鸡犬不宁。

张大爷的二儿子跟老婆商量后，决定要在镇上购一套房。可他们这些年在外打工所存的积蓄并不多，除去日常开销，总共只有四万块钱。他们想尽各种办法，就是凑不齐预付款。无奈之下，张家老二想到圈里养的那两头猪。猪原本有三头，张大爷为大儿子办丧葬时杀了一头，剩下两头还不到出槽时间。这几头猪，是老两口熬更守夜，辛辛苦苦喂养的。当老二提出要卖猪时，张大爷坚决反对。张大爷对二儿子说："这猪是我跟老太婆唯一的经济来源，你们小两口在外讨生活，又没寄一分钱回来，把猪卖了，我们怎么办？你妈常年生病，要是遇到个三长两短，谁管我们？你这个不孝的东西。"没想到张大爷的一番话，却激怒了二儿子。老二气急攻心，跨步上前甩手就给张大爷一耳光。张大爷用手摸着灼痛的脸，半天没回过神来。赵婶见势不妙，吓得浑身哆嗦地跪在地上，边哭边给儿子求情。这个张家老二丝毫不顾母亲的规劝，仍怒目圆睁，大声吼道："你们不要倚老卖老，我落得今天这步田地，全是你们给害的。"

那天下午，张大爷像一个受到刺激后突然变得呆傻的人。他坐在院坝边的条石上，一口接一口地抽闷烟，袅袅烟雾在他头顶盘旋。

张家老二打骂完父亲后，就抄着手出去了，直到吃晚饭时，也不见回来。他还在四处为预付款的事发愁。赵婶叫张大爷吃饭，张大爷一声不吭。他在院坝边坐到天黑，直到把烟袋里的烟叶抽完，才回房去睡觉。赵婶让孙子孙女端去饭菜，哄爷爷开心，张大爷仍是不理。独自躺在床上，望着屋顶上的青瓦发愣。赵婶体谅老伴儿心情，便再没去打扰，独自收拾碗筷到灶房忙活去。孙子孙女也开始守在电视机旁，看起动画片。

待赵婶忙完灶房的活儿，准备为张大爷倒杯热水时，才发现躺在床上的张大爷不见了。赵婶慌张地喊了两声："老头，老头。"没人应。跑去问孙子孙女，也说没看见人。这时，赵婶乱了方寸。

她急忙冲向院坝大声喊叫:"老头……老头……"仍未听见回应。黑夜像一层幕布,掩盖了赵婶的哭喊声。

当张家老二气咻咻地回来时,看到家门前的池塘边人声喧杂,几只手电筒形成的光柱,像几柄挥舞的利剑,试图将这深黑的夜幕撕裂。远远地,老二听到母亲的悲声,预感到出事。他急匆匆跑近一看,发现父亲上半身栽在池塘里,满嘴都是泥,两只放大的瞳孔充满血丝。张大爷的尸体旁,横放着一个装过"百草枯"的空药瓶子。老二瞬间傻眼,双腿直打哆嗦,像一棵大风中不停摇摆的树苗。

一生倔强、不畏强权、乐善好施、誓死捍卫做人尊严的张大爷,就这样潦草、绝望地走完自己的一生。

刚处理完张大爷的后事,张家老二就急不可耐地奔赴广东,去为做城市人的梦想而努力。他唯一留给多病母亲的,除痛失至亲的双重悲痛,再就是两个幼小的孩子。为实现伟大的进城之梦,他不能携带任何包袱上路,他在做人生最后的孤军奋战,或拼死一搏。

跟两个孩子交谈后,我特意去他们家看了看。家中大门紧闭,没有看见赵婶,估计是去后坡挖红薯了,只见大门两边哀悼张大爷的挽联还醒目地张贴着:

思亲唯望白云去

守孝常伴晚霞归

挽联写得情真意切,痛彻心扉。可惜本该守孝的人,却在亡者尸骨未寒之际,早已身披朝霞,踏上了漫漫征途。只留下两个幼小蒙童,守着空空的旧巢和一丝若隐若现的亲情。

当下的中国乡村,倘借用马克思的话说,果真是"一切坚固的东西都烟消云散了"。

转眼就是春节。正月初一早晨,阳光已经照亮大地很久了,才听见村前村后稀稀拉拉地响起鞭炮声。在我童年的记忆里,那时的春节热闹而喜庆。天还未亮,鞭炮便炸开花。那种持续不断的轰鸣宛如滚滚春雷,从天边碾压而来,送来新年的祝福。鞭炮响过之后,便是孩子们的天下。他们换上母亲缝制的新衣、新鞋,在村子里欢呼雀跃,像一群春天的精灵,初降人间,充满蓬勃的生命力。

可如今,这一切美好的记忆,似乎也随着那些坚固的东西烟消云散了。

吃完母亲做的汤圆,我便跟随父亲去上坟。这是我们每年初一要做的第一件事情,雷打不动。这不需要制度来约束的风俗,或许是维持乡村最后的文化传承方式。祭祖让我们知道自己的根在何处，知道自己身体里流淌的血脉源头在哪里，一个人无论走多远，都应该看清自己的来路。只有这样，人生才有方向感。

凑巧的是，我们在祭祖的时候，正好碰到赵婶带着两个孩子，也在给他们的爷爷和大伯上坟。这两座坟堆间隔不远，张大爷坟头上的花圈还没完全被雨水沤烂。赵婶拄着木棍，驼背弯腰，两鬓的白发像秋天的芭茅穗子，零乱而焦枯。那张疲惫的老脸上还挂着两行泪珠，看样子刚刚哭过。而两个孩子则跟我初见时一样，穿着一身破旧的棉袄，双手冻得跟红萝卜似的。小男孩的鼻孔里总是爬着两条"虫子"。我向他们问好，他们回头看看我，便在婆婆的指引下跪在坟前，貌似虔诚地给逝去的亲人磕头敬香。

这个场面是如此的颓败，又是如此的神圣。

我不知道对这两个孩子来讲，他们是否懂得死亡的含义；但事实是，在他们本该享受父爱和母爱的年龄，生活却无情地剥夺了他们的童趣，又过早地教会他们如何抵挡生命里所遭受的寒冷。

上完坟回到家里，我的心情久久不能平静。那两个孩子的身影，像一场电影里的特写镜头，反复在我的脑海里放映。我在想，他们从小生活的家庭环境，会不会影响其身心发展。以至当他们长大后，也像他们父辈那样，以牺牲人伦道德的代价，去为一些虚妄的梦想投放赌注。

倘果真如此，那么，这样的结局将注定是悲壮的，也是悲剧的。

怀着担忧的心绪，下午，我再次去看望两个孩子。姐弟俩仍旧在池塘边玩耍。他们的婆婆估计又上坡干活去了，大门依然关得很紧。在乡村，即使是春节这样的日子，农民们也没有消闲的时候。生活不允许他们休息和放松，更别奢望能像城里人那样，一家人其乐融融地围坐在电视机前，嗑着瓜子，跷起二郎腿，欢声笑语不断。他们命贱，没有那样的福分。

我给两个孩子带去几袋点心，希望能让他们高兴一下。小男孩一见零食，迅速站起身，伸出沾满泥巴的小手来拿。可他姐姐却朝弟弟摇摇头，使得小男孩原本伸出的手又缩了回去。我说："拿着慢慢吃吧，专门给你们带的。"听我这么说，小姑娘才示意弟弟重又伸手接过食品。我让他们把手洗干净再吃，话刚出口，小男孩早已撕开食品袋，大吃起来。

这时，我下意识看看他们自造的玩具——用干柴棍和黏泥土搭起的一座小楼房。我故意问："你俩弄的什么啊？"这回倒是小男孩先开口："房子，我们的大房子。"他接着用手指着"泥楼房"说："这间是爸爸妈妈的，这间是姐姐的，这间是我的。"在小男孩给我提及的家庭成员中，唯独没有提到婆婆。

也许，在这个孩子眼里，每天带病给他和姐姐洗衣、做饭的老太婆，还没有融入他的情感领域。又或者，他们的父母还没来得及教会他们如何感恩，如何寻找足迹的来处。

我继续追问道:"如果在房子和爸妈之间做个选择,你们愿意选择什么?"姐弟俩异口同声地说:"房子。"我问:"为什么?"姐姐说:"爸爸妈妈都喜欢房子,有了房子,他们就不会每天吵架,也不会不管我们了,爷爷也不会死。"

我的脑子像被人用砖头砸了一下,有轻微的疼痛感。面对这两个幼小的孩子,我不知道说什么好。

我每天上班或下班途中,都会看到大量不同年龄段的农村人从我身旁往来穿梭。他们穿着朴素,步履匆忙,缺乏自信。他们靠从事一些低廉的工种来养活自己。他们以放弃故园的惨痛代价,来城市里寻求梦想,期望借城市的一角屋檐避雨遮阳,但却最终不过是城市里的边缘人和弱势者。这个群体是庞大的,他们是一座城市幸福金字塔的基座。

节日是短暂的,就像幸福的消失一样。但这个春节留给我的痛感和思考,却不会轻易消失。因为,我知道在那些长满茅草的良田里,倒塌房屋的废墟下面,埋藏着人类生活过的印迹,以及历史兴衰的见证。

走在返回城市的路上,内心百感交集。车过小镇时,透过车窗,当我看到工地上那些正在建设的商品房,以及脚手架上那些刚过完春节就匆忙赶来施工的农民兄弟,内心像涨潮的水,此起彼伏。

我不知道那些商品房的背后藏着多少家庭的喜怒哀乐，歌哭悲欢。更不知道，那些在城市里修建了无数漂亮住宅的农民工，有哪一间房子是属于他们的。

一生忧国忧民的诗圣杜甫，曾在他的《茅屋为秋风所破歌》里发出过揪心的浩叹："安得广厦千万间，大庇天下寒士俱欢颜！"如今，这声浩叹，穿越千年时空隧道，变成一个孩童稚嫩的声音，在我耳际萦绕——房子，我们的大房子。这声音，尖细、有力，像植物拔节的脆响。循着这童声的余音，我顿生另一个追问——那便是贝淡宁、艾维纳合著的《城市的精神》一书里那句最具警示意义的话：

全球化时代，城市何以安顿我们？

## 风吹在贴着纸的墙上

早晨或者黄昏,都有风从城市的中心和边缘吹来,停在那面墙上,伸出手,翻弄墙上贴着的那些密密麻麻、规则不一的纸张,这是风在做一件善事。它翻弄那些纸张,不是它多情,而是心肠软,它在翻给墙下随时站着的那一大圈人看。它不想从那些人的目光里看到更多的焦渴和迷茫。

我第一次走近那面墙,是一个傍晚。我刚从一个遥远、荒僻的乡村来到这座城市,黧黑的脸上还没有褪掉旅途颠簸所造成的疲惫。天快黑了。饥饿折磨着我,我的内心澎湃着城市的喧嚣。就在我抬头仔细辨认这座城市的方向时,我看见了那面墙和墙下围着的一大圈人。那些人跟我一样,背包扛箱,疲惫的面容像这座城市的路灯般暗淡。他们不是这座城市里的人,这可以从他们的衣着和举止上得出判断。他们也不是来自同一个地方,这可以从他们说的方言里得出结论。但他们却不约而同地站在一起,将目光聚焦在同一面墙上、墙上面贴着的纸上——那些纸上写满了一个城市的秘密。

一面冰冷的墙就这样温暖了这座城市里的流浪者。

我慢慢地走入看墙人群中间,我们彼此沉默着,像墙上贴的纸,苍白,隔着距离。但每个人的内心却又极度复杂,错乱、低语。没有人知道墙上的纸是谁贴上去的,我们永远看不见那双贴纸的手,我们来自另一个世界,我们生长的根不在这里。我们只知道,这些墙上的纸是专门贴给无根的人看的。城市人怎么可能去看这些零乱的纸呢?这些纸在他们眼中是没消过毒的病原体,看一眼就会惹来晦气。他们要看,也顶多是在上班或下班经过那些贴满纸的墙时,斜眼瞅瞅墙下围着的人群,像看一幅另类风格画。涵养稍好的,会礼貌性地拍拍其中某个人的肩膀说:"同志,让一让。"涵养不好的,会用手捂住嘴巴,脸转向一侧,屁股朝着看墙的人,放个响屁,轻松走掉。

天色暗下来,昏黄的光线笼罩墙面,刺激着看墙人的视觉。站着的每个人都在努力从墙上的纸中寻找可能改变自己命运的信息:车工、钳工、保姆、店员、文员、迎宾……不少人从背上的蛇皮口袋里掏出半截铅笔头,在一个皱巴巴的小本子上记录着电话号码。性情急躁的干脆直接就从墙上把纸撕下来，藏进怀里，表情比捡到一张"粮票"还高兴。不一会儿，一面墙上的纸被撕个精光。当我最后一个撕下墙上最后一张纸时，天已黑尽。

一张薄薄的纸就这样使很多人相信了活着的幸福。

那个早晨亮得特别早。我的手紧拽着昨晚从墙上撕下的纸，走在街上，像走在洒满阳光的道路上，尽管秋风正在威胁树枝上的黄叶。当我用颤抖的手指拨通那张纸上所写的电话时，我的耳朵传来一阵女声的呢喃："你好，××公司，有事请讲。"或许是有些激动，加之我拗口的方言，我饶了好半天舌，才让对方明白我的意思。虽然那个接电话的女子对我表现出极大的耐心和宽容，但我还是感受到她温婉语气下压制的怒火。

我遵照女子的交代，像一只迷路且胆小的野兔，在这座城市里东串西拐，做着别人不知道的梦。当我如负重的蜗牛找到那家公司时，我看见办公室里坐满了人。他们神情凝重，面面相觑。我敲敲门，进屋找个位置坐下，一个打扮靓丽的女孩走过来，给我递上一杯白开水。我头一次在异乡感受到被人关怀的滋味。我双手紧捧着那个滚烫的杯子，泪水在眼眶中打转。我竭力控制住自己的情绪，尽量不要在别人面前丢丑、失态。于是，我抬眼望向窗外，深秋的阳光静好。我用手指轻轻拭去眼角的泪珠，这时，我发现屋子里坐着的其他人都冷冷地盯着我，目露凶光，充满仇视。他们对后进入那间办公室的每个人似乎都这样，多一个人就多一个竞争对手，而公司的录用名额有限。当公司领导向我表示出首肯时，我没怎么犹豫，就答应了对方的条件，将身上仅有的几百元钱交出做押金。

从办公室出来，秋风吹在我的脸上，神清气爽。虽然我不认识街上走着的任何一个人，却觉得每个人都无比熟悉，仿佛我在这座城市里生活了十年、二十年，每一条街道都在引领我回家。

事情如你所想象。我是在去上班时，听到那些人的哭泣。他们拥堵在我昨天去的那间办公室外，或依或靠，或坐或卧。混乱的场景，一如那间被搬空用具后的办公室里所抛弃的东西。目睹他们悲伤的样子，我低下头，唯余叹息。他们的手中都捏着一张纸，也是从某面墙上撕下来的。我想，这些人应该都和我一样，曾在那间办公室里接受过来自异乡的善意和温暖，也曾毫不犹豫地掏出身上仅有的几百元钱，为自己的人生押下赌注。

那天上午，那些人没完没了的哭声，把一个秋天弄得比一个冬天还冷。我重新成了一个饥寒交迫的人，被城市的喧嚣淹没。我慢慢地从裤袋里掏出那张已被我揉成一团的纸，抹平，揉皱，再抹平。然后，撕得粉碎，抛向空中。

命薄如纸，生活呢，也像纸一样脆弱吗？我问自己。

仍旧有风从城市的中心和边缘吹来，停在一面墙上。那墙上的纸越贴越多，墙下站着的人也越来越多。人的面孔不断在变，纸上的内容也在不断更新。

有一天，闲着无事，我沿着这座城市的马路行走。所到之处，都能看见那样的墙、墙上的纸、墙下的人。甚至，在一面墙下所站立的人群中，我还认出上次在那间办公室外哭泣的两个人。我看见他们的时候，他们大概也认出了我，但我们彼此都沉默着，像墙上贴着的纸，苍白，隔着距离。他们中的一个紧握手中的笔，在本子上记录着电话号码，另一个在撕墙上的纸。瞧着他们专注的神情，我心生憎恨。我在心中责骂他们："不知反省的家伙，真是傻瓜，亏还没吃够吗？"但马上，我就后悔了。难道我不也跟他们一样吗？说是闲着无事，来马路走走，其实，思想深处不还是为来看看那些墙——墙上的纸吗？那些墙上的纸不是专门贴给无根的人看的吗？

他俩是无根的人，我也是，还有很多人都是。

早晨或者黄昏，总有无数的人，站在这座城市的某面墙下，看墙上贴着的纸。没有人知道那些墙上的纸究竟是谁贴上去的，那双贴纸的手，我们看不见，它永远藏在这座城市的背后，掌控着众多人的命运，像掌控着墙上的纸，想贴就贴，想撕就撕！

我不知道这座城市里有多少贴着纸的墙壁，更不知道有多少活在墙下看纸的人。

也许，只有风知道。风心肠软，它不忍心从站在墙下看纸的人的目光里看到更多的失望和惆怅。

风吹在贴着纸的墙上。

那是风在做一件善事！

## 活着是一笔债

这是一个发生在我家乡的故事,文中的"我"自然不是本人,她是我的叔婆,叔婆不识字,但她的内心却是那样柔软、细腻。面对生存的重压和精神的疼痛,她除了忍耐,还是忍耐。

我只能用手中的笔,替她代言——

凌晨五点,我就醒了。最先醒的,是我身体上的那根骨头。自从那次拣煤时,山体塌方,压坏我的腰椎,疼痛就钻进我的体内,像一只冬眠的虫子,把我衰老的皮肉当作免费的美餐。当然,疼痛还是很讲情义,我用自己的血肉喂养它;它为报答我,每天黎明,就准时从我体内的伤口爬出,催我起床。

即使疼痛不催我,我也会主动起床,小孙子还等着我给他做早饭，吃了去上学呢。昨天他就是因为上学迟到，挨了老师骂，回来向我哭闹。我给他说尽好话，他仍然不依不饶，比躲在我体内的疾病还顽固。有时，他还会给远在异乡工地上的父母告状，说我欺负他人小。最终，他父母少不了又要在电话里对我一番埋怨，末了，还不忘在我的伤口上撒一把盐。

我怀疑咱俩究竟谁是谁的子孙。

今天，是我的生日，我已经六十七岁。活了大把年纪，自己都不知道自己是怎么活过来的。没有人记得我的生日，除躺在床上已瘫痪一年的老伴儿。年轻时，我将自己的生日都给了儿女，这是做母亲的义务。儿女是父母挂在额头上的灯盏，灯亮着，父母的生活才不会荒芜和孤单。

我的心是隐痛的，像长满了刺，年轮每增加一圈，刺就多出一颗，那是生活馈赠给我的礼物。其实，我明白，这种隐痛是要提醒我：有儿女在，疼痛也是一种幸福。

以前，都是老伴儿为我过生，他是我今生欠下的另一笔债。老伴儿心疼我，我每次过生日，他都会偷偷地给我煮一个鸡蛋，然后流着泪俯在我耳边说："头上又长角了，好好活吧，要是没有你，我的一生等于零。"

可怜我的老伴儿，一生未去过远方。那次他扛着铁锄去山坡锄地,还没下锄,毒辣的太阳就将他烤软。不能说话不能动弹的他,在床上一躺就是一年。我知道,老伴儿的一生,都是躺着过来的。

躺在床上的老伴儿越来越瘦,似村庄里越来越贫瘠的土地。

我默默地站在床前守着他,泪水打湿记忆。床上躺着的,不只是老伴儿,也有我的影子。

我的背篓里还没捡到几块煤,天就黑了。天黑得很快,像生命的衰老。事实上,我的一生也没捡到什么像样的东西,除女儿出嫁时扔掉的几件破棉袄、儿子结婚时抛弃的两双旧胶鞋,我连前半生的影子都没找到。

垃圾堆里的煤越来越少,捡煤的人越来越多。寒冷冻僵我的腿,我看不见寒冷从什么地方漫过来,也许,它来自我的身体内部。我所捡到的那点煤,已不能再温暖我那几根生锈的骨头。煤燃烧散发出来的能量,只能供家里煮两顿饭,替老伴儿烘干尿湿的裤子。偶尔有所节余,就拿去卖,为孙子换回几个零花钱。

回家的路上,视线中的村庄很安静。很多人都睡了,没有人敢待在野外,怕寒冷把自己冻伤。

我不怕冷,我知道,冬季很快就会过去,冬一过,就是春了。遗憾的是,我生命的冬天已经来临,我看见自己的魂魄裸露在寒风中,瑟瑟发颤。

孙子在夜半说胡话，不停地喊："妈妈、妈妈。"我急坏了，孙子的命比我的金贵。他的呼喊一声强似一声，恐慌水一般弥漫。

孙子也不容易，三岁起就一直跟着我，四年里总共见过父母两次面。他每天都在回忆父母的样子，一会儿说他妈妈像隔壁的春婶，一会儿说他爸爸像邻居李二爷。他常常一个人站在村口，抬头凝望远方，把村头一条笔直的路，望成一个三角形的码头。

孙子的额头很烫，但他幼小的心肯定很凉。"妈妈、妈妈。"每一声喊，都是一道伤。

我颤抖着手，从抽屉里抓出一团皱巴巴的纸，像抓住一根救命稻草。那上面的号码是一条血缘之藤，拴着从我身上跑掉的一块肉。电话通了，儿子在暗夜中的声音微弱而短促："妈，娃小，病要想法治好。"

当我扛着孙子连摔带爬来到乡卫生所时，黎明正从我的喘息中醒来。医生揉着惺忪的眼说："再迟一步，情况会更糟。"

那一夜，比我的一生还要漫长和难熬。

孙子的病好不容易痊愈，我心中的病却正在潮水般澎湃。

为给孙子治病，圈里少了一头猪和一只羊，家里仅剩一个饥饿的粮仓。

女儿回来看我，说他哥在工地上干活时被钢筋砸断一条腿。怕我伤心，儿子儿媳隐瞒了实情。女儿的泪水流尽我一生的委屈。记得儿子离开村庄时，我曾告诉过他："万事小心，城市终究是别人的家园，你的脚沾满泥巴，作为一个农民的儿子，你的根上长满庄稼。"可儿子到底还是没听我的话，他总是把我一辈子说的话，当作耳边风。

听女儿说，儿子出事后，包工头怕承担责任，躲了。像一阵风，瞬间匿迹。包工头跑后，儿子的痛苦成为一个笑柄。媳妇心不甘，在工地上喊冤鸣不平，像一个疯子在招揽看客。工友们躲在角落里，窃窃私语，唯恐大声嚷嚷会惹怒监工，不发给他们回家的路费。

我唯一能做的，是去村头的庙里烧炷香，祈求我流浪在外的儿女不再流浪。

孙子又开始在每天夜里叫："爸爸……妈妈……"这次他没有生病，他的叫喊是一只幼鸟在呼唤父母归巢。

老伴儿似乎也知道了儿子出事的消息，两只凹陷的眼眶装满浑浊的液体。

我天天都过着提心吊胆的生活，我担心我那苦命的儿子，在腿断之后，还怎么找到回乡的路。

老伴儿走了，走得很平静。他的痛苦终于得到解脱。他从倒下那天起，就已经死过一回。只因舍不得我，他才重新活过来，分担我的痛苦。

柴房里置放的那口棺材，散发出楠木的淡香，那是他几年前亲手打制的。他做事总是那样积极，人还健在，就对后事做了预算和安排。当时我说："咱俩谁先走，谁就睡那口棺材。"他说："想得美，我肯定比你先走。"他的预言果真灵验，他履行了自己的承诺，就像他一辈子对我的呵护和关爱，从未变过。

也许是我没能照看好他的儿子，让其伤透心，他才狠心撇下我，撒手西去，留下最后一段路，我一个人走。

也许他是心疼我，怕我过生日时，再没人煮鸡蛋给我吃，才提前去到另一个世界，先把鸡蛋煮好，等我过去。

儿子拖着残腿匆忙赶回来时，老伴儿早已入土为安。他的心还是那么善良，他不想让儿子看到自己的狼狈样，他一生都没给后人丢过脸。儿子趴在坟堆上，号啕痛哭。他第一次发现，躺倒的父亲也是一道梁。

老伴儿走后，儿子又去了远方。他怕自己残废后的单腿走不远，就把我的孙子也一同带上。他说，乡村到城市的路很长很长，需要一辈又一辈人不间断地走，才可能望见城市的曙光。

儿子带孙子走了，我最后的任务就是替他们守住这几间破旧的空房。我怕他们哪天万一走累了,或者被城市的巨手赶出门外,返回村庄时,没一个遮阳避雨的地方。只要有瓦片的地方,就有根在。有根在,就可以播撒种子,重建家园,孕育生命的胚芽,等待收获的喜悦。

即使哪天我也走了,我就将坟堆垒在老伴儿的旁边,陪他共同守着这片土地,直到离开土地的人重新回到土地上来。

不过,目前我尚活着,也只是活着而已。

活着是一笔债,从地狱还到天堂,也未必还得清。

## 写在后面

我是一个活在自己内心世界里的人。

这使我对什么事情都看得很淡,也没有那么多的功利和欲望。这好像不是我这个年龄段的人应该有的心态,但这的确又是我的真实心境。尤其是过了而立之年以后,我的内心越来越趋于平和,越来越喜欢过一种做减法的生活。有很多见过我的人说我早熟,阅历丰厚;也有人说我清高,不晓世故,藏有城府。听到这些话,我不反驳,也不解释,只是笑笑,像微风滑过一片树叶。因为我知道,有些事情,你一旦解释,反而给人虚伪和口是心非的印象,这很不好。其实,一个内心笃定或有支撑的人,又何必在意他人的评说和絮叨呢?

人活着,只要本真和守诚,就会减少不必要的麻烦和焦虑。

我自幼在乡下长大，家境的贫寒，使我吃过不少苦头，也使我过早地体察到人世的辛酸和冷暖、生命的悲苦和苍凉。这一切，塑造了我的人生观和价值观。那时候，我对生活充满抱怨，对命运也充满诅咒，甚至，对渺茫的未来感到绝望。但好在我那老实巴交的父母以他们的顽强和坚韧、慈爱和温情拯救了我，使我在苦难中不至于沉沦。同样是他们，使我懂得人应该怎样活着，才有意义和尊严。自此，我对生我养我的那片多灾多难的土地，恨的是那么切，爱的又是那么深。

后来，或许正是对土地和人的爱恨交加的感情，我走上了写作的道路。我想借助手中的笔去描摹心底无法宣泄的凄楚，也试图借助手中的笔去记录发生在故土之上的生命故事，包括他们所遭遇的疼痛和忧伤、光明和温暖。

谁知，我这一写，就再也搁不下笔。

熟悉我作品的读者可以看到，我早年的作品大都跟个人的生活有关，所书写的也只是一己的哀愁。那会儿刚开始写东西，浑身都是劲儿，也不懂什么技巧，总觉得内心有说不完的话，写不完的事。每天夜里一坐到桌前，感觉整个故乡都复活了。山山水水，一草一木全在跟我说话，要求我把它们的生存隐秘都写出来。我不停地写作，也不断地发表。我以写作来见证我的故土，也回报我的故土。更为重要的是，我需要以写作来安顿我的内心和灵魂。

凡事都会上瘾，写作亦然。尤其是通过一段时间的写作实践，当你知道自己尚有几分写作才华的时候，你更是会为之涌起狂热的激情。但这个时候，我已经对写作有了自觉的文体意识和审美追求，不愿再重复以往的写作经验和模式。于是，我开始重新思考写作，思考如何拓宽自己写作的路径和题材，以及如何提升作品的思想内涵和美学深度。我开始转换视角，从写我转向写我们——不仅写人与人的关系，也写人与土地的关系、人与内心的关系、人与动物的关系、人与植物的关系、人与宇宙的关系……这一转变，使我豁然开朗，犹如在黑暗中低头走路的人，抬头看见万盏灯火。

我知道，我终于有了写作上的蜕变。相比之前，我写作的数量虽然减少，但写作的质量却有了明显的进步。渐渐地，我开始收到一些读者来信，他们在信中谈读我作品的感受。有说被我的文字感动得热泪盈眶、肝肠寸断的，有说被我的文章温暖得彻夜难眠、茶饭不思的，也有说我的作品是在兜售或贩卖苦难的……说句心里话，当我面对那些赞扬之声时，我没有过多的喜悦；而在面对那些质疑之声时，也没有过多的沮丧。我唯有的心情，是对给我来信的每一个读者都心存感恩，这种感恩一直持续到现在，并成为推动我继续写作的动力。

之所以如此，是因为写作尽管给我带来了内在的幸福感，却并未给我的写作对象——故土或故土上的生灵们带来根本性的改变。这个客观事实，既让我看到文字的软弱，也看到自己的软弱。我想，身为一个农民的儿子，如果仅仅依仗靠不住的才情，去书写和揭示同样是农民们的生存故事而使自己获得荣耀，使他们继续尴尬地活着的话，那我就不道德。

我没有资格把自己的幸福建立在别人的痛苦之上。

一个从大地上生长起来的人，就应该具有如大地那般质朴和宽厚的品质。我这么说，并非是在自我标榜，把自己伪装成"道德圣人"，而是因为我见过太多那种从乡下苦熬出来、靠打拼终于取得一点小成就的人，那不可一世的跋扈之态。我认识一个同样是搞写作的农民后裔，刚开始写作的时候，为人十分谦逊、低调。后来出了几本书，在圈子里有了点小名，尾巴突然间就翘起来。到餐馆吃个饭，若不把服务员折腾够，他就不肯动筷子。有一次，在饭局上，席间一个朋友无意中说了句："你作为一个农村孩子，走到今天，非常不容易。"可此人一听，雷霆大发，指责朋友不该再提及他的农民身份。我坐在旁边，默默地看着他，不知说什么好。我想，难道一个人的出身是可以改变或掩盖的吗？而且，难道农民就一定会矮人半截，势必在城市人或权势者面前抬不起头吗？

人啊，真是可怜复可悲。你有知识不代表你有文化，你有文化不代表你有境界，你有境界不代表你有慈悲之心。很多作家道貌岸然地装神弄鬼，还美其名曰要以作品去关怀社会，抚慰众生，以引起大家对弱势群体的关注。可结果却是他在以伤害弱势群体的尊严为代价，从而引起大家对写作者自己的关注，并从中不断地获取鲜花和掌声。

我鄙视这样的作家，并时刻提醒自己，永远不要沦落成让自己鄙视的那类人。哪怕你曾历经磨难、九死一生，也不要成为被苦难催生的"刽子手"或"施暴者"。否则，你就不配你所经受的苦难。我一直觉得，从底层熬出头的人通常有两类：一类是他深感自己曾遭受创痛，如今终于咸鱼翻身，苦尽甘来，该享受幸福日子了，就会反过去看不起那些不如自己的底层人，诸如对一个擦皮鞋的妇女指手画脚；而另一类则是他深感自己曾遭受生存折磨，如今终于雨过天晴，过上较好生活，会反过去更加同情那些不如自己的人。心想，我曾经都那么凄苦，又怎能忍心再去伤害这样的人呢？第一类人再富有也是个穷人，而第二类人即使没有大富也必是大福之人。

出生卑微并不丢人，丢人的是将生而为人的那种最起码的品质和同情心搞丢了，而变成一个十足的魔鬼。这样的人，或存有这种心的人去搞艺术，必将给艺术带来灾难。

近些年来，我为何钟情于以"故土"作为写作的"根"呢？除我熟悉它，以及我血脉里流淌着的乡村基因外，还有个重要原因——写故乡人事，让我内心踏实。这种书写让我知道自己从哪里来。我没有一离开故乡，就变成个"坏人"。有时候，单就写作来讲，你选择上的狭窄，恰恰是另一种宽广。

如今，我离开乡下到大城市工作和生活已逾十年，但情感却仍未融入这座城市。我每次做梦，全是曾经在乡下的生活场景。这种梦境会提醒我，即使我的躯体到达城市，我的灵魂依然在乡间游荡。这便是一个人的宿命，也是我写作的宿命。写作向来是灵魂的事，我只喜欢有灵魂参与的写作。曾有不少人问我，你为何不写写你所寄生的城市呢？现在，我可以明确地回答：城市还没有我灵魂的参与。既然如此，那城市生活就留给那些出生在城市里的作家去书写吧。我是乡下人，我只能用我的方式去纸页上种植大豆和高粱、玉米和水稻。这些农作物一旦进入我的笔下，它们就会笑和哭。我从它们的呼吸和舞蹈里，感受到生命的可爱和光洁，窥探到自然的奥秘和神奇。这一切，滋养了我的文字，也滋养了我的人生。

大概有十年时间，我都保持一个习惯。只要周末无事，我就会朝乡下跑。倘若因事耽搁不能回乡，心里就憋得难受，比生病还难受。一旦回到乡下，整个人顿时精神抖擞。特别是看到故乡的河流和日落，嗅着野地里的花香和草气，听到狗的叫声和鸟儿的啁啾……我就想躺在故乡的怀里大哭一场，然后，美美地睡上一觉。那个时候，我已经忘了大地上的苦难，也忘了写作者的身份，我只是一个归乡的游子，依偎在故乡母亲的肩头。待回乡的次数多了，我的心自然也就隔绝了外在的喧嚣。学会跟自己相处、跟土地相处、跟自然相处、跟孤独相处。如此一来，我写出的文字，也就多出一种安静的力量。我在写作的时候，内心是那样平静如水。

除此之外，这个习惯还有一个好处，那便是让我离文学圈子越来越远，离文学本身越来越近。这不能不说是我的福气——一个从农村走出来、热爱写作之人的福气。记得路遥曾经说过："文学圈子向来不是个好去处。这里无风也起浪。你没成就没本事，别人瞧不起；你有能力有成绩，有人又瞧着不顺眼；你懒惰，别人鄙视；你勤奋，又遭非议；走路快，说你趾高气扬；走路慢，说你老气横秋。你会不时听到有人鼓励出成果，可一旦真有了成果，你就别再想安宁。"这段话深得我心，我将之视为一个优秀作家的"写作心法"。

在当下，有很多作家都不缺技法，不但不缺，甚至已经将技法玩儿得炉火纯青。可他们唯独欠缺的,即是"心法"。你从他们的作品里,可以看到新颖的结构、独特的视角、绮丽的语言、另类的题材、多变的形式……却唯独看不到作者的心,以及作品跟他生命的关联。这类作品往往只是一个叙事迷宫,或一种智力游戏。若将其作品的水分挤干,剩下的就只是一具文字躯壳,或一堆文字瓦砾。

特别是写作散文,这一文体的特殊性,使得作者必须忠实于自己的内心世界,不能情感作假和灵魂作弊。你只有摘掉面具,脱下伪装,赤裸裸地把心交给读者,读者才有可能买你的账,你的作品也才有生命力。因此,写作散文是很耗心力的一件事情。你每写一次,就会把自己掏空一次。而人的经历有限,这就不可能无止境地挖掘。每当写到这种时候,一些定力差的人,就会对散文写作产生动摇和怀疑、焦虑和苦恼。他们怕被人遗忘,怕被人讥讽为江郎才尽。于是,为证明自己还在写,还能写,便硬着头皮在形式或题材等方面玩儿花样,并给自己的写作有意识地贴上一些标签,以便能够自圆其说。

然而,值得庆幸的是,即便我在写作遇到瓶颈,或没有新的经验可书写时,我也没有焦虑过,而是依然对散文这种文体心存敬畏!我会带上几本上好的书躲到乡下去静读,重新体验人生,寻找属于自己的水源。我力图把日常生活变成自己血肉的一部分,把那些我所看到的、听到的、感受到的生活统统装进心里发酵。然后,再如春蚕吐丝般去编织新的作品。

这种方法给我的写作注入了新的血液和活力。尽管我给外界的感觉只是一个"乡土散文"作家,但这都不要紧,因为我从来没有觉得自己是在写"乡土",我一直写的是"人性"。倘若非要给我的散文前面加个定语,我认为准确的说法,不应该叫"乡土散文",而应该叫"人性散文"。只不过,我所写的人性故事,大都有一个乡土的背景而已。

好散文,可遇不可求。究其原因,在于好散文它不是写出来的,而是活出来的。你内心的丰富性和体验的深刻性,直接决定你作品的厚度和力度。正如写作者的人格魅力,会直接呈现为作品的风骨一样。

我始终坚信,拥有一颗平静之心的写作者,最终都会得到写作本身的福报。当我在体悟到这点之后,我越加笃信,写作也是一种佛法。在写作的佛法面前,我不属于任何人,我只属于我。我只按照自己的方式平静地生活和写作。

吴佳骏<br>辛丑年仲春

## 我的乡村我的城

| | | |
|---|---|---|
| 出 品 人 \| 郭文礼 | 选题策划 \| 刘文飞 | 责任编辑 \| 刘文飞 康瑜 |
| 复　　审 \| 陈学清 | 终　　审 \| 古卫红 | 封面摄影 \| 吴佳骏 |
| 封底、内封摄影 \| 黄仁兵 | 书籍设计 \| 张永文 | 印装监制 \| 郭　勇 |

项目运营 \| 有度文化 · 刘文飞工作室

投稿邮箱 \| liuwenfei0223@163.com

微　　博　http://weibo.com/liuwenfei0223　　　微信公众号　YOUDU_CULTURE